浙江工业大学中国语言文学学科丛书
浙江工业大学文理科建设项目资助

多维视域中的西方文学

DUOWEISHIYUZHONGDEXIFANGWENXUE

◆褚蓓娟 著

全国百佳出版社
中央编译出版社
Central Compilation & Translation Press

图书在版编目(CIP)数据

多维视域中的西方文学 / 褚蓓娟著. — 北京：中央编译出版社，2010.7
(屏峰文丛)
ISBN 978-7-5117-0485-6

Ⅰ.①多… Ⅱ.①褚… Ⅲ.①文学评论-西方国家-文集 Ⅳ.①I106-53

中国版本图书馆 CIP 数据核字(2010)第 149212 号

多维视域中的西方文学

出 版 人：	和 龑
著 者：	褚蓓娟
责任编辑：	曲建文 林 为
出版发行：	中央编译出版社
地 址：	北京西单西斜街 36 号 邮编：100032
电 话：	010－66509360(总编室) 010－66509353(编辑室)
	010－66509364(发行部) 010－66509618(读者服务部)
网 址：	www.cctpbook.com
经 销：	全国新华书店
印 刷：	北京振兴源印务有限公司
开 本：	710 毫米×1000 毫米 1/16
字 数：	212 千字
印 张：	14
版 次：	2010 年 7 月第 1 版第 1 次印刷
定 价：	30.00 元

本社常年法律顾问：北京大成律师事务所首席顾问律师 鲁哈达
凡有印装质量问题，本社负责调换，电话：010－66509618

《屏峰文丛》编委会

顾　问：肖瑞峰

主　编：孙力平

编　委：（以姓氏笔画为序）

　　　　万润保　　王福和　　左怀建

　　　　李剑亮　　张　欣　　姚莫诩

目 录
CONTENTS

第一章 人间正道 勇者无畏

一、多维视野中的《伊索寓言》 ………………………………… 1

二、固守理想的勇士：塞万提斯与堂吉诃德 …………………… 7

三、淘金者之梦：启蒙时期的英国文学 ………………………… 15

四、奥林匹斯诸神般的智慧：歌德 ……………………………… 20

第二章 寻觅人生真谛

一、自强不息者：浮士德 ………………………………………… 25

二、金钱是唯一的上帝：《百万英镑》 …………………………… 30

三、心灵不能承受的重：《哈克贝里·费恩历险记》 …………… 35

四、身份的错置：《王子与贫儿》 ………………………………… 40

第三章 充满魅力的"恶之花"

一、原始情调的《高龙巴》 ………………………………………… 45

二、妓女有大义：《羊脂球》 ……………………………………… 51

三、失语的"属下"：海勒笔下的女性 …………………………… 57

第四章 刹那即永恒

一、颠覆的策略：《简·爱》 ……………………………………… 65

二、因为爱所以爱：《爱玛》 …………………………………… 72
三、失明的女神：《包法利夫人》 ……………………………… 77
四、刹那即永恒：《道林·格雷的画像》 ……………………… 82

第五章　反叛经典和成规

一、反传统反经典：浪漫主义戏剧 ……………………………… 89
二、"拜伦式"伦理观：拜伦及其戏剧诗 ……………………… 100
三、诗坛上的"普罗米修斯"：雪莱及其戏剧诗 …………… 112

第六章　寻觅"诗意的栖居地"

一、获救之路多坎坷：《神曲》 ………………………………… 126
二、寻觅"诗意的栖居地"：《最后一个莫希干人》 ……… 132
三、艰难时世：《童年·在人间·我的大学》 ……………… 138
四、革命时代的母爱：《母亲》 ………………………………… 144

第七章　人类自我救赎

一、"稳能赢钱的三张牌"：《黑桃皇后》 …………………… 148
二、"十全十美"的"白痴" ……………………………………… 155
三、道德自我完善的范本：《战争与和平》 …………………… 161
四、布尔加科夫的空间：《大师与马格丽特》 ………………… 168

第八章　比较视野下的作家及其作品

一、汤亭亭笔下的"他者"："中国形象" …………………… 174
二、海勒笔下的"上帝"：《上帝知道》 ……………………… 181
三、存在之"重"：海勒和余华书写的主题 …………………… 192
四、黑色幽默：海勒和余华叙事的方式 ………………………… 202

附：参考阅读书目 …………………………………………………… 213

第一章　人间正道　勇者无畏

一、多维视野中的《伊索寓言》

据传，古希腊有一个奇丑无比但异常聪明的奴隶。一天，主人要他到市场上把世界上最好的东西买回来，他便从市场上买了一盘舌头回来。主人问他为什么买这么多舌头，奴隶回答：因为世界上最动听、最美妙的语言都是舌头说出来的，所以舌头是世界上最好的东西；主人又让他把世界上最坏的东西买来，过了一会儿，这位奴隶从市场上又提来一大串舌头。主人非常气愤，问他为什么舌头又成了世界上最坏的东西。奴隶说，舌头能编造世界上最大的谎言。主人听了觉得很有道理，只好认同舌头又是世界上最坏的东西的看法。这位奴隶就是《伊索寓言》的作者——伊索。

伊索出生于公元前 6 世纪古希腊的撒摩斯岛，做奴隶期间，他经常编讲寓言故事供主人消遣，因为机智善言、聪明出众，后来被主人赐为自由人。正像伊索对舌头意义的阐释一样，《伊索寓言》的魅力在于，不同的人、不同的时代可以读出不同的意义。

有的人从《龟兔赛跑》的故事里悟出"谦虚使人进步，骄傲使人落后"的道理；而有的人则读出了这是少数天才（兔子）和多数白痴（乌龟）之间的游戏。乌龟的上帝为了迎合大多数人，只有让乌龟长寿、获得冠军；让兔子短命，成为失败的英雄，世界才显得"费厄泼赖"。有的人从《说谎的放牛娃》里读出了孩子呼救"狼来了"是撒谎、欺骗，因而引出不诚实的秉性导致羊群丢失的道德训诫意义；有的人从中读出"狼来了"的呼救是因孩子远离成人世界导致的遗弃感和危险感促使孩子产生寂寞、恐惧的本能呼喊，它是向成人世界寻求安全庇护的信号；相反，欺骗和撒谎只是成群结队的、处于安全地带的成人以其天然的道德和诚实的权威身份对孩子的武断判决。卢梭认为寓言会把淳朴的小孩教得复杂，失去了天真；钱钟书认为寓言把淳朴的小孩教得愈发简单，愈发幼稚，教得孩子误以为人事里是非的分别、因果报应，也像在禽兽之间一样公平清楚，长大了就会处处碰壁上当。可见，寓言所蕴含的意义是开放的、不确定的、多元的。

《伊索寓言》
（www.wl.cn/2402914）

今天我们所看到的《伊索寓言》并不全是伊索本人创作的。《伊索寓言》中的故事，有的在公元前8世纪（伊索出生之前）就已经开始流行。公元前6世纪，当伊索在世的时候，《伊索寓言》在奴隶和平民中以口头文学的形式，广为传播。到伊索死后三百余年，一个希腊人把200多个寓言故事汇集成册，题为《伊索波斯故事集》，现已失传。公元1世纪初，一个获释的希腊奴隶根据故事集，用拉丁韵文写了122则寓言。公元4世纪时，一个罗马人又补充了42篇。后来，有人把韵文改成散文并把许多印度、阿拉伯和基督教的故事也搀杂在里面。经过这样多次的汇集、改写和编纂，才成了现在人们所看到的《伊索寓言》。可见它不是一人一时的作品，而是好几个世纪人们集体智慧的结晶，所以有人说它仅次于《圣经》。

《伊索寓言》是古希腊文学的重要组成部分，尽管人们常常忽略它，然而它的价值并不亚于神话、荷马史诗和悲剧，《伊索寓言》只不过是用另一种体裁重述着古希腊人的故事。我们在神话、史诗和悲剧中所看到的古希腊人为了个体利益而勇敢、好斗、机智的性格，同样可以在《伊索寓言》中找到。

第一章　人间正道　勇者无畏

寓言主体以拟人化的动物、普通人以及神为主要表现对象，通过生动的小故事或揭示早期人类的生存状态，或隐喻抽象的道理，或暗示人类的种种秉性和品行，多维度地凸现了古希腊民族本真的性格。

首先，寓言揭示了古希腊人"丛林原则"的生活境遇。家喻户晓的《狼和小羊》讲述了这样一个故事：狼看见小羊在河边喝水，想找个合理的借口吃掉小羊。他站在上游，责备小羊把水搅浑了，使他喝不上清水。小羊回答说：自己站在岸上喝水，而且是处在下游，不可能把上游的水搅浑。狼见此计不成，又说："但是，你去年骂过我的爸爸。"① 小羊说，那时候自己还没有出生。狼又对小羊说："不管你怎样辩解，反正我不会放过你。"很明显，狼的霸道无理凭借的就是自己的武力。寓言反映了弱肉强食、恃强凌弱的大自然生活，在没有

《伊索寓言》(xidong. net/File001/File_51510. ht)

理性、没有正义的时代，强权就是真理，力量意味着合法，"丛林原则"是唯一的游戏规则。这则寓言的深刻性在于，它不仅映射了早期希腊人的生活状况，在某种程度上，它又何尝不是人类生存境遇的一种隐喻。"欲加之罪，何患无词？"表达的是同一个道理。

其次，对机智、狡黠的赞誉，对愚蠢的嘲弄和讽刺。《口渴的乌鸦》写乌鸦口渴得要命，飞到一只大水罐旁，水罐里没有很多水，他想尽了办法，仍喝不到。于是，他就使出全身力气去推，想把罐推倒，倒出水来，而大水罐却推也推不动。这时，乌鸦想起了他曾经使用的办法，用口叼着石子投到水罐里，随着石子的增多，罐里的水也逐渐地升高。最后，乌鸦高兴地喝到了水，解了口渴。聪明的乌鸦成了启示后人遇到困难不能蛮干而要运用智慧、讲究策略的一个经典实例。在《乌鸦与狐狸》的故事中，乌鸦又成了轻

---

① 文中所引参考《伊索寓言》，陈璐译，长江文艺出版社 2006 年。

信和愚蠢的人的象征。有只乌鸦衔着偷来的一块肉，站在大树上。路过此地的狐狸看见后，口水直流，很想把肉弄到手。他便站在树下，大肆夸奖乌鸦的身体魁梧、羽毛美丽，还说他应该成为鸟类之王，若能发出声音，那就更当之无愧了。乌鸦为了显示他能发出声音，便张嘴放声大叫，那块肉掉到了树下。狐狸跑上去，抢到了那块肉，并嘲笑说："喂，乌鸦，你若有头脑，真的可以当鸟类之王。"寓言结尾告诫人们道："这故事适用于愚蠢的人。"狐狸运用巧舌美言骗取乌鸦的信任，夺走乌鸦的口中之食，最后还恶毒地奚落了乌鸦。狐狸的狡猾、欺骗不仅没有受到指责，反而成了它值得炫耀的智慧的资本。狡黠、欺骗、虚伪等等这些原本属于人类恶的秉性的一部分，在后世文学中一直被作为批判的对象，在《伊索寓言》中却作为审美对象讴歌，这恰好说明了《伊索寓言》的民间性特点，它所反映的是没有身份和地位、没有保障和权力的底层人们的生活状态。在依据"丛林原则"为生活准则的时代，弱者为了生存，不得不运用自身唯一的武器——智慧来保护自己，在他们的生活中，智慧可能会衍化置换成各种计谋、狡黠、欺骗等不同的变体；而轻信、单纯、善良等品行会导致人上当受骗，则不被提倡，它们甚至和愚蠢、呆傻一样在寓言中被嘲笑和批判。头脑简单的乌鸦因为听信狐狸的花言巧语，最终把到嘴的食物都失去了，乌鸦的善良质朴不仅没有受到同情，相反还被扣上愚蠢的恶名。众所周知的《农夫和蛇》，讲的也是善良的农夫的愚蠢行为；《受伤的狼与羊》中的羊则比农夫要机灵得多。这则寓言讲述狼被狗所咬，伤势很严重，痛苦地躺在地上，不能外出觅食。这时，他看见一只羊，便请求羊到附近的小河里为自己取一点水来。狼说："你给我一点水解渴，我就能自己去寻找食物了。"羊回答说："如果我给你送水喝，那么我就会成为你的食物。"这则寓言启示人们明辨善恶，分清是非才能更好地保护自己，农夫以生命为代价阐述了无原则的善良和同情不仅不是美德而且是致命的弱点。

第三，鞭挞贪婪。《小孩与栗子》写一个小孩把手伸进装满栗子的瓶中，他想尽可能地抓一大把。但当他想要伸出手来时，手却被瓶口卡住了。他既不愿放弃一部分栗子，又不能拿出手来，只好痛哭流涕。一个行人对他说："你还是知足些吧，只要少拿一半，你的手就能很容易地拿出来了。"寓言告诫人不要贪多，要知足。《运盐的驴子》写一只驴子驮着盐过河。他的脚一滑，跌倒在河水中，盐在水中都溶化了。他站起来时顿感一身轻松，他很高兴。后来，有一天，他驮着海绵过河，心想再跌倒下去，站起来时定会更轻松。于是，他故意地摔了下去，他没想到海绵是吸水的，因此再也站不起来，淹死在河里。这个不知足的驴子结果连性命也丢掉了。寓言告诫人们要适可而止，凡事不要贪欲太旺、因小失大，反而害了自己，这也是古希腊人处事的方式，亚里斯多德和贺拉斯在他们的著作中都曾谈到过那个时代崇尚"适度"的美学原则。

第四，肯定务实的思想。《寒鸦和狐狸》的故事，叙述一只饥饿的寒鸦飞到无花果树上，发现无花果又小又青，便住下来等它们长大成熟。狐狸看见寒鸦老是呆在那里，就去问明原因，然后说道："哎呀，朋友，你好糊涂，怎么能靠希望过日子。希望只能让你去追寻，却不能填饱你的肚子。"在这则故事中，寒鸦和狐狸象征两种不同性格的人。寒鸦是理想的、执著的，同时也是愚昧的；狐狸是现实的、聪慧的，同时也是世故的。由此我们发现，伊索寓言与传统文学中对终极价值的美学追求正相反，它并不鼓励那些执著信仰者，而是揶揄了理想的守望者寒鸦，这是古希腊人追求世俗幸福、现世快乐的价值观念决定的。《狐狸和葡萄》里的狐狸也是非常务实的：狐狸饥饿，看见架上挂着一串串葡萄，想摘又摘不到，临走时自言自语地说："葡萄还是酸的。"这只狐狸对自己得不到的东西立刻从心理上给以否定和排斥，这是一种非常聪明的放弃和释怀。这则寓言在世界上广为流传、家喻户晓的原因之一在于，一方面，寓言里狐狸的心态传达了人类普遍的"酸葡萄心理"；另一方面，它启示了现代心理学对人类心理防卫功能的探究。心理防卫功能是一种无意识地发挥作用，用以减轻自我所承受压力的心理操作方式，当内心欲望得不到满足而产生焦虑和不安时，心理防卫功能就会运作起来，以消除紧张，减轻压力，保护自己免受伤害。它是预防心理疾病最有效的措施之一。换句话说，如此抽象的、枯燥的心理学理论早在《伊索寓言》里就有了生动形象的故事形式了。

《伊索寓言》内容丰富，题材广泛，寓意深刻。它以短小精悍的形式、人格化的动物世界，展示了古希腊人的生存境遇、处事原则；他们或为保护自身力量，或为谋取个人利益，或为寻求个体价值，竭力施展各种才能、技艺、智慧，寓言肯定了他们自然本性的合理性，张扬了古希腊时代的人本精神，从多方面体现了古希腊民族性格和民族精神。不仅如此，寓言独特的写作手法，如象征、隐喻、夸张、怪诞等变形手段尤其受到现代小说家的青睐，他们或借用寓言方法，或改写古代寓言，或融寓言和现代小说于一体，创造出现代或后现代寓言式的小说，卡夫卡、福克纳、约瑟夫·海勒等的作品很明显地体现了这些特征。

《伊索寓言》在世界上有多种文字的译本，在欧洲和世界各地都有很大影响。它对各国的寓言以及小说、诗歌、戏剧的创作，都产生过程度不同的影响。法国的拉·封丹寓言，德国的莱辛寓言，俄国的克雷洛夫寓言……都是在继承伊索寓言的基础上，结合本国实际创作出来的，他们以自己的才华，使伊索寓言获得了新的发展和提高。

后世人们甚至用各种形式来传播寓言。

1987年希腊发行了一套名为《伊索寓言》的邮票，设计精致，形象生动，其图案为《贪心的樵夫》、《披着狮皮的驴》、《狐狸与乌鸦》、《龟兔赛跑》、《各有所长》、《狐狸和葡萄》、《虚荣的鹿》等寓言故事的插图。还有很多寓言已演变为世人所周知的成语。比如，《渔夫》讲了一个渔夫在河里张网捕鱼的故事。他把渔网横拦在河道里，然后用一条系着石块的绳子，不停地拍击河水，使泥沙泛起，河水浑浊，鱼虾在慌乱中纷纷自投罗网，渔夫用这个方法捕得了好多鱼。"浑水好摸鱼"的谚语便由此而来。《老鼠会议》这篇寓言讲的是：一群老鼠在鼠洞里举行会议，讨论如何对付凶狠的猫。白胡须老鼠提出："我有一个方法，在猫的脖子上挂一个铃铛。这样，猫一走动铃铛就响，我们就可以闻铃声而逃跑了。"这个建议取得了鼠群的一致同意。但是，谁去给猫挂铃铛呢？没有一只老鼠敢去。老鼠会议毫无结果，它们不安全的境况当然也无法改善。这个寓言的意思是，遇到问题的时候，既需要有出谋献策的人，更需要有挺身而出的实干家。成语"自告奋勇去冒险，老虎头上拍苍蝇"由此产生。而比喻得不到的就说不好的"酸葡萄心理"来自《狐狸和葡萄》。

《伊索寓言》被译介到我国已有400年的历史。据考证，最早把伊索寓言介绍到中国来的是意大利传教士利玛窦,他当时只翻译了三四篇寓言。第一个汉译本《况义》,是法国传教士金尼阁口述,中国人张赓笔录,1625年(明天启五年)于西安刊行,此书未提及作者伊索之名。现此书仅有抄本存巴黎国家图书馆,国内有它的缩印胶片。伊索寓言的第二个汉译本《意拾蒙引》("意拾"为伊索的粤语译名),系英国人罗伯特·汤姆和中国人蒙昧先生的共同编译,1840年由基督教在中国的出版机构光学会出版;第三个汉译本是张赤山译的《海国妙喻》,1888年天津时报馆印行,全书收寓言70余篇,其中有36篇来自第二个汉译本《意拾蒙引》;正式以《伊索寓言》四字为中译本命名的是晚清翻译家林纾。此后的中译本多沿用这个名称。虽然林纾的译本都是靠别人口述、他自己笔录的方式翻译的,而且译本都是采用文言,在一定程度上限制了译文的传播,但是他的译文对当时的知识界还是产生了不小的影响。鲁迅、郭沫若等现代文学大师,在青少年时代都曾是林译小说的热心读者。伊索寓言因其生动性、通俗性、隐喻性深受我国读者喜爱。

二、固守理想的勇士:塞万提斯与堂吉诃德

米盖尔·台·塞万提斯·萨阿维德拉(1547~1616)是西班牙文艺复兴时期一位杰出的人文主义作家,因为创造了堂吉诃德这一欧洲文学中不朽的典型而被后世作家视为现代小说之父。

1547年10月9日,塞万提斯生于西班牙当时的文化中心之一阿尔加拉·台·艾那瑞斯城。父亲罗德里哥是个不得志的外科医生,为生计常年在外奔波。由于家境贫寒,少年时期的塞万提斯时学时辍。不过他勤奋好学,读了大量拉丁文经典著作,为他日后创作奠定了基础。1569年12月,塞万提斯作为红衣主教的随从到了文艺复兴的发祥地

塞万提斯

多维视域中的西方文学

意大利,感受了意大利悠久辉煌的文化,并受到人文主义的影响。1571年入伍,参加过著名的勒邦德海战。在战斗中,他英勇杀敌,身负重伤,左臂致残。1575年,塞万提斯在回国途中不幸被土耳其海盗所俘,在阿尔及利亚做了五年苦役,1580年被赎回国。但西班牙似乎已经忘却这位昔日的英雄,他四处求职无门,于是开始创作。微薄的稿酬不足以维持生计,他又先后作过军需员和收税员的差使,工作中难免触及到教会和权贵的利益,塞万提斯数次被诬入狱。尽管他满腔热忱报效祖国,忠于职守,正直无私,但这种高尚的精神品格在污浊黑暗的现实世界中显得无奈与无助。他把这一切溶进自己的血液,注入创作中。

《堂吉诃德》出版四百年纪念版(1605—2005)
(www.dwgoogle.cn/articles/838.htm)

塞万提斯对诗歌、小说、剧本等多种体裁都有涉猎。1584年,他根据西班牙人民反抗罗马侵略者的史实,写成历史悲剧《奴曼西亚》,歌颂西班牙人民的爱国主义精神。1585年,发表田园牧歌体小说《伽拉苔亚》,歌颂理想化的真诚友谊和爱情,带有文艺复兴时期早期的人文主义特色。1605年,长篇巨作《堂吉诃德》问世,立即引起轰动,一年内再版六次,一月之内出现了三个盗印版。1614年一个化名作者出了一部伪《堂吉诃德》,对作家及作品中的人物进行恶毒攻击,以诋毁作品的社会影响。塞万提斯愤慨万分,带病赶写续集,于1615年出版《堂吉诃德》第二部。

1613年,塞万提斯出版了包括13个短篇的小说集《惩恶扬善故事集》,此集题材广泛,有借狗的对话、"玻璃"疯子之口揭露社会阴暗面的(《两犬对话》、《玻璃学士》),有提倡人欲、歌颂自由爱情的(《忌妒的埃斯特雷马杜腊人》)。这些作品通过怪诞、幽默的笔调曲折地反映了西班牙的社会现实和文艺复兴时期反封建、反教会、提倡个性解放的人文主义精神。作家把这部小说集称为"社会的变形",认为它在移风易俗、宣传高尚的道德情操方面将会起到良好的作用。为此,作家被尊为"西班牙的卜伽丘"。事实上,这部小说集乃是西班牙文学中第一部完全摆脱意大利短篇小说影响的富有独创性的杰作。1614年,他在充满浪漫主义笔调的长诗《巴尔纳斯游记》里总结了自己对文艺创作的态度:"虚构近似真实,就能令人满意;如果写得又优美,一定能使贤愚都欢喜。"在创作实践中,他始终把现实主义的描绘(即"真实")同浪漫主义的夸张和想象(即"虚构")和谐地交织在一起。

1615年的《八出喜剧和八出幕间短剧集》在风格上体现了他创作的一贯性:描绘西班牙各阶层的社会生活,揭露法官、僧侣的丑恶堕落,笔调诙谐,语言生动。1616年,他带病写完小说《贝雪莱斯和吉西斯蒙达历险记》(1617年出版),同年4月23日患水肿病在马德里悄然辞世。

在文艺复兴时期的人文主义作家中,塞万提斯是一位清醒的思想者。他通过文学创作对欧洲和西班牙普遍的道德危机与社会矛盾作了深层思考与分析,对个性解放所带来的道德信仰的失落表现了深深的忧患意识,传达出建构以基督式博爱和拯救普天下受苦受难者为目的的新人文主义理想的良好愿望。艺术上,塞万提斯在遵循传统的基础上刻意创新。以戏拟反讽、夸张对比、人物视角的转换等多重叙事手段塑造形象。四百年来,人们不仅没有随着时间的逝去淡忘对塞万提斯的记忆,相反越来越多的学者从他创作里不断获得新的启示和感悟。从18世纪启蒙思想家笔下的理想人物,我们可以追溯到堂吉诃德式的理性精神;后现代元小说创作又令人联想到《堂吉诃德》所蕴含的现代性叙事艺术。

《堂吉诃德》原名《奇情异想的绅士堂吉诃德·台·拉·曼却》,共两部。小说模拟骑士小说的写法,描写堂吉诃德和桑丘主仆二人三次游侠的故事。

塞万提斯最初的创作动机是要"把骑士小说的那一套扫除干净"。17世纪初,欧洲各国资本主义都有一定程度的发展,西班牙却没有能完全摆脱中世纪状态,"中世纪的幽灵"依然在西班牙生活的各方面作祟。早已作古的中世纪骑士文学因为宣扬忠君、护教、行侠的骑士精神和骑士道德而被封建统治者所利用、推崇,致使骑士文学风靡一时。为了批判西班牙过了时的政治、文化准则,塞万提斯创作了他的传世之作《堂吉诃德》,揭露骑士小说的荒唐与危害,嘲讽骑士道德和骑士制度,以达到否定骑士文学的目的。但实际上作品的社会意义远远超出了作者的创作意图。

　　小说真实全面地反映了16世纪末、17世纪初西班牙的现实生活。它以主人公游侠经历为线索,描写了西班牙的村庄、乡镇、荒野、山村、酒店、城堡、公爵府邸,展示了一幅包罗万象的社会画卷,刻画了形形色色的人物七百多个,有贵族、僧侣、市民、士兵、农民、囚徒、强盗、妓女等,涉及社会各阶层。此外还广泛涉及当时政治、经济、道德、文化、风俗等各方面问题。其次,小说揭示了西班牙社会各种矛盾激化、危机四伏的实质,暴露了封建制度的罪恶。小说以其丰富的材料,写出西班牙封建统治外强中干的本质以及彬彬有礼的外表掩盖下的自私残酷。封建王权对外扩张,连年征战,时局动荡不安;对内专制保守,社会满目疮痍,民不聊生。上层贵族穷奢极欲,挥金如土。如公爵夫妇为寻开心、解闷儿,耗费巨资,动用上百仆人装神扮鬼戏弄堂吉诃德;一个乡下财主举行婚礼所用食品,足够一队士兵吃一年。而社会底层的流浪汉、破产者却连最基本的生存都无法保障,他们铤而走险,在官府追捕中,有的沦为苦役犯,有的被处死挂在树上,所以堂吉诃德在绿林深处碰到"累累满树的尸体"。

　　小说的成就不仅在于全面深刻地反映了西班牙社会的各种矛盾,成为西班牙历史的一面镜子,而且体现了后期人文主义者塞万提斯试图重新建构人文主义价值观念的愿望。文艺复兴后期的西班牙和欧洲一样,面对社会的巨大变革,人们一方面激情澎湃,充满活力;另一方面物欲膨胀、道德失范,处于信仰断裂的危机状态,于是塞万提斯不再一味地信奉早期人文主义信奉的自然欲望意义上的"人"的准则,而是在对基督教文化精神作了重新认识的

小说本插图

基础上，用"诗的夸张"创造了堂吉诃德这一欧洲文学中不朽的典型。

从表面来看，堂吉诃德最主要的性格特征是耽于幻想、脱离实际。骑士小说已经害得他失去理性，"满脑袋尽是书上读到的什么魔术、比武、打仗、挑战、创伤、调情、恋爱、痛苦等等荒诞无稽的事"。在他眼中，现实已被骑士幻象世界所取代，所以把客店当城堡，把店主当长官，把妓女当贵妇。自以为被授封成骑士后，便固执虔诚地开始了骑士冒险生涯。把风车幻化成作恶多端的巨人，不顾一切冲杀过去，被风车巨大的扇叶连人带马扫了出去；把一队买丝商人臆想成游侠骑士，上前较量，被商人打得死去活来。他把修士当强盗，把绵羊当军队，把苦役犯当成受害的骑士，痛打官差，反被人打得遍体鳞伤，剥了衣服。他的一系列荒唐行为，让人捧腹，小说前30章着重表现了他的疯魔。然而他并不是一个失去正常思维和理智的疯子，也不仅仅是个滑稽可笑的喜剧性角色。作者在描述堂吉诃德一系列荒唐行为时，反复强调他把铲除人间罪恶、解救落难者作为自己的天职。他心中的计划是扫除暴行、申雪冤屈、改革弊端。为了这个信念，他不顾酷暑炎热和饥劳困顿，路见不平，拔枪相助，屡战屡败，毫不气馁，被人削掉耳朵、打落牙齿、击断肋骨也在所不惜无怨无悔。固守信念、坚持正义的精神令人可敬可佩。作者充分展示了他性格中为他人置个人生死于度外的高贵品质。而且，只要不涉及骑士道，堂吉诃德的谈吐、议论都十分有见地，可谓知识渊博、见解高明的学者。他和牧羊人谈让人怀念的黄金时代，那是个"不懂得什么叫做'我的'，什么叫做'你的'的理想社会"；他和苦役犯谈"人是天生自由的，把自由的人做奴隶未免残酷"。他教导桑丘为官应善政、仁爱、公正，应"一心向往美德，以品行高尚为荣，不必羡慕天生的贵人，血统是从上代传承的，美德是自己培养的"。他教桑丘洗刷精神、修饰仪表，思路清晰周密。小说从30章以后，经常出现堂吉诃德关于战争、法律、道德、文学艺术、爱情自由、理想王国……问题的滔滔雄辩。

那是多么美好的岁月、多么幸福的时代啊！……每日的食粮，人们只需伸手就得到了；粗壮的橡树随时都在以成熟的甜美果实慷慨地馈赠他们；晶莹的清泉和奔流的江河为他们提供了大量明澈甘洌的水源；勤

劳灵巧的蜜蜂在石缝和树洞里建立了自己的王国,向任何一只伸出的手奉献着丰腴甜蜜的劳动果实,而不收分文报酬;雄壮的软树木,无须人们操劳,自己殷勤地退下大片软实的树皮,给他们去遮盖住室,而架在简陋木桩上的房屋只是用来抵挡风雨的。那时候,天下太平无事,人们友善和睦。①

可见,堂吉诃德模仿骑士冒险、恪守骑士道和中世纪那些效忠封建主、维护封建统治、追求矫揉造作的典雅爱情是有区别的,他除了为意中人效劳显得荒唐滑稽外,其余的行为动机都是为了扫除天下妖魔,救世济人,保护妇女儿童,充满着博爱的、崇高的理想主义精神。由此看来,在堂吉诃德的骑士道精神的外衣下,包含着许多人文主义思想的内容。但是与前期人文主义作品中人物那种倾向于古希腊传统,强调对自然生命欲望的强烈追求和个性主义色彩相比,堂吉诃德体现出一种倾向于中世纪基督传统的道德理性主义色彩。在堂吉诃德身上,读者看到的不是古希腊式个性袒露、原欲冲动的英雄,而是希伯来式充满忧患意识、满怀基督之爱的救世者。

桑丘·潘沙这个形象是与堂吉诃德对照互补的。一方面,桑丘是作为堂吉诃德的对立面出现的:他是封建落后的西班牙生产关系孕育出的农民典型。目光短浅、胆小怕事、狭隘自私。他跟随堂吉诃德做侍从,不是为建立什么功勋,而是堂吉诃德许诺他的种种好处。他想升官、想发财,想着他的驼背老婆有一天能坐上华丽的马车,自己做个海岛总督,荣华富贵享用不尽。因此,行侠中,每次打仗前,桑丘便先躲起来,或者跑得远远的。仗一打完,桑丘又总是第一个跑上前去,夺钱袋、扒衣服、抢行囊,支配他行为动机的是讲究实际利益的小农意识。但另一方面,桑丘又具有农民的朴实、善良、智慧,他同情那些与其地位相仿因而备受欺凌的人,就在这一点上他与堂吉诃德逐渐接近,同时堂吉诃德远大的理想、崇高的品格也在潜移默化地影响着他,他的性格随着情节的发展不断地发生着变化,身上小私有者的偏狭逐渐减少,胸襟逐渐开阔,到小说最后,他变成了一个不爱钱财、甘心

---

① 塞万提斯:《堂吉诃德》,董燕生译,浙江文艺出版社 1995 年版,第 74 页。

情愿地为主人的理想而奋斗的"堂吉诃德化"的可爱人物。桑丘任职海岛（实为乡镇）总督，为官十天。断案如神、执法严明、公正公开、不徇私情，为人民办了许多好事，赢得一片颂扬声，最后发现公爵夫妇在耍弄他，愤而辞职："我赤条条来，赤条条去，即没有吃亏，也没有占便宜。"显示了他人格的高尚。桑丘把堂吉诃德在虚幻中追求的理想变成了现实。桑丘的心态和追求体现了西班牙农民渴望改变自身生存处境的愿望；也体现了作者对这一阶层的关注和希望。

《堂吉诃德》代表着欧洲文艺复兴时期现实主义小说艺术的最高成就，它批判地继承了西班牙骑士小说和流浪汉小说的艺术手法和风格，并给予大胆创新，从而开创了欧洲现代长篇小说的先河。

塞万提斯采用真实和虚构交织，现实和想象结合，疯魔和清醒相伴的叙事方式，让堂吉诃德在这些互为矛盾的二项元素中呈现复杂多元的性格特征。这些被现代和后现代作家孜孜以求的叙事技巧是塞万提斯的时代所没有的。为了使小说虚实相生，塞万提斯还在小说第一部序言中详细叙述了小说的写作过程，暗示这是一个虚构的故事。但第一部第9章中又假借第二作者叙述寻找小说第二部原稿及其作者熙德·阿梅德·贝南黑利的经过，给人感觉这似乎是真实的故事；可是到了第二部开头，叙述者又描述了第一部出版后在社会所引起的巨大反响，主人公堂吉诃德居然能跨越故事之外期望自己作为小说的主要人物被读者谈论，被人夸赞。乍看起来，小说给人真假莫辨、一头雾水的感觉，这恰恰是作家叙事的一种策略。小说故意以时空错置、亦真亦幻的场景拉开读者和文本的距离，模糊现实和幻想的边界，并把如何写作的过程融为创作的一部分，使它成为一部关于小说的小说，这些特征和后现代小说家追求的"元小说"有异曲同工之妙。

结构上，小说以主仆二人的游侠史为基本中心，以二人性格发展为基本内容。为丰富作品，通过趣谈、奇遇等穿插一些其他短篇小说，构成开放式的、未完成的框架结构。叙述者以第二作者身份交待堂吉诃德故事来源，引出第一作者和羊皮书，第二部小说还不时地对第一部小说进行评论，形成故事套故事，故事讲故事的格局，叙述者、作者、读者在同一时空中对话，说明塞万提斯已经开始关注小说自身问题，尽管这种关注是不自觉的。

文体上，采用夸张模仿的方式，使《堂吉诃德》成为戏拟骑士小说的杰作，在作品前言中，塞万提斯借一位"很有识见的故事"道出小说创作的文体及动机："你只需做到一点：描写的时候模仿真实；模仿得愈亲切，作品就愈好。说得有趣，解闷开心，抱定宗旨，把骑士小说的那套扫除干净。"为达到这一宗旨，塞万提斯的策略是"以己之矛攻己之盾"，戏拟骑士小说以反骑士小说。模仿的目的，或是为了更加接近，或是为了彻底否定。塞万提斯从小说的叙述模式直至情节、话语、情调等完全采用了骑士小说的那一套，并极尽夸张之能事，从而产生一种滑稽、荒诞、可笑的艺术效果。小说问世后，西班牙的骑士小说果不复见。

艺术手法上，对比和反讽是这部小说相互关联的一大特色。堂吉诃德和桑丘，一主一仆、一胖一瘦、一高一矮、一骑马一骑驴、一学者一农民，两者全方位的反差对比，其一是产生视觉上的滑稽喜剧效果；其二是引发性格精神的对比，即幻想与实际、虚构的传奇故事和动荡的社会现实、人文主义理想和小农意识的对比，以达到反讽批判的目的。此外，主仆二人性格前后变化也各自构成对比。作者还在小说中许多地方故意采用自相矛盾的反语或截然相反的情境，进行对比和反讽，如堂吉诃德勇夺神圣的曼布利诺头盔不过是理发师的铜脸盆，他眼中的绝代佳人杜尔西内娅"眼睛是太阳，脸颊是玫瑰，嘴唇是珊瑚，牙齿是珍珠……"实际上，她长得像男人一样，是个身子粗壮，胸口长毛的乡下养猪姑娘。在语言方面，作者采用的是当年西班牙语普通话的口语，通俗易懂，双关语、俏皮话、谚语、文字游戏层出不穷。此外，人物语言个性化，堂吉诃德的语言是"自欺式"的，它使小说染上一种"黑色幽默"的色彩，新版《大英百科全书》认为：

> 虽然，黑色幽默一词是20世纪的产物，但是，……塞万提斯在他疯狂又杰出的《堂吉诃德》一书中也使用了这种技巧。

《堂吉诃德》代表了西班牙古典艺术的高峰，对17、18世纪欧洲小说产生了直接的影响，他在叙事艺术上对现代小说带来了革命性的变化。在今天的马德里广场上，矗立着许多雕像，有历史人物，有民族英雄，还有一对文学形象,这就是堂吉诃德和桑丘。世界各地来参观游览的人们,可能不知道西班牙的历史人物、民族英雄,但没有人不知道堂吉诃德和桑丘。堂吉诃德是一个故事,也是一则蕴含无限哲理的人生寓言;他是一个勇往直前的理想主义者?他是一个有着强烈征服欲的殖民主义者?……总之,堂吉诃德给后世学者留下了很多不确定性的、多元的阐释空间,正如此,它获得了超越时空的意义。

三、淘金者之梦:启蒙时期的英国文学

英国是资本主义发展较快的国家,也是启蒙文学最早萌芽的地方。18世纪初期英国文学的主要特点是古典主义诗歌的流行和现实主义散文的兴起。亚历山大·蒲柏(1688—1744)是英国第一个启蒙文学作家。约瑟·艾狄生(1672—1719)和理查德·斯梯尔(1672—1729)以在报刊写随笔而闻世。他们的作品中有生动的世态人情的描写,也有社会各阶层人物形象的生动刻画,为现实主义小说的兴起开辟了道路。现实主义小说是18世纪英国文学的主要成就,它孕育了一批冒险勇敢的资产阶级,堪称无畏资产者萌芽的温床。

丹尼尔·笛福(1660—1731)是英国现实主义小说的奠基人。他原名福,是一个屠户的儿子,后来在自己的姓氏前面加上笛(De)以示上层绅士的身份。这个做法既显示了他本是绅士阶层的圈外人,又表明他与小说主人公鲁滨逊都有往上爬的思想。他个人经历相当复杂,从事过多种职业,对商贸尤为钟情,曾撰写过《经商大全》一类书籍。《鲁滨逊飘流记》(1719)是他59岁时发表的第一部小说,一举成功。以后10年间,他又创作了《辛格尔顿

笛福(www.cntxt.net)

船长》(1720)、《摩尔·弗兰德斯》(1722)、《杰克上校》(1722)、《罗克萨娜》(1724)等著作,以及政论小册、小说合计250种。笛福是现存资本主义秩序的维护者,他的小说继承流浪汉小说传统,写一些出身低微的人如何靠个人奋斗在逆境中不择手段获取成功的故事,反映资本主义生活方式形成时期的英国社会。

《鲁滨逊飘流记》是他的代表作。小说主人公鲁滨逊不安于天命,不愿过舒适平庸的家庭生活,向往海外冒险和经商,三次出海,几经风险,仍矢志不移。一次在前往非洲贩运黑奴途中,船只失事,只身飘流到一座无人烟的荒岛。他克服无数难以想象的困难,自己动手,盖房、造船、种地、驯养牲畜、缝制兽皮衣服、铸造陶瓷碗罐,坚持了28年,把荒岛开辟成自己的家园。鲁滨逊形象的塑造是欧洲小说史上的一个创举。他不是某个具体的人,而是一个类型人物,是一个大写的英雄,是如同笛福本人的个人奋斗的新兴资产阶级的代表,"经济个人主义"[①]的代表。"经济个人主义"是西方批评家在讨论18世纪小说时使用的一个语汇。它不是表现在争权夺利方面,也不表现为恋爱自私不择手段,而是专指通过个人奋斗来开拓市场,发展经济,牟取利润。笛福通过对主人公行为的描写,展现了顽强的生命力、蓬勃的发展雄心和永不屈服的进取精神,如何看待这些?他这股动力究竟从何而来?当然,不气馁、不怕艰辛困苦、热爱生活、强烈的财富欲和占有欲,只是鲁滨逊征服自然、勇于开拓的表面意义,实际上主人公所揭示的是新兴资产阶级比攫取财富和领土更为深层的特点,即他们强烈的"经济个人主义"。他们的个人主义远远超越了只争物质得失,而是表现了以对获取独立人格及能力的热切愿望,对身边自然与社会的极大好奇心,以及要通过与恶劣生存条件较量来印证个人力量,并从中获得精神满足的一种无止境的追求。

鲁滨逊是笛福构思的故事,更是一个关于"经济个人主义"的传奇。他是上升时期资产阶级的正面典型。为了塑造这个人物,笛福用了全新的写作方法:一是对小说的情节、环境和所涉及的生产和生活资料等进行了严格和精细的挑选,与鲁滨逊航海冒险及创造奇迹的关系不大的,一律排除;二是

---

① 伊恩·P. 瓦特:《小说的兴起》,高原、董红钧译,三联书店1992年版,第65页。

第一章 人间正道 勇者无畏

小说《鲁滨逊飘流记》插图
（www.amazon.cn）

小说充满了行动，但他们服从于鲁滨逊生存斗争的情节需要，高度突出经济主题的安排。鲁滨逊在岛上虽然独自一人，却并非一无所有。笛福从经济用途的角度为他准备了一船物资作为其实现荒岛业绩的基础。鲁滨逊看待一切和决定行动都从他所处的环境出发，他没有真正的性格发展和思想困境，有的只是困难和疾病带来的暂时烦恼。这种高度叙事挑选性有助于强化鲁滨逊作为一个经济人的形象，但削弱了小说的个性。小说采用人物自述的手法，语言自然，不引经据典，使读者感到亲切。但结构比较简单，平铺直叙，表现出英国现实主义小说发展初期的不足。

约拿旦·斯威夫特（1667—1745）是一位激进的民主派，积极参与政治斗争。他大量的抨击当局的政论性文章，曾一度控制了英国的政治舆论，为爱尔兰的民族解放作出过杰出贡献。他的创作主要讽刺封建上层人物和社会现实，他善于把很平常的生活素材写成出色的讽刺作品。代表作《格列佛游记》（1726）以游记幻想形式写为人坦率、单纯、正直的外科医生格列佛航海飘流到小人国、大人国、飞岛国、慧因国的奇异经历。从表面上看这是一部幻想丰富、诙谐有趣的儿童读物，实质上它和《鲁滨逊漂流记》一样是一部寻求发财之道的探险小说，也是一部极富战斗性的讽刺作品。小说共分四卷，作家借主人公在小人国、飞岛国的所见所闻，抨击英国乃至欧洲的政治阴谋、宫廷诡计、党派之争、侵略扩张等，表达了他对现实世界的毫无保留的谴责。在大人国和慧因国的经历是作家对理想社会的设想，作家盼望理性支配一切，友谊和仁慈成为人与人之间关系的准绳，科学与知识能受到重视，国家的政治组织单纯、君主贤明。斯威夫特的社会理想中保持着宗法制的特点，当他从空想回到现实时，便产生了悲观情绪。在艺术上，斯威夫特继承了文艺复兴时期巨匠拉伯雷的讽刺传统并把它发展成反语、夸张、对比

等多彩的讽刺手法，使作品更具战斗性和真实性。

18世纪40年代后，随着资本主义生活方式的稳定，小说的题材也发生了变化，由写资产阶级发家史、奋斗史到描写日常家庭生活和下层人民。首先引起这种变化的是撒缪尔·理查生（1689—1761），他重家庭生活中的婚姻、爱情问题，作品带有感伤情调。书信体小说《帕美拉》（1740—1741）和《克莱丽莎》（1747—1748）在英国流行一时。他善于在作品中对人物心理和行为动机进行细致深入的分析，并把这种分析与社会环境的描写相结合，他的小说以其独特的面貌对英国和欧洲的小说发生了影响。

亨利·菲尔丁（1707—1754）是一位具有激进民主主义思想的作家，他的创作可分为两个时期：一是戏剧创作时期（1730—1737），二是小说创作时期（1742—1754），他的小说代表了英国启蒙时期现实主义的高峰。他循着拉伯雷、塞万提斯、斯威夫特的讽刺小说的传统，吸取笛福的冒险小说、西班牙流浪汉小说和感伤主义小说的经验，集各种小说之大成，用现实主义方法全面反映18世纪的英国社会生活，是第一个高度自觉的小说家，他的小说理论和实践，不只对英国而且对欧洲19世纪批判现实主义文学也产生过很大影响。

《汤姆·琼斯》（1749）是英国小说史上划时代的杰作。弃儿汤姆·琼斯被乡绅奥尔华绥拾得，把他和自己的外甥布力菲一道养大，汤姆爱上了另一乡绅魏斯特恩的女儿索菲亚，但为布力菲妒嫉和中伤，被赶出家门，在外流浪；索菲亚为逃婚也离家出走，二人分别在去伦敦途中经历了种种险情，最后，汤姆的出生真相大白，布力菲阴谋落空，有情人终成眷属。小说通过男女主人公的恋爱波折，全景式地反映了英国社会生活：乡村地主的奢侈，农民的贫困，法庭、监狱的黑暗，贵族沙龙的虚伪酬酢，上流社会的骄横跋扈……小说描绘了从乡村到城市、从家庭到社会、从平民到政客的一幅幅丰富多彩的生活画面。小说人物性格丰富复杂。汤姆勇敢聪明，豪爽侠义同时又佻达荒唐、落拓不羁；奥尔华绥正直善良又保守胆小；威斯特恩专横自私，唯利是图；布力菲诡计多端、见风使舵；索菲亚纯洁、忠贞、重情。小说通过诸多人物之间的复杂关系，揭示财产权利与人身权利这一主要冲突，即人的社会地位与人性之间的冲突；批判了庄园主和资产阶级婚姻中的金钱门第观念及唯利是图的本质，揭露了现实的黑暗。小说情节丰富、悬念迭起、故事性强，全书18卷，随主人公足迹所至，展开乡村、途中、伦敦三大典型环境，自然引出各阶层、各类型人物并使人物、事件、场景融为一个有机整体，布局合理缜密，这种结构被19世纪法国作家司汤达直接师承，运用在他的《红与黑》中。在艺术技巧上，菲尔丁的讽刺风格独特。拉伯雷喜用特大的夸张，塞万提斯善于使讽刺在合情合理的情节中自然流露，斯威夫特则通过比喻达到辛辣的讽刺效果，而菲尔丁的手法是反写。在《大伟人江奈生·威尔德》中，把最坏的人说成伟人，反过来，把上层社会视为伟人的看作最坏的人，这种表现手法，作家的爱憎倾向不言自明。

18世纪60年代起，英国出现了感伤主义文学潮流。感伤主义是软弱的中小资产阶级情绪的反映，他们深切感受到启蒙运动的危机，对"理性社会"表示怀疑和失望，转为崇尚感情。他们宣扬感情至上，强调通过人的感情活动的描写表现人性与现实的矛盾借以打动读者，唤起他们对受苦受难者的同情。感伤主义的主情性为19世纪浪漫主义开辟了道路。感伤主义的代表主要是劳伦斯·斯特恩（1713—1768）和奥立佛·哥尔德斯密斯（1730—1774）。感伤主义一词即由斯特恩的代表作《感伤旅行》而来。小说由一系列插曲组成。着重写自己琐细敏锐的感受、奇情和异想，采用时序颠倒、心理分析等手法，这种反理性主义的新方式对欧洲文学产生了很大影响。奥立佛·哥尔德斯密斯的代表作《威克菲牧师传》（1768）是一部具有国际影响的名著，小说竭力描写主人公辛酸的处境，伤感主义特征明显。

彭斯（1759—1796）是18世纪英国诗歌中成就最大的诗人，他出生于苏格兰贫苦农民家庭，没有受过高等教育，他的知识和素养来自于民歌和民间文学，是一位出色的农民诗人，他的诗歌不仅歌颂大自然和纯真的爱情，而且还歌颂自由平等、反对民族压迫、讽刺批判贵族地主的剥削、教会的伪善，他站在农民的立场上，表现了农民对自由的热爱和对美好生活的向往，反映了农民的启蒙理想，在风格上彭斯的诗歌和斯特恩的小说都体现了欧洲文学由启蒙文学向浪漫主义的过渡，因此有人把他们称为"前浪漫主义"的代表。

总之，启蒙运动不仅直接为1789年的法国大革命奠定了思想基础，也为启蒙文学的产生奠定了社会基础。启蒙思想家明确认为文学是教育的工具,因此思想家直接进行文学创作,把文学作为宣传启蒙思想、批判封建制度的有力工具,致使启蒙文学成为18世纪文学的主流,尤为突出的是,它塑造了一系列真正的资产者形象,具有强烈的时代精神。

四、奥林匹斯诸神般的智慧:歌德

约翰·沃尔夫冈·歌德(1749—1832),德国作家,公认的世界文学巨人之一。一生著作等身,全集达143卷。也是最后一个试图多方面掌握文艺复兴时期的伟大品格的欧洲人:批评家,刊物编辑,画家,剧院经理,政治家,教育家,自然科学家。他在82岁的生命史上实现了一种经常被称为奥林匹斯诸神般的、甚至非人的智慧。

歌德于1749年8月28日出生于法兰克福。这座城市是名存实亡的德意志民族神圣罗马帝国的直辖市。歌德的外祖父曾是这个城市的终身市长。父亲是律师,当过皇家顾问,知识渊博;母亲生活闲逸,富于幻想。歌德在这样的家庭氛围中得到了良好的教养,而上流社会"错综复杂的迷津暗道"和德国庸俗市民的习俗又赋予他天才(或者叫魔鬼)的气质。1765年,歌德来到父亲曾就读过的莱比锡大学读法律,但他更感兴趣的是文学、绘画和自然科学,并在宫廷文学和古典主义文学的影响下,学习写诗写剧本。1768年因病辍学,长期的养病培养了他的内省功夫和神秘主义。他以炼金术、占星术和玄妙哲学自娱,所有这些都在巨著《浮士德》留下了印记。1770年,歌德转入斯特拉斯堡继续攻读法律。这里学术思想相对自由,同时还是"狂飙突进"运动的策源地。歌德在这里接受了斯宾洛沙的哲学思想、卢梭、伏尔泰的启蒙思想,更重要的

歌德(news. xinhuanet. com/ziliao/2007—0)

是他结识了"狂飙突进"运动的领袖赫尔德和一批青年诗人。尤其是赫尔德，引导歌德收集和学习民歌，引导他打开了荷马和莎士比亚之门。在赫尔德创作新理论的影响下，歌德摆脱掉宫廷文学和古典主义的文风，认识到诗是人类固有的最富于生命力的语言，艺术家是铸造表现感情的种种形式的创造者，并写出了一批感情真挚、意境清新、声律优美的抒情诗，如《五月之歌》、《野玫瑰》、《欢迎和离别》等，在后者中，歌德扮演的是遗弃者和拒绝者的角色，诗歌动人地表达了他所感到的内疚，展示了内心情感描写的特色。这些诗标志了德国抒情诗新纪元的开始。

1771年，歌德大学毕业回故乡，一面当律师，一面写作。在以后的几年里，他写了一系列体现狂飙突进运动反叛精神的优秀之作。

1773年，歌德根据16世纪宗教改革、农民战争时期的史实写成德国第一部现实主义的历史悲剧《葛兹·封·伯利欣根》，剧中混乱动荡的社会正是18世纪分崩离析的德国现实的写照。主人公葛兹是一位勇敢非凡、受农民爱戴的英雄，他反抗大封建主和大主教，希望建立一个统一的德国。但在革命过程中，他一方面反对贵族的压迫行为，一方面又反对农民的革命暴动，表现出骑士阶级的局限性、动摇性和他那种温和的人道主义。在艺术上，此剧和古典主义戏剧相反，人物多，场面大，矛盾错综复杂，完全打破了"三一律"原则而有意学习莎士比亚风格，表现了狂飙突进派反古典主义的精神。1773年，歌德还根据古希腊神话写成哲学诗剧片断《普罗米修斯》，塑造了一个同情受压迫人民而反抗最高统治者的巨人形象，表达了作者不满现实、渴望改革现实建立理想王国的愿望。

1775年11月，歌德应邀来到魏玛公国从政，他以为这里是施展才华、实现人生价值的好地方。于是放弃写作，以全副热忱投身改革，如整顿财政、精简军队、减轻农民负担、发展教育文化等等，精于政务十年。但时局并不因他个人努力而好转，反而常招来矛盾、敌手，他委曲求全、妥协退让，独自承受精神上的痛苦。

1786年，歌德终于压抑不住内心的苦闷离开魏玛前往意大利。意大利丰富的古文化和优美的大自然抚慰了歌德失望和疲倦的心灵，更激起了他重新创作的热情。1788年他返回魏玛，摆脱政务，专事创作。意大利之行，

改变了歌德的文艺观,他开始放弃"狂飙突进"的激进精神而追求宁静、和谐的人道主义思想——古代艺术体现的理想之美,这时的历史剧《埃格蒙特》(1789)、《伊菲格尼亚》(1786)、《托夸多·塔索》(1790)集中体现了这一点。

《伊菲格尼亚》取材希腊神话,歌德塑造了一个以纯洁人性消除邪恶的理想女性,体现了他企图以道德感化打动统治者完成社会改良的人道主义思想。

《塔索》以16世纪意大利诗人塔索的身世为题材,写他从一个反抗宫廷腐败的勇士变成一个自我克制、安于现状的庸人。塔索形象也是作家内心矛盾的切身体验,是他人生的一段小结,正如歌德自己所说:"把那些使我喜欢或懊恼或其它使我心动的事情转化为形象,转化为诗,从而清算自己的过去,纠正我对外界事物的观念,同时我的内心又因之得到宁帖,我所写出来的一切,只是一大篇自白的片断……"

1789年法国大革命爆发,对歌德的思想冲击很大。一开始他热烈拥护,后来他又竭力反对甚至诋毁,体现了他主张改良而不赞成暴力革命的温和的人道主义思想和德国庸人的习气。

1794年,歌德和席勒订交,密切合作10年(1794-1805),形成了德国古典文学的丰收时期。这个时期,除了合著的成果外,歌德的独著有长诗《赫尔曼与窦绿台》(1798)、小说《威廉·迈斯特的学习时代》(1795-1796)、《浮士德》第一部。

《赫尔曼与窦绿台》是歌德"从内心创造一个希腊"的尝试,体现了他渴望安宁、恬静的古典主义理想。

歌德的一生横跨两个世纪,而19世纪,欧洲和世界都发生了重大变化。科学技术突飞猛进,文化交流空前频繁。晚年的歌德,思想敏锐、境界开阔,对新事物表现了极大的热情。他研究法国的空想社会主义,东方的文学和哲学,甚至还模仿中国和波斯的诗歌进行创作,并认为"世界文学的时代已经到来",显示出一个哲人和思想家的睿智。

歌德晚年创作颇丰,重要的代表作有小说《亲和力》(1809)、自传《诗与真》(1811-1814)、小说《威廉·迈斯特的漫游时代》(1829)和《浮士德》第二部。其中《威廉·迈斯特》是仅次于《浮士德》的力作,写富商之子威廉不满足于商人狭隘的生活,试图在诗歌和戏剧中追求理想,后来又加入了一个开明贵族组成的团体,投身于社会改良事业的故事。

这些作品一方面反映了歌德寻求理想、渴望实现人生价值的思想,另一方面反映了他对现实的妥协和无奈。恩格斯对歌德的矛盾作了这样的论述:"在他心中经常进行着天才诗人和法兰克福市议员的谨慎的儿子、可敬的魏玛的枢密顾问之间的斗争;前者厌恶周围环境的鄙俗气,而后者却不得不对这种鄙俗气妥协,迁就。因此,歌德有时非常伟大,有时极为渺小;有时是叛逆的、爱嘲笑的、鄙视世界的天才,有时则是谨小慎微、事事知足、胸襟狭隘的庸人。"① 歌德一生的创作,是他思想矛盾的最好注脚。

1774年歌德发表的中篇书信体小说《少年维特之烦恼》是德国第一部产生世界影响的作品。

与前两部作品不同的是,它直接取材于现实,但反叛精神却与前两部一脉相承。主人公维特是个有才华、重感情、向往自由和平等生活的热血青年。全书内容大致可分三个部分:第一部分写维特与绿蒂相识,爱上了这位善良、贤淑的姑娘,但姑娘已订婚,他无力处理自己对绿蒂的毫无希望而又克制不住的感情,极为烦恼。第二部分写他给公使当秘书,但官府腐败,贵族傲慢,市民平庸,他对这一切极为反感,终于受排挤而辞职。第三部分写维特又返回绿蒂身边,但绿蒂已结婚。现实的庸俗、爱情的破灭、事业的失败,使他看透了人生、看透了社会,"周围一切都是黑暗,没有安慰,没有预想"!在绝望中,维特自杀。维特的死不仅是爱情的悲剧而且具有深刻的社会意义。他的烦恼和自杀从根本上说是沉闷鄙陋的社会环境造成的。他渴望自由和真爱,而绿蒂虽有些微的个性解放的要求却最终跳不出平庸生活的圈子,维特对生活的最后一点信心也破灭了,于是用死表示了他对社会的悲愤绝望和孤独无力的抗议。

小说采用书信和日记片断的方式写成,融叙事、抒情、描写、议论于一炉。在描写人物时,抓住主人公单恋心理刻画,着重表现主人公单恋时的情

---

① 恩格斯:《马克思恩格斯全集》第4卷,人民出版社1972年版,第256页。

感内部的矛盾和心态：敏感、欢快、揣测、困惑、焦灼、忧郁、沮丧、烦恼、愤恨、暴怒、疯狂、绝望，体现了歌德对人物内心的深刻洞察和杰出的心理分析才能，达到了他所追求的让人们从作品中"学会懂得人类的思想感情"的目的。

  这部作品突出表达了一代进步青年的思想情绪。那些不满现实渴望美好、试图寻求人生价值的青年从维特身上找到了共鸣，所以小说一出版就受到了狂热的欢迎，掀起一股"维特热"。《维特》是歌德的切身体验，所不同的是他没有自杀而是坚强地从绝望的深渊里逃出来，超越了维特。这之后他曾多次遭遇爱情。爱情一方面是他创作的灵感和源泉，另一方面又常常使他失去自我。在爱情和自由发生矛盾时，歌德总是抽身逃脱，但这种负心行为又使他痛苦不堪，便通过文学来祭奠，《浮士德》中玛甘泪的悲剧便是他爱情生活的忏悔录。青年时代的歌德在创作中已透露出丰富的性格及思想。艾米尔·路德维希在《歌德传》中曾这样描写他："既感情丰富又十分理智，既疯狂又智慧超群，既凶恶阴险又幼稚天真，既过于自信又逆来顺受，在他身上有多么错综复杂而又不可遏止的情感！"

第二章 寻觅人生真谛

一、自强不息者：浮士德

诗剧《浮士德》是歌德毕其一生、苦心经营 60 年（从 1773 年的原《浮士德》算起，到 1831 年《浮士德》第二部完成）的力作，是他一系列创作的集中概括，也是他人生的总结，更是"一部灵魂发展史，一部时代精神发展史"，被许多人视为"近代人的圣经"。

《浮士德》取材于德国 16 世纪的民间传说。主人公原是一个跑江湖的魔法师，懂得炼金术、星相术、占卜等。死后，民间流传许多关于他的传说。1570 年开始有人记载这些传说。1587 年，德国出版了故事书《约翰·浮士德的一生》，叙述浮士德为满足各种尘世的欲望和享受，与魔鬼订约，死后灵魂归魔鬼所有。但是，浮士德追求世俗生活的精神却深受宗教改革时期人们的欢迎。文艺复兴以来，不断有人用这一题材进行创作。

歌德在总结前人的基础上，对故事进行了

《浮士德》(www. owls. tw/post/1/88)

许多突破性的创造，赋予主人公以全新的意义，使这一形象带有启蒙时期巨人的特征。《浮士德》以诗剧形式写成，共两部，12111 行。第一部除序曲外，共 25 场，不分幕。第二部分为 5 幕。全剧没有完整的故事情节，而是以浮士德的思想发展为线索，写他一生对人生意义、人生价值的探索和追求。

《天上序幕》是全剧总纲，也是理解诗剧的一把钥匙。歌德借基督教形象上帝和魔鬼就"人的本质"展开讨论并赌约，引出诗剧基本主题：人是贪图官能享受的动物还是具有高尚精神境界的灵长？是满足于眼前还是不断战胜自己，超越自身？由此引出"人"——浮士德，《浮士德》正文由此开始。

浮士德一生，历经知识追求、爱情追求、政治追求、美的追求和事业的追求五个阶段。浮士德作为中世纪书斋中的一位学者，满腹经纶，却于世无补，他中宵倚案，烦恼齐天，甚至想到以自杀了结一生。魔鬼靡非斯特觉察到浮士德对现有生存方式的厌倦和灵魂深处的矛盾，于是提出赌约，让他重历人生，满足欲望，最后灵魂归魔鬼所有。在魔鬼引导下，浮士德经受种种感官刺激。他来到魔女厨，喝了魔汤返老还童，爱上市民少女玛甘泪，但市民的守旧思想和封建礼法扼杀了爱情的自由发展。浮士德的恋情因玛甘泪的死而结束。浮士德又随魔鬼来到"皇帝的宫城"，为封建朝廷服务，他建议发行纸币解决了朝廷危机。继而凭借魔力招来古希腊美人海伦，原为取悦皇帝，不想自己也一见倾心，并与海伦结合生下一子欧福良，欧福良酷爱自由，不断向高空飞去，不幸坠落而亡，海伦也随子而去。浮士德追求的古典美，以幻灭告终。浮士德在不断的自我否定中寻求着新的探索，最后他在围海造地、建造人间乐园时感到了满足，情不自禁地喊道："我抱着这种高度幸福的预感，现在享受这个最高的瞬间。"说完倒地而死。

歌德以浮士德作为人类的代表，通过他追求奋斗的一生，总结了人类发展的历史经验，歌德和其它启蒙思想家一样，把本阶级当作人类代表，因此，浮士德实质上是资产阶级的代表人物，他的奋斗经历是对文艺复兴以来资产阶级先进人物思想探索历程的艺术概括。知识的追求，既是浮士德对脱离实际的书斋生活的否定，对人生意义的反思，也是对当时欧洲资产阶级知识分子思想的总结。文艺复兴时期，随着资产阶级力量的壮大，地理大发现，自然科学的发展，人们在实践中逐渐认识到人的本质力量的对象化，人们要用自己的力量改造社会，掌握自己的命运，恢复人格尊严，享受世俗生活。自我价值问题被提到空前重要的地位。哈姆雷特宣告了人的伟大，同时又说明初期的资产阶级人文主义者还处于自我的矛盾之中，精神上的斗争没有外化为行动；堂吉诃德付诸行动但又脱离了实际；浮士德作为启蒙精神的象征，是文艺复兴以来资产阶级人文主义形象的继承和发展，他已经摆脱了自我的束缚和盲目，明确在行动和实践中证实人的自我价值和潜能。他在翻译《新约·约翰福音》时，对"太初有道"一句反复斟酌的思想斗争很好地体现了这一点。他先写下"太初有言"（言语），然后译成"太初有思"（思想）、"太初有力"（力量），最后满怀自信地写道："太初有为！"（行动、实践）从"言"到"思"的改译，浮士德强调必须先有思想，而后才有言语；从"思"到"力"的改译，浮士德强调思想不能创造世界，必须有一种力量；从"力"到"为"的改译，浮士德强调的是必须有行动，才能发挥力量。爱情的追求，反映了资产阶级个性自由的要求和封建、庸俗的德国社会现实之间的矛盾，当然浮士德性格的发展也使玛甘泪被遗弃的悲剧结局不可避免。浮士德意识到官能的享受只能使人满足、停滞，沉醉于个人幸福爱情的"小世界"不是对生命意志的弘扬。浮士德的政治生活是18世纪欧洲的写照。当时资本主义的发展已是历史的必然，但许多国家封建势力还很强大，启蒙主义思想家都把改革社会、建立理性王国的希望寄托在开明君主身上。歌德魏玛从政即是明证，不过诗人通过浮士德对自己的政治追求作了否定。浮士德对美的追求总结了德国尤其是他本人和席勒对古代艺术追求的过程，海伦是理想、完美及古代艺术的象征。这个悲剧否定了企图用脱离时代的古典美来陶冶现代人以改造社会的幻想。最后浮士德通过对事业的追求体验到了幸福。根据赌约，浮士德输了，肉体毁灭，然而他一息尚存，苦求人生，努力进取，永不满足，释放生命最大限值的勇气和韧性，却升腾为一种不死的"浮士德精神"。所以结局是一群天使们护卫着浮士德的灵魂，升入天界，伴随合唱："凡是自强不息者，到头我辈均能救"，体现了歌德对浮士德追求过程本身的肯定。歌德借宗教形式拯救了浮士德的灵魂，事实上是他的努力和追求救赎了自己。歌德暗示了人没有追求的终极目标，人类所能达到的最高成就，正在于一种自强不息的创造性的生活本身；人类社会的进步，正在于人自身孜孜以求、代代传承的"浮士德精神"。歌德用艺术手段对时代特征和时代精神加以提炼和概括，为西方思想家对西方文明从宏观上进行思考和探索提供了某种途径。但他把社会发展的原因归于人类自强不息的精神，带有历史唯心主义色彩。

《浮士德》思想内容极为丰富、深邃，渗透了歌德的哲学思想、美学思想和人生观，蕴含着多重意义，堪称复调史诗。

浮士德是资产阶级上升时期"巨人式"的代表，这个形象的核心精神在于他对世界的不懈探索，对人生价值的不断追求和实现。这是他锲而不舍、上下求索的原动力，也是他总能超越现象、追求本质的原因。歌德深受康德思想影响，体现在对浮士德形象的塑造上，便是着力表现浮士德性格和思想上的矛盾和痛苦。浮士德的一生是在不断的行动追求中度过的，他行动的动力来自于内心的矛盾和痛苦——渴望最大限度地实现人生价值而不得。他的行动轨迹呈螺旋状上升，是一个不断追求、不断扬弃、不断超越的过程。从而带有哲学意义上"人"的伟大。浮士德内心的矛盾和痛苦来自两方面：一是外在环境的制约，世俗社会扼制他对爱情自由、人生自由的渴望，腐败政治冲击他的社会改革的理想；二是内心世界"两种精神"的激烈搏斗：

> 有两种精神居住在我的心胸，
> 一个要想同另一个分离！
> 一个沉迷在迷离的爱欲之中，
> 执扭地固执着这个尘世，
> 另一个猛烈地要离去凡尘，
> 向那崇高的心灵的境界飞驰。……①

这是浮士德的自白。在他身上，封建的学究气息与资产阶级知识分子的探索精神相冲撞；潜心治学的心情与追寻新生活的渴望相撕扯……总之他是

---

① 歌德：《浮士德》，钱春绮译，上海译文出版社 1982 年版。

肉体和精神、享乐和节制、趋恶和向善、感性与理性、必然与自由等矛盾对立的统一体。

歌德的这种辩证思想还体现在靡非斯特形象中。靡非斯特是"否定精神"、"恶"的代表，同时又是"作恶造善的力之一体"。他一方面阻挠浮士德向更高境界升华，阻碍一切新生事物的发展；另一方面，在阻挠中形成一股反作用力，促使浮士德一步步向更高的目标奋斗。浮士德对人生和事业的追求，几乎处处依赖于魔鬼靡非斯特：浮士德返老还童、结识恋人玛甘泪、帮助朝廷解决财政危机、再现海伦以及二者结合……所以靡非斯特作为浮士德的对立面起到了杠杆作用。两者之间相反相成互为条件。正如董问樵所说："这一人一魔，一主一仆，如影随形，如呼与吸，如问与答，相反相成，相生相克。"① 成为诗剧发展的原动力。

《浮士德》是歌德一生艺术实践的总结。

诗剧总的体裁是融悲、喜剧因素为一体的正剧。但在描绘许多小场景时，作者灵活运用了多种体裁：如希腊式悲剧、中世纪神秘剧、巴洛克寓言剧、文艺复兴时期流行的假面剧等等。

诗剧总的创作方法是浪漫主义和现实主义的结合。诗剧中现实、幻想、神话相互交织，过去、现在、未来相互切换，天上、人间、地下变幻莫测，为适应这种复杂庞大的时空结构，作者以浪漫主义写虚，以现实主义写实，虚、实纵横交错，浪漫主义与现实主义交相辉映。

象征寓意的方法。浮士德人生的五个阶段是浮士德的五种人生体验，但每一阶段又都是歌德对某段历史经验的总结。浮士德既是虚构的形象，也是人类的象征。

塑造人物方法上，采用辩证的方法。浮士德灵与肉的对立统一，靡非斯特作恶造善的对立统一，既推动了诗歌的发展，也展示了人物各自的性格特征。

运用矛盾对比的方法安排场面、配置人物。凝滞的书斋和清新的郊外、狂乱的莱比锡酒店与宁静的玛甘泪闺房，浮士德与靡非斯特、浮士德与瓦格

---

① 董问樵：《浮士德研究》，复旦大学出版社1987年版，第17页。

纳、浮士德与玛甘泪等等，形成一对对矛盾对比、相互映衬的关系。

《浮士德》问世后，曾被许多一流的音乐家如莫扎特、贝多芬、柴可夫斯基等谱写成大量的音乐作品。浮士德的追求和探索对今天的我们仍有启发意义。

但诗剧内容的庞杂、大量的象征、主人公性格的抽象化又造成诗剧的晦涩、难懂，这是诗剧的不足之处。

二、金钱是唯一的上帝：《百万英镑》

马克·吐温（1835—1910）是19世纪后期美国批判现实主义文学的卓越代表，杰出的幽默讽刺作家。他以地地道道的美国本土文学跨进世界文学之林，被后人尊称为"现代美国文学之父"、"美国文学中的林肯"。《百万英镑》（又译《一张一百万英镑的钞票》）（1870年）是他早期创作的一部短篇小说，其中的爱情故事以自己爱上富商小姐奥维利亚·兰顿为蓝本。

马克·吐温肖像(movntv.cn/bbs/viewthread)

马克·吐温是一位极其多产作家。他不但创作题材广泛、观察力敏锐、想象力丰富，而且文体多样，长篇、短篇、杂文、演说、游记、小品等样样精通。早期创作主要以短小精悍的短篇对时局进行讽刺和嘲弄。1870年的《竞选州长》就是一个杰出的讽刺短篇。作家从资产阶级"竞选"这一侧面，勾画了美国民主、共和两党的真面目，戳穿资产阶级"政治民主"、"选举自由"的黑暗内幕。小说采用第一人称集中描写了主人公在竞选中的遭遇和自我内心感受。被提名为纽约州州长候选人的独立党党员，是一个"声望还好"的"正派人"，却被竞争对手加上一系列莫须有的罪名搞得声名狼藉，最后被迫退出竞选。小说运用夸张和正反颠倒的手法，构成了强烈的喜剧效果，达到讽刺和批判的目的。轻松的幽默、乐观的基调是马克·吐温早期创作的风格。

马克·吐温原名塞缪尔·朗荷恩·克莱门斯,生于美国密苏里州门罗县的佛罗里达镇。不久全家迁居密西西比河畔的汉尼伯镇。马克·吐温在这里生活了十四年,给他一生留下深刻印象。富有生命气息的河流,岸边的自然景色、童年的伙伴、小城镇的各种人物以及发生的事件,都为他以后的文学创作提供了丰富的素材。

马克·吐温12岁时,父亲去世。他只好辍学谋生。他先后当过印刷所学徒、送报人、排字工、船上的领港。"马克·吐温"这个名字就是从当领港的工作中得来的。它原是水手的术语,意为水深12英尺,船可以安全通过。以此为笔名,显示了他的幽默性格。

1861年南北战争爆发后,马克·吐温去内华达,先当矿工,后来当记者。辗转奔波,异常辛苦,后来他专门写了一部小说《艰难岁月》记述自己这段不平凡的经历。同时西部地区流传的笑话、趣闻,以及流行的幽默文学又使马克·吐温获益匪浅。他模仿这种风格给报刊写幽默小品。1865年的短篇《卡拉维拉斯县驰名的跳蛙》使他一举成名,被誉为马克·吐温最具代表性的"纯幽默"作品。它之所以成功,除了故事本身荒唐可笑外,关键在于作家对故事叙述人的选择和叙述口吻的设计。这篇作品的故事叙述人西蒙是个秃顶、肥胖、富有喜剧特征的老头,他讲故事的口吻一本正经,声调显得细水长流,"从来不露丝毫痕迹,让人以为他热衷此道"。这样,叙述人滑稽的外表和严肃的神情,不慌不忙的讲述和令人难以置信的故事内容形成明显可察的不和谐,造成强烈对比,在对比中蕴含着喜剧性的冲突和幽默情境。这种风格很快成为马克·吐温早期创作的一贯风格。

1869年他根据游历写了《傻瓜国外旅行记》,嘲笑欧洲的封建残余和宗教愚昧,揭示社会腐败现象,他在书中说:"一个人有了钱,他就大受尊重,可以当议员、当州长、当将军、当参议员,甭管他是多蠢的一头驴。"可见马克·吐温在继承西部幽默小说的同时,摒弃了它的粗俗与平庸,他把严肃深刻的思想内涵和令人折服的审美观念融入自己的作品,从而使他的小说不再只是简单的逗趣,不再只是为幽默而幽默。

从19世纪70年代至90年代,他的创作以长篇为主,与过去作品相比更为成熟，对社会的批判也更为深刻尖锐。

1874年马克·吐温与查·华纳合著长篇《镀金时代》，批判南北战争后随着资本主义迅速发展而出现的政治上的腐败现象和像瘟疫一样弥漫全国的"投机"风气。

《汤姆·索亚历险记》（1876）和《哈克贝里·费恩历险记》（1876—1884）是描写儿童历险小说的姊妹篇。主人公汤姆和哈克属于当时美国南部传统教育中的所谓"坏孩子"，这类儿童不情愿套上传统教育的锁链，本能地要求突破传统文化，使自己的天性得到自由发展。作家运用对比手法，把生机勃勃的儿童心理和陈腐刻板的生活环境加以对照，嘲笑资产阶级儿童教育的清规戒律。

《密西西比河上》（1883）是继《艰难岁月》后又一篇带自传性质的著作。马克·吐温用出色的抒情笔法描绘了大河的自然景色，回忆了他在密西西比河上度过的自由的童年和后来在河上当领航员的生活。作品中流露出作家对河水的特殊感情，河水在马克·吐温的创作中已经成了一种意象：一方面是密西西比河养育了他，他把水看成是生命之源；另一方面是作家用静谧、纯净的河水，象征自由与再生，象征人类社会的真、善、美，体现了作家对自由、理想的追求。

19世纪80年代，马克·吐温写了两部历史题材的长篇小说：《王子与贫儿》（1881）和《在亚瑟王朝廷里的康涅狄克州美国人》（1889），他站在资产阶级民主主义的立场，揭露批判封建专制制度和教会罪恶。

1891年，马克·吐温开始了长达9年半的国外旅居生活。这个时期的重要作品有《傻瓜威尔逊》（1893）和《败坏了哈德莱堡的人》（1900）。前者主题和《王子与贫儿》类似，强调不论贫富，人的天赋并没有什么差别，是社会把人分成等级的。小说描写一个女黑奴怕自己的儿子将来被主人卖掉，把他同她白人主人的儿子在摇篮里对调。结果，假少爷在白人社会环境中长大，染上种种恶习，成了罪犯；而白人小主人则养成了驯服温良的奴隶性格。作家通过这样离奇的情节，批判了"白人优越论"和美国的种族歧视。后者和短篇小说《百万英镑》类似，揭示金钱支配一切的威力。小说写资产阶级为了争夺钱财，道德败坏、寡廉鲜耻，哈德莱堡是作家虚构的市镇，实际上是美国的缩影。小说构思巧妙,结构严密,富有戏剧性。

这个时期已进入创作后期,马克·吐温作品的基调随着思想的深化,已由轻松的幽默转向辛辣的讽刺。诙谐、滑稽的成分减少,冷静严峻的字里行间常常流露出作家的不满和愤慨。

1895年,马克·吐温为偿还债务作了一次一年多的环球讲演旅行,亲眼目睹了帝国主义的野蛮暴行和殖民地人民的痛苦生活,这些对他思想和创作产生了极为重要的影响。1897年,他发表《赤道环游记》,谴责英帝国主义的殖民政策。1900年马克·吐温一回国,就发表声明:"我是一个反帝国主义者,我反对兀鹰把爪子伸到任何国家"。他非常支持和同情中国人民的反帝斗争。《给坐在黑暗中的人》(1901)、《为劳斯顿将军辩护》(1902)、《沙皇的自白》(1905)等都是晚年出色的反帝论文。

他的短篇小说《百万英镑》似乎很不起眼,文学史家甚至认为不值一提,其实小说对金钱万能的社会现实、势利庸俗的市民心理的批判和嘲讽正是马克·吐温小说不容忽视的重大主题之一。小说改编的电影由好莱坞影帝格里高利·派克主演,久演不衰,现在它已成为电影史上的百年经典。

小说叙述了这样一个故事:富豪之家的两兄弟,一天从银行取出面额为一百万英镑的钞票,他们想用打赌的方式来验证各自的理论。一个认为,这样一张钞票对穷人毫无价值;另一个认为,仅拥有这样一张钞票(不兑现),就可以过上上等人的生活。他们选中了一个身无分文的年轻人亨利作为试验品。于是,这个小伙子经济上的突变,引起了生活方式的巨大改变。亨利经历了他人的种种误解,命运的重重转机,突如其来的全新生活……小说把金钱对于人物命运的支配、人对金钱的贪欲刻画得入木三分。

《百万英镑》表现了作家早期的风格:诙谐幽默,在滑稽可笑的闹剧之中见讽刺。这种讽刺虽然采取喜剧的形式,但同样是深刻有力的。作者从一张一百万英镑的钞票入手,写出了当时弥漫全美国的投机风气、拼命追逐金钱的狂热情形,也写出了资本主义社会只认钱、不认人的市侩心理。这张钞票尽管票面大得吓人,但对于主人公亚当·亨利来说,实际上是没有使用价值的,因为银行不会给这个穷光蛋兑现,找又找不开,所以打赌的富翁把它称作"一张小纸片"。但是,在那个以钱为唯一上帝的社会里,亨利就凭

多维视域中的西方文学

这张"小纸片"一下子成了"百万富翁"。吃饭不用付账，几十套衣服主动送上门，旅馆老板腾出最好的房间给他，美国大使献殷勤，显赫的贵族请他赴宴，他的一言一行、一举一动都成了风靡一时的新闻……只不过身上多了一张"小纸片"，亨利就受到了与没有"小纸片"时的迥然不同的待遇。那班饭店老板、服装店老板前一分钟还很讨厌这个穷鬼：恨不得马上把他撵出去，可是见了这张"小纸片儿"，简直像见了上帝，吓得魂不附体，不知怎么巴结才好。通过前后两种完全不同的态度对比出：一张纸片，两副面孔！社会对穷光蛋和富翁身份的认同非常形象化地揭示出来了。这对于世态炎凉的社会，是多么深刻、多么绝妙的讽刺！马克·吐温很善于用这样一种手法，把他喜爱的天真老实的主人公从一个地方挪到另一个地方，改变他的生活环境，通过虚构离奇的情节，更好地展开主题思想的描写。例如王子因为一个偶然的原因成了贫儿，贫儿成了王子。在《百万英镑》里，他把美国主人公亚当·亨利放在异域他乡——英国的环境中，展示其离奇的经历来达到讽刺的目的。亚当·亨利原来是美国旧金山一家交易所的办事员，坐游艇飘到海里，流落伦敦，成了穷光蛋。这就符合两个英国富翁为打赌正在物色的对象的条件：诚实、外乡人，在伦敦举目无亲、身无分文。就其讽刺的矛头来说，可谓一箭双雕，既讽刺了英国也影射了美国。

在小说中，讽刺是通过艺术的夸张表现出来的。这也是作家的主要特色。他笔下出现夸张的形象，有时离奇到似乎不可信的程度。美国人坐游艇居然能漂洋过海到了英国，这简直带有科幻小说的味道；其实英国有史以来也没有发行过票面一百万英镑的钞票；然而这些离奇的情节所要表现的正是西方社会典型的特征——金钱万能。所以，我们不但不感到虚假，反而觉得符合生活的真实，具有艺术说服力。

大团圆的小说结局。波霞是打赌者之一的富翁的女儿，她原来的意图是去观察这个穷光蛋的，所以一直隐瞒着自己的身份，可是她在同亨利接触过程中，却对他产生了爱情，他也爱上了她。小说结尾是穷光蛋亨利娶了富翁的女儿波霞，一对有情人终成眷属，结为美满夫妇。这段故事带有自传性质：它是马克·吐温自己美满婚姻的写照。他用小说中的亨利暗喻自我，亨利对他见到波霞·郎汉姆的那次集会的反应——"我们俩玩得多么痛快呀；

郎汉姆小姐和我确实是够快活的。"——这实际上是马克·吐温和奥维利亚共度元旦节的回忆。马克·吐温疯狂爱上一个具有维多利亚时代优雅风度的富家小姐,在经历了一个暴风骤雨般的求爱过程后终于如愿以偿娶到手,也许马克·吐温内心唯一遗憾的是自己还是个穷小子,所以塑造亨利得到百万英镑来达到心理平衡。这个结局在很大程度上反映了作家早期的思想情调:对个别的社会现象讽刺,而对于当时美国资产阶级"民主"社会的前途充满信心。

三、心灵不能承受的重:《哈克贝里·费恩历险记》

与欧洲其它国家的文学相比,美国文学的历史较短,但是美国作家一直致力于建立具有自己民族特色的文学。经过马克·吐温等人的不断探索和追求,19世纪末,美国文学已基本上形成了自己的优秀传统。在经历了废奴文学、反种族歧视和黑人文学等几个发展阶段后,现实主义文学把早期的美国文学推向高峰。在现实主义文学发展过程中,涌现出一大批杰出的作家。强调写实、重视客观;直接触及社会弊端,揭露上层社会中政客、投机家、金融家等大资产阶级寡廉鲜耻的丑恶面目;洞察下层社会,倾注对普通小人物的同情是他们的共同特征。这些作家不仅给美国19世纪的文坛带来了生机。而且在思想内容、题材选择、风格技巧上都显示了自己鲜明的特色。马克·吐温就是突出的一个。

《汤姆·索亚历险记》(1876)和《哈克贝里·费恩历险记》(1876—1884)是描写儿童历险小说的姊妹篇。堪称马克·吐温创作鼎盛时期的代表作。前者是作家小说中自传性最强的作品。其背景都是作家儿时戏耍的汉尼伯镇和密西西比河沿岸。虽然大多数人都认为小说是一部杰出的儿童文学读物,马克·吐温本人并不承认,他在"前言"中说:"这本书根本不是写给孩子看的,只有成年人才看得懂它,它也是专门为成年人写的。"这部小说结构完整,小说从四个方面展开:汤姆与成人社会;汤姆与贝蒂;汤姆与哈克;汤姆和乔。中心人物是汤姆,他是小说的主线。主人公汤姆和哈克属于当时美国南部传统教育中的所谓"坏孩子",这类儿童不情愿套上传统教育的锁链,本能地要求突破传统文化,使自己的天性得到自由发展。作家运用对比手法,把生机勃勃的儿童心理和陈腐刻板的生活环境加以对照,嘲笑资产阶级儿童教育的清规戒律。

《哈克贝里·费恩历险记》(也有的译成《哈克贝利·芬历险记》)是马克·吐温用了近8年时间才完成的,无论从思想内容还是从艺术性方面来说,它都相当成熟,是马克·吐温最优秀的作品,海明威曾这样评价它:"一切现代美国文学都来自一本马克·吐温的著作《哈克贝里·费恩》……这是我们所有书中最好的。一切美国文学都来自这本书。"如今它早已成为美国文学史上的一部经典。它于1884年在英国第一次出版,次年在美国出版;目前我们所见到的、流行的普及版只是马克·吐温《哈克贝里·费恩历险记》手稿中的后五分之三;百年后的1990年人们惊讶地发现其手稿还有前五分之二一直没有面世,直到1996年兰德姆出版社把两部分手稿合在一起出了"全版的"《哈克贝里·费恩历险记》,但是只供研究使用,现在文学界通行的版本仍然只是手稿的后半部分。

《哈克贝里·费恩历险记》初版插图(blog.sina.com.cn)

小说故事发生在美国南北战争前的50年代,主人公哈克以自述的口吻叙述他和黑奴吉姆为寻求自由而冒险的全部历程。哈克是个14岁的穷孩子,自幼丧母,父亲是个对孩子漠不关心、游手好闲的酒鬼。十四年来哈克几乎没有受过教育,语言粗鲁、十分淘气、爱骗人撒谎,不愿受人管教,整日一人在野外生活。但同时,他正直、善良、淳朴、渴望自由。他曾寄养在道格拉斯寡妇家。酒鬼父亲闻讯找上门来,强行把他带进森林,过起以渔猎为生的生活。为逃避父亲毒打,哈克设计逃走,途遇出逃的黑奴吉姆,他俩乘木筏顺密西西比河漂流,准备到北部自由州去。路上碰上自称"国王"和"公爵"的两个骗子,他们企图卖掉吉姆,哈克在汤姆帮助下救出吉姆。最后哈克才知道根据女主人的遗嘱,吉姆已经获得了自由。

这部小说的故事是《汤姆·索亚历险记》的继续和发展。内容非常丰富,具有多层次的含义,既可视为一部批判蓄奴制的小说,又能作为哈克认识上成长的故事,还可以作为流浪汉冒险记欣赏,或轻松的儿童文学去阅读,不过,反种族歧视、批判罪恶的蓄奴制是小说的基本思想。作家通过哈克在帮助吉姆出逃途中认识上的变化体现了这一主题。

蓄奴制给美国带来的危害和影响不是一朝一夕的。由蓄奴制所造成的种族歧视和种族压迫观念已经形成一种普遍的被社会默认和合法化的文化传统,人们遵循它,把它视为不可违抗的、天经地义的行为准则和道德规范。对此马克·吐温曾在一篇未发表的笔记中作过专门说明:"在那古老的蓄奴日子里,整个社会公认奴隶财产神圣至上,偷窃一匹马或一头牛罪小,而当一个逃亡奴隶遇到不幸或感到恐惧、绝望的时候,你去帮助他、庇护他、藏匿他、安慰他,或在可能向追捕者告发时而迟疑犹豫,那可就犯了弥天大罪,并将蒙受无法洗刷的名誉上和道德上的污垢,"而且从奴隶主到穷人都持有这种看法。尽管小说出版时,蓄奴制作为制度已经废除,但长久形成的种族歧视的传统观念和偏见却依然存在。因此,要批判蓄奴制,就必须批判否定支撑它的传统偏见。马克·吐温通过哈克与内心深处的这种偏见的搏斗,赞扬了哈克和吉姆的友谊,提出了"不分种族和肤色,人人平等"的民主主义思想。

《哈克贝里·费恩历险记》电影剧照

哈克是马克·吐温塑造的性格丰满的儿童形象之一,堪称世界儿童文学中成功的典型。在"文明"人眼中,哈克是个"野孩子",他不做礼拜,不上学,不愿过"体面和规矩"的生活,"自由自在,无法无天",就是这样一个看似拒绝传统观念的"野孩子",也认为黑奴是主人的私有财产，所以经常开一些有损于吉姆尊严的玩笑。哈克还认为救助黑奴是"不名誉的事"，是犯罪行为，会受到上帝的惩处，所以他时时受着"良心"的审判。但哈克又具有儿童的天性（马克·吐温称之为"健全的心灵"）：天真、善良、富于同情心和正义感。纯洁的天性驱使他帮助吉姆逃跑，去寻找自由，"良心"又不断地谴责他，小说围绕这个情节展开，描写哈克思想认识上的变化，也即"健全的心灵"与所谓的"良心"的冲突，小说将这一心理过程刻画得很细腻：当吉姆被骗子拐卖后，哈克在绝望中打算给华森小姐写信，要她追回吉姆。但他即刻又意识到这将会给吉姆带来更大的灾难，再说他自己也必将不见容于这个社会，上帝和"良心"是不会依饶他的："我对这件事越是前思后想，我的良心越是不依饶……我忽然觉得上帝明明是打了我一个耳光……上帝的眼睛一直在盯着我……我实在是害怕得要死……像你这样帮着黑人逃跑，一定得下十八层地狱。""我这么想了一想，就打了一个冷战。我差不多下决心要祷告一下，看看我能不能改邪归正，变成一个好点儿的孩子。我就跪下身去，可是我祷告不出来。这是什么缘故呢？"因为哈克想到他和吉姆顺着大河一路漂流的情景，想到吉姆对他的关心和照顾，"在他身上我总挑不出什么毛病，能够叫我硬起心肠来对付他"，于是他把给华森小姐写好的信撕掉了。是告发吉姆还是保护吉姆在哈克幼小的心灵上斗争得很激烈。加上吉姆的善良、他们共患难的友谊，最后致使哈克战胜了"良心"，正如马克·吐温在小说中指出的"健全的心灵与畸形的良心发生了冲突，良心被打败了"。

　　哈克是作家塑造的重点人物。在这个率真的白人少年身上，既集中了儿童天真、好奇、冒险、任性的共性，又突出了他许多优秀高尚的品质。他同一个黑奴建立起真诚的、完全平等的友谊，这在当时是很难得的，他的思想认识在和黑奴的交往中不断得到修正。

　　黑人吉姆是小说中另一重要形象。马克·吐温的贡献在于塑造这一人物时，没有着力渲染他所受的灾难，而是展现他身上的优秀品格：向往自由，勇敢坚强，不听从命运摆布。当他得知华森小姐要卖他到异乡为奴时，毅然出逃，以示反抗；汤姆因"营救"他而腿肚中弹，他毫不犹豫地留下护理，使那位种族歧视观念颇深的老医生称赞不已。真诚无私、乐于助人。他对哈克百般呵护、悉心照料，感动得哈克竟至于要吻他的脚。与其它文学中的黑奴形象相比，吉姆身上已没有逆来顺受的奴性，吉姆的形象在美国文学史上有着重要的意义。

作为19世纪美国批判现实主义文学的奠基作品，《哈克贝里·费恩》体现了思想性和艺术性的高度统一。

第一，现实主义的具体性和浪漫主义的抒情性的结合。描写密西西比河两岸的生活图景，如凋敝的农村、空虚的居民、残酷的种族压迫等等，笔触真实而具体；描绘大河的风光和主人公对自由的渴望和追求，抒情气息浓厚，岸上世界与水中生活形成鲜明对照。以对现实生活的精雕细刻，来批判蓄奴制状态下的丑恶世界，用对密西西比河风光的抒情描写，寄予作家对纯净、宁静的河水的崇敬之情。

第二，原型意象的象征意蕴。马克·吐温的小说在表层的历险情节和意义之下，还隐伏着许多原型模式，如他笔下反复出现的河水、童年等意象都是来自现实生活中的原型。小说中，对密西西比河的描绘，流露出作家对河水的特殊感情，一方面是密西西比河养育了他，他把它看成是生命之源；另一方面是作家用静谧、纯净的河水，象征自由与再生，象征人类社会的真、善、美，体现了作家对自由、理想的追求。童年意象体现在作家创作的一系列童年人物群像中，这部小说里，哈克是中心人物，他同伙伴吉姆在河上的生活和相互关系的微妙变化，他在岸上的遭遇和表现，特别是他思想性格的前后变化，都使他截然区别于普通的流浪儿形象，经过"健全的心灵"和"畸形的良心"的搏斗，哈克"健全的心灵"占了上风，象征他对淳朴、友爱、美好的自然生活的皈依，预示这颗不肯再回囚笼的灵魂将在自然的无限生命洪流中获得永生，寄予了作家本人对自由的渴望。

第三，轻松的幽默与犀利的讽刺熔于一炉。幽默与讽刺是作家创作的一贯风格。但是他的宗旨是：给自己戴上一副面具，除了间接的讽刺外，他从不直接褒贬自己笔下的人物，而是通过对人物举止言谈的绘声绘色描写，凸现人物性格。如寡妇道格拉斯的循规蹈矩，华森小姐的古板僵硬，哈克的淘气捣蛋，吉姆的憨厚迷信……作家先将日常生活中的矛盾现象集中、提炼、加工成含义深刻的笑料，再通过流淌在字里行间的幽默、有针对性的讽刺突

出人物个性。

第四，运用口语体和方言形成一种具有民族风味的"美国英语"。使用方言并不是马克吐温的独创：在他之前的斯托夫人、库柏、司各特、理查生等作家在描写下层人物时都曾使用过地方色彩的方言。马克·吐温的不同之处在于：他第一次大范围地使用方言，并且运用方言传达幽默艺术。小说中运用了三种方言，其中密苏里州派克县的方言又根据受教育程度、地理条件、社会阶层等再分为四种口音，加深了小说的真实感。此外，采用第一人称叙述者，不仅词汇简单、口语化，而且句子也简单、直接，具有口语的节奏。

第五，儿童心理描写细腻。作家准确地把握住了儿童心理的基本形态，描写哈克和他的小伙伴设计各种冒险游戏时的好奇心理，见异思迁心理，以及吉姆被骗走后，哈克的烦躁心理等等，既描写了哈克作为一般儿童普遍存在的喜怒哀乐的心理状态，又细腻生动地描写了他的个性心理发展及变化认识过程。尤其是在要不要保护、帮助吉姆的问题上，作家展现了哈克深层的心理矛盾冲突，哈克经过思想深处"健全的心灵"和"畸形良心"的反复较量，让读者看到即使不受传统教育的野孩子也有着普遍的种族歧视偏见，且已融合为自己良心的一部分，有违它，就有违于上帝。一个孩子，在其幼小的心灵中都无意识地存在着种族偏见，把帮助黑奴寻找他也在寻找的自由视为犯罪、下流，可见种族歧视观念世代相传，根深蒂固，影响之深远。小说通过哈克内心矛盾的展现，加大了批判力度。

小说中无所不在的幽默和曲折离奇的情节结构是作家的一贯艺术风格。

小说也有明显的局限。将一个14岁的孩子作为反蓄奴制的英雄，将一叶木筏作为避风港，将一个不存在的乡下小镇作为理想的归宿，将吉姆的解放寄托在华森小姐的一纸赦免令，表现了马克·吐温理想的朦胧和思想的幼稚。反映了马克·吐温不满现实又无可奈何的心情。

四、身份的错置：《王子与贫儿》

马克·吐温创作中的幽默讽刺风格被后世作家继承并发展成20世纪现

代主义重要的"黑色幽默"文学思潮。

马克·吐温在早期创作的幽默风格中透露着轻松、乐观的基调。

晚年的马克·吐温，悲观厌世情绪浓厚。究其原因，一是面对美国的种族压迫、宗教统治、殖民掠夺、贫富悬殊等种种弊病，他既有深刻认识却又找不到正确答案，他一生的奋斗并未使丑陋肮脏的社会变得美好一些；二是个人晚年历经了许多不幸。1894年，他的公司破产，接着是两个女儿和妻子相继离开人世，这些内外因素对他冲击很大。他感到人的渺小、人生的无意义，于是他的思想渐渐转向神秘、虚无、厌弃人世。"该死的人类"是马克·吐温晚年的口头禅。在杂文《什么是人》（1906）和他死后发表的中篇小说《神秘的陌生人》中，无所顾忌地表现了对人类的失望和绝望。

《王子与贫儿》（1881）和《在亚瑟王朝廷里的康涅狄克州美国人》（1889）是马克·吐温在19世纪80年代写的两部历史题材的长篇小说。他站在资产阶级民主主义的立场，揭露批判封建专制制度和教会罪恶。前者以16世纪的英国社会生活为背景，通过戏剧性的情节，使王子与贫儿互换身份，让王子倍受人民的苦难，叫贫儿当上国王，体恤下层人民。作家通过身份的错置建构了这个离奇的故事，其目的在于一方面抨击封建专制制度，另一方面又把改变现实的期望寄托在"贤明君主"身上。后者叙述一位生活在19世纪美国的工匠如何倒退到6世纪的英国，企图在那里建立民主制度的故事。作品鞭挞了封建专制和暴政，同时也批判了19世纪的美国社会，特别是人们对于技术的崇拜。马克·吐温对人类的悲观看法在结尾部分中有所流露：19世纪的先进技术被这个美国人用来大量屠杀6世纪的英国军队。这似乎反映了马克·吐温本人对技术和战争的看法：人类掌握先进技术不是用于造福人类而是用于毁灭人类。它被誉为美国当代"黑色幽默"小说的先驱。

也许是对《王子与贫儿》主题的情有独钟，10余年后，马克·吐温又写了《傻瓜威尔逊》（1893），再次通过人物身份错置的设置强调不论贫富，人的天赋并没有什么差别，强调社会把人分成等级的不合理性。

这个时期，马克·吐温作品的基调随着思想的深化，由轻松的幽默转向辛辣的讽刺。

多维视域中的西方文学

　　1910年4月21日,这位美国著名作家因病去世。享年75岁。为了能让世人永远聆听幽默大师的风趣故事,三年后爱戴他的人们在美国中部密西西比河畔汉尼伯的赏河公园为马克·吐温矗立了一座青铜塑像。

　　发表于1881年的《王子与贫儿》选取了一个人们从不关注的视角——通过具有天壤之别的宫廷生活和市井生活之间的切换,建构了一个养尊处优的王子一下子沦为乞丐,而以乞讨为生的贫儿突然当上王子的离奇情节,展示了两种环境所构成的两个不同世界。

　　故事发生在16世纪的英国,爱德华·都铎王子的降临让全国人民为之欢呼了好几天;人们除了谈论爱德华王子别的什么都不谈;与此同时还有一个孩子诞生在"酗酒、胡闹、打破脑袋是家常便饭"的"垃圾大院"里。更为巧合的是,乞丐家庭出身的贫儿汤姆·康蒂与王子爱德华不仅同时出生,而且长相十分相像。一个偶然的机会,少年时代的贫儿汤姆认识了王子爱德华,被爱德华王子请进了王宫。在王宫里,汤姆与爱德华王子无所不谈。贫儿汤姆羡慕王子的荣华富贵,而王子也羡慕汤姆的自由生活。于是他们商量了一下,互换了衣服,汤姆穿上象征王子身份的服装,戏剧性地成了王子;王子换上那象征贫儿身份的破烂衣衫后被王宫里的侍卫误认为小乞丐赶出了王宫。贫儿汤姆以"王子"身份在王宫里尽享荣华富贵,还当上了英国的新国王。汤姆当了一国之主后,仍然从贫儿的视角看世界:当大臣向他报告:宫廷财库几乎要空了的时候,汤姆说道:"我们分明是快要倾家荡产了。我们应该搬到小一点的房子里去住,把仆人开销了才对……他们没有什么用处,徒然耽误事情。"汤姆以"王子"的身份说的却是与身份不吻合的"贫儿"的话,所以被宫廷权贵认为是疯话。审理案件时汤姆遇到一个男犯要求减刑成绞刑。原来他被诬告放毒,根据法律,对放毒犯要煮死。原告的证据是一个巫婆说的话,汤姆果断地说:"只凭这种靠不住的、粗枝大叶的证据,

《王子与贫儿》
(www.en8848.com.cn)

就把一个人处绞刑，真是使我生气！"汤姆还处理了两个奇特的女犯。她们是母女俩，小的不足十岁，罪状是把灵魂卖给了魔鬼，罪证是她脱掉了袜子，在伦敦引起了暴风雨。汤姆现场让女犯再次脱下袜子，施展魔法来"掀起一场暴风雨"。可结果"使人大失所望"。汤姆说："你的魔力已经跑掉了，你放心走开吧。"于是就释放了无辜的女犯。在爱德华王子没有回来之前，汤姆身为"王子"、心为"贫儿"：以贫儿的善良、机智、聪慧、仁爱之心代替爱德华王子治理国家，废除残酷刑罚，赦免无辜犯人，颁布了合乎民意的法令。

真正的王子爱德华以贫儿的身份（身为贫儿、心为王子）在外四处流浪，不得不忍受贫穷和乞丐们的欺凌和嘲讽、贫儿父亲的打骂。他从王子的视角经历了老百姓生活的种种苦难，真正了解到平民百姓真实生活的困苦。在民间受到一群流浪儿围攻，过后他想，在教养院里，"脑子里闹饥荒，心灵也得不到营养，那是没有什么价值的。我要把这个随时牢记在心里，不忘掉今天所受的教训，以免我的百姓因此而吃苦；因为学问可以改善人心，培养文雅和仁爱的品质"。他到处流浪，没住处就在牛棚过夜，为生存讨饭活命。当被人陷害，深陷囹圄时，他这样想："大英国王要求一个老百姓遵守法律所要吃的苦，我保证他自己处在一个老百姓的地位的时侯，也一定忍受。"在狱中他感慨地说："世界上的事情都安排错了，国王有时候应该尝一尝自己的法律的滋味，学习学习仁慈才行。"改变了身份，降低了生活地位，在底层吃尽了苦头，王子才知道法律不该冤枉好人。错置的身份导致了天壤之别的生活地位的巨变。也正因如此，王子重登王位后，才逐渐把专制王朝扭转成"仁慈的时代"。

小说隐含的另一个主题是王子和贫儿都试图在寻求一种迥异于父辈生活的理想。贫儿的父亲贫穷、粗野、打骂孩子，他既是父亲也是现实处境的象征。贫儿的处境类似于哈克贝里·费恩，他对父亲又恨又怕，他渴望过一种舒服、富有、仁爱的家庭生活；王子的老父王专制、残酷、草菅人命（从大量的冤假错案中可窥见一斑），王子渴望过一种自由自在、无拘无束、平等仁爱的生活，作家用身份错置的艺术手段让两者的心愿得到了满足。

小说构思奇特，孩童的视角别致。王子错置成"贫儿"身份，当他寻求

 多维视域中的西方文学

王子身份认同时,被当成"疯子";贫儿错置成"王子"身份后,当他寻求贫儿身份认同时,宫廷文武包括老国王亨利八世在内都认为他神经错乱,小说巧妙地从侧面讽刺成人世界典型的"衣帽取人"的势利、庸俗心态。

《王子与贫儿》虽然写的是 16 世纪英国的事情,但却影射了马克·吐温所处的现实环境,即 19 世纪资本主义的美国。写这部小说时,作者已不像早期那样对社会充满乐观情绪,小说的基调从轻松的幽默转入辛辣的讽刺。

当时,这部小说是马克·吐温为女儿苏西写的,全家人都非常喜欢,他们把书中的故事编成戏,妻子给孩子们做很多戏装,他们经常全家齐上阵来表演给邻居们看,有时观众达到八十多人。现在《王子与贫儿》也是作家小说中被拍成电影最多的作品之一;它还被制作成动画片,在多国发行;《王子与贫儿》受到各种年龄层次、不同国籍人们的喜爱,它已远远超出了小说本来的意义,成了某种人生境况的寓言。

纵观马克·吐温的一生,他不但是一位创作题材广泛、观察力敏锐、想象力丰富的作家,而且富有民主思想和正义感,他在诙谐的说笑中针砭时弊,在冷峻的奚落中批判罪恶,在幽默情境中设置曲折离奇的故事,以文学为武器,勇于同一切社会弊病以及一切剥削、压迫、不平等、欺凌的思想行为作斗争。

第三章 充满魅力的"恶之花"

一、原始情调的《高龙巴》

一个尚未开化的海岛上，一个野性未驯的少女，伴随一场奇异的爱情，演绎了一个惊心动魄的复仇故事……这个故事未必人人都能接受，但是却非常有吸引力，这就是梅里美（1803—1870）的中篇小说《高龙巴》。

《高龙巴》
(book.yoyobao.com)

在19世纪的法国文坛上出现了一批享誉世界的文坛巨匠，如巴尔扎克、雨果、司汤达、莫泊桑、大仲马、乔治·桑等等，为了能在高手云集的文坛立足，梅里美可谓另辟蹊径。他的创作与同时代作家相比，有明显的独创性：第一，小说以远离法国本土的异域他乡为背景；第二，描写那些未被开化的、很少为人所知的民族和人民的生活；第三，发掘"化外之民"身上的闪光点，与文明社会相对照。

中篇小说《高龙巴》带有浓厚的原始情调与血腥味。故事发生在19世纪20年代以前的法属科西嘉海岛。那里保留着未被法国文明所浸染的、古朴的、带点中世纪野蛮的民风。小说讲述了村姑高龙巴为父复仇的故事。高龙巴美丽绝伦，平时温顺、有礼，而当她激动、特别是当她面对仇人时，眼中就闪耀着奇异的火焰。她没有受过什么正式教育，在一些涉及文明的常识方面惊人地无知，但她能够对所接触到的人和事说出最准确的意见。她同情"土匪"——在科西嘉，"土匪"并不是一个坏的名称，而对那些官兵们，她倒时常加以嘲弄。她是当地有名的挽歌女，善于临时编唱出动人的挽歌。她的家族在岛上享有崇高的威望。他们有一个仇家：巴里岂尼家族。高龙巴的父亲台拉·雷皮阿曾在拿破仑军中当过上校，后来因拿破仑倒台而被迫退伍，隐居乡间，经常受到当了村长的仇家瞿弟斯·巴里岂尼律师的刁难。一天，雷皮阿被暗杀了。就在父亲的尸体前，高龙巴编唱了一首挽歌，当众指出真正的凶手是巴里岂尼家，并表明了复仇的决心。于是一种紧张的气氛笼罩在这有着旧根新仇的两个世家之间。然而当地的习俗使她——一个女子不能与她的仇人血刃相见。她将复仇的希望寄托在军队里当上尉的哥哥奥索身上。但是走出乡村后的哥哥，身上越来越多地吸取了文明社会的秩序和法律，他对妹妹野蛮的报仇方式十分不满，并试图阻止她的野心。高龙巴用了各种各样的方式启发、刺激哥哥，终于达到目的。

小说的成功之处并非在于情节的曲折离奇，而在于高龙巴艺术形象的完整性。她的身上凝聚着刚烈与柔软两种截然不同的东西。她就像哈姆雷特一样肩负着似乎不能完成的艰巨任务，但她的勇敢和果断却远远超过了王子。从父亲去世那天起，她就埋下了报仇的种子。本当恋爱的青春时期，她却全然不去流连人间的儿女情长，一心指望着心目中的英雄——哥哥为父雪耻。这种坚定的信念让她柔弱的心灵变得坚强，让她温柔的面孔下潜藏着愤怒。作为军人的奥索在面对着被仇恨所充斥的妹妹时，也不禁发起了感触："高龙巴，老天把你生为女人真是安排错了！你很可能是个出色的军人。"就是这样一个村姑，她的决心，她的智谋，她的勇敢，使她成为了这一次复仇事件的真正主角。与奥索比较起来，她更是一个强者。她实现了自编的"挽歌"中的话："我要那只放枪的手，我要那只瞄准的眼睛，我要那颗起这个恶念的心。"

第三章 充满魅力的"恶之花"

高龙巴的刚烈来源于自然的本性,也就是强烈的个人情感和古老的习俗。当文明社会的法律不追究她的杀父仇人的责任时,她就要根据科西嘉古老的习俗为父报仇。在整个复仇过程中,高龙巴显得比任何人都更加坚定,更有行动性,也更加机智,颇有一种巾帼不让须眉的气概。科西嘉人的血统在她身上表现得最为纯粹。科西嘉人的习俗是有些野蛮的,高龙巴的复仇行动也是有些残忍的,然而她同那些由于文明的熏陶而变得没有血性,以遵规守制为由不敢声张正义的懦弱的文明人比较起来,却要伟大的多。

奥索的女友丽弟亚与高龙巴形成强烈的对照。一个是文明社会的小姐,一个是带着野性的村姑。她们都美丽、聪明、热情。然而,丽弟亚娇气、任性、有浓厚的虚荣心,在高龙巴闪闪发光的形象面前,她显得很苍白。

在小说中,还出现了两个生活在绿林中的土匪。其中一个曾经在拿破仑手下当过兵。另一个是在学院里研究过神学的大学生,他们都有命案在身,于是一不做,二不休,潜入小岛,遵守着他们自己的荣誉和道德观念,过着公开反抗社会、动荡、危险的生活。他们的形象和高龙巴的形象互相辉映。

另一个中篇小说《卡门》(也有译为:《嘉尔曼》)从人物塑造到风格都堪称《高龙巴》的姊妹篇,也是梅里美的成名作。一百多年来,这篇小说被译为数十种文字在全世界出版,并改编为歌剧和影视作品,引起巨大反响。

主人公卡门不是普通意义上的"正面人物",虽然作者把她写得异常美丽,但她是一朵美丽的"恶之花"。卡门身上有许多明显的、也是常人不能容忍的缺点。她凶狠、风骚、任性,爱搞恶作剧;她还偷窃、行骗、走私,为杀人越货者充当耳目;她爱上一个又一个的男人……她身上的缺点太多了,但这一切都遮蔽不住她身上最富光彩的特点——对自由的无比热爱。在她的

傅雷译梅里美《嘉尔曼》
初译稿(1953.6.)(www.china.com.cn)

生活中，自由是生命，是她存在的一种方式；当自由和生命发生冲突时，她便毅然舍弃生命捍卫自由。

　　小说的震撼力正来自于卡门的这种独特的生存原则，来自于她抛弃了爱情和生命而执着追求自由的精神。卡门爱上了唐·约瑟，但唐·约瑟只希望和卡门一起去过一种安定、规矩的生活，他希望完全占有卡门。而卡门的想法却和他不同，卡门要的是一种自由不羁的生活。在双方意见不一致的情况下，唐·约瑟以砍死卡门相威胁。这时候，卡门仍然是她自己："我明明看出你要杀我，可你不能叫我让步。"在死神面前，卡门没有丝毫的胆怯，"卡门永远是自由的"。她以死捍卫着她的生活原则，最终卡门为了自由而死在情人的手上，这是她性格使然。卡门不自由勿宁死的精神，让她成为传奇式的人物。也许世界上太多的人为了不忍舍弃的利益而苟且活着，也许世界上有太多的人不能像卡门那样不顾别人的看法，走自己的路，卡门才成为人们心中理想的一种化身。

普罗斯佩·梅里美
(Prosper Mérimée)

　　梅里美一生发表过大量戏剧、诗歌、小说、论文和学术著作，但他的主要成就还是表现在《卡门》、《高龙巴》等 20 余篇中短篇小说上。梅里美小说的特别之处在于：除了选材上的独创性以外，他在艺术表现方面也独具一格。

　　首先，情节集中，简洁凝练。梅里美的文笔高度精练，惜墨如金，往往在短短的篇幅里表现出巨大的社会问题。例如，短篇小说《塔曼果》并没有描写殖民地和半殖民地贩卖黑人奴隶的背景，而只是用贩奴船的一次航行来表现种族迫害的罪恶，篇幅虽小，但表现了丰富的社会内容；再如，《攻占炮台》只三千字左右，却从一个侧面写出了拿破仑占领莫斯科那场战役的情景，表现了短篇小说以小见大的特点。他的小说有的只写了几天的故事，如《塔曼果》，写的是黑奴在贩奴船上起义的故事；有的只写了几个小时的故事，如《马特奥·法尔戈内》。这两篇小说的情节都非常集中单一，语言也十分简洁凝练。《马特奥·法尔戈内》取材于戈丹神父撰写的《科西嘉岛纪游》中的一则传说,小说除了对科西嘉岛的杂木丛林有几百字的描述外,通篇没有多余的枝蔓。梅里美对"父杀子"这一惊心动魄的事件不做一字评点,让读者去思考和领会小说的结局和余味,从而给读者留下了广阔的想象空间。

其次,人物形象奇特、富有个性。梅里美善于把刻画的重点放在一些平凡的士兵和农民身上,尤其放在其他作家几乎不曾刻画过的"土匪"、"赌徒"、"奴隶贩子"和"邪恶"的女人身上,通过对这些平凡的人物和"邪恶的精灵"的解剖,赞扬了这些人身上的某种闪光的精神,即与虚伪、苍白的现代文明、道德习俗相对立的思想和精神。例如,马特奥·法尔戈内的性格是嫉恶如仇,刚烈正直,当他得知独生子由于贪图一只挂表而出卖了前来他家寻求庇护的逃犯后,极为愤怒,为了"伸张正义",他亲手杀死了自己十岁的孩子。马特奥的行为接近于人在原始状态下的行为,这种行为并没有因文明的影响而改变,或者不受文明社会的影响,还保留着原始纯正的民风。马特奥的铁石心肠在于他忠实于科西嘉岛"不能出卖别人"的道德观念,在他的心中,没有其它的杂质。在梅里美看来,这种原始人的感情是史诗般的英雄感情,是值得肯定和赞美的。《塔曼果》中塔曼果的性格特征则是不屈不挠,有勇有谋,粗中有细。作为非洲黑人部落的酋长和黑奴贩子,他威武有力,刚愎自用,粗犷强悍;另一方面,小说还着重刻画了他成为囚徒之后变为有勇有谋、粗中有细的性格特征。燃烧在塔曼果心中的是不愿沦为奴隶的坚强意志,他要反抗,利用自己的威望,成为起义的发起者、组织者和领袖,精心地策划了这场起义。梅里美把这个人物从主子到奴隶的情绪变化都恰如其分地描写出来,处理得十分细腻。梅里美的两篇代表作《高龙巴》和《卡门》也是由于塑造了性格突出的典型形象从而成了世界经典。高龙巴坚定沉着,具有强烈的复仇意识,她工于心计,一切都在她的策划和调度之中。梅里美把她描写成科西嘉灵魂的象征,她具有行动感和农民意识,执着于自己的利益,忠于家族的荣誉。相比之下,她的哥哥奥索由于受到文明社会的熏陶和影响,对荣誉抱有不同的观念,也就不像她那样忠于科西嘉的风俗。奥索的存在是对妹妹高龙巴的对比和衬托,从而更加显现出高龙巴的泼辣和大刀阔斧的性格。卡门酷爱无拘无束、独往独来的生活,她的狡黠表现

在与人交际方面,她充当了强盗和走私贩子的内线和探子;另一方面,她的性格特征还表现出野性十足,泼辣强悍的一面,她发起怒来,会在别人的脸上用刀划一个十字,令人望而生畏。一句话,在她的身上,集中地表现出吉普赛人这个流浪民族的习性:不受任何法律的约束,性格豪放、强悍,酷爱自由。总之,卡门是一个接近于原始民族的,具有纯正民风的山野之民,与文明社会典雅女子迥然有别,而这个形象的魅力也就在这里,可以看出,梅里美笔下的人物往往都性格强悍,富有激情,善于决断。

第三、浪漫主义与现实主义相结合。梅里美的特点在于把具有浪漫主义情调的内容融入现实主义创作中。其小说的浪漫主义情调,表现在他追求具有冒险意味的异国情调和地方色彩。梅里美的小说背景有的在科西嘉岛,有的在海上,有的在地狱。因此,他的小说具有浓厚的传奇色彩和迷人的艺术魅力。例如《高龙巴》取材于法国科西嘉岛的家族仇杀;《卡门》则描写了西班牙大盗和吉普赛女郎的爱情;而《塔曼果》叙述了黑人酋长塔曼果和勒杜船长喝酒讨价还价的情景:一个黑奴只值一杯烧酒的价值交换反映了贩奴时代黑人的愚昧与落后;黑人嗜酒如命,崇拜神灵,塔曼果和爱歇的深情又是对非洲独特风俗人情的生动描绘,这些渲染使小说更加引人入胜,趣味无穷。梅里美还善于把浪漫主义和现实主义熔于一炉。例如,《伊尔的维纳斯铜像》真实地描写了法国西部的自然景物和风土人情,从而表现出鲜明的现实主义特色。卡拉尼古拉山脉的倩影,塞拉博纳的圣徒像,当地的歌曲"熊熊燃烧的群山",科利乌尔陈酒,炸玉米糕、乡镇的婚礼,这一切都绘声绘色,色彩斑斓,烘托出比利牛斯山脉一带的特殊风光和风俗习惯;更加令人感兴趣的是梅里美的这篇小说描写了惊心动魄、神秘恐怖的气氛,梅里美把这种浪漫主义的神秘色彩同作品的现实主义描写紧密地结合在一起。

第四,第一人称叙事。与同时代作家使用第一人称叙事手段不同的是,梅里美在采用第一人称的叙述方式时,往往保留了自己真实的身份。有时,他以考古学家的真实身份在作品中进行考察,对当地的风土人情怀有极大的兴趣,《伊尔的维纳斯铜像》和《卡门》就是突出的例子。因为叙述者是考古学家,所以他对风土人情的关注就是十分自然的事。保留真实身份的好处在于:一方面,他的考古学家的身份给地方色彩的描绘提供了方便;另一方面,这种考古学家的真实身份又能够使读者带着信赖去读小说,从而增加读者的信任感,因此,考古学家的真实身份成为叙述情节的巧妙工具。梅里美还不时用跟读者进行间接的对话来评判小说人物的行动。他以这种方法与小说中的人物保持一定的距离。他是小说情节的目击者或者介绍者,叙述的是充满戏剧性的浪漫故事,文字轻灵自如,典雅明快,不时闪现出现实主义的光辉和洞察力。梅里美是一个高明的故事叙述者,他讲故事的方法很多,除了第一人称叙事之外,他还设置多种艺术层次,一边叙述,一边掺进精辟的议论来撩拨读者的兴趣和思考。

梅里美对文学的贡献在于他能通过各种艺术技巧和手段的出色运用,成功地浮现从生活中得来的印象和形象。总之,只有独特的生活判断、独特的思想感受和独特的艺术形式及其表现手法的完美结合,才能构成文学的独特创造,才能在作品中显现出作家独具一格的创作个性。

二、妓女有大义:《羊脂球》

居伊·德·莫泊桑(1850—1893)是法国19世纪后期一位重要的作家,他和美国的欧亨利、俄国的契诃夫并称为世界三大短篇小说之王。1880年《羊脂球》发表,莫泊桑在文学界如流星升空,福楼拜高兴地说:"这小子崭露头角,会比我们走得更远。"

1850年8月5日,莫泊桑生于法国诺曼底一个没落的小贵族家庭,1856年父母因感情不和而分居,莫泊桑随母亲住到乡下,1868年进入卢昂中学学习,与诗人路易·布耶通信,布耶鼓励他写诗。1869年秋,莫泊桑开始在巴黎学习法律。1870年普法战争爆发时莫泊桑中断学业志愿应征入伍,他被分配到卢昂第二师的后勤处,目睹了法军的崩溃,他本人也随同溃退的军队一起逃命。不过他对自己

莫泊桑(Maupassant 1850~1893)(www.5156edu.com)

多维视域中的西方文学

的这段逃亡经历很是厌恶，对战争也深恶痛绝，在作品中对野蛮与荒谬的战争描写正是这段情感经历的宣泄。1872年他进入海军部舰队装备处，1879年转入国民教育部任职。在这期间，他已经开始了创作生涯，并且在1875年发表短篇处女作《剥皮的手》。

对莫泊桑一生起重大作用的人当推法国现实主义文学大师福楼拜。福楼拜和莫泊桑的母亲一家关系亲密，莫泊桑的舅舅是当地小有名气的诗人和小说家，他和福楼拜是很好的文友。所以在莫泊桑很小的时候，舅舅和母亲就托付福楼拜指点莫泊桑的写作。可爱、聪明、理性和机智的莫泊桑，也很讨福楼拜欢喜。福楼拜对待莫泊桑如同自己的儿子，不仅在艺术上悉心指导，关怀备至，引介莫泊桑结交文坛名家，而且在生活中也多方面给以照顾。在莫泊桑还没有成为作家之前，福楼拜利用自己的作家身份为莫泊桑在政府部门谋职。可能因为福楼拜对莫泊桑的过于保护，再加上后来莫泊桑患了癫痫，染上了梅毒，人们自然联想到福楼拜；因为福楼拜也是死于癫痫，且一生未娶，他把自己的爱情故事写进了小说《情感教育》。莫泊桑的生活习惯很像福楼拜，玩妓女和运动是他人生的两大业余爱好，种种迹象以至于使人们猜测莫泊桑是福楼拜的私生子从而带有他的遗传基因。

莫泊桑给世界文学留下了丰富的遗产。他在短短的10年间创作的中短篇小说约350多篇，此外还有6部长篇小说、1部诗集、3部游记和4个剧本，在报纸专栏上撰写的文章有三大卷之多。

《一生》是莫泊桑的第一部长篇小说，体现了作家对女性问题的关注。女性如何对待自己的婚姻、爱情？如何认识自身的价值？小说的回答带有典型的男性主义立场。

从女主人公的个性以及小说对诺曼底农村自然风光和风土人情的描写来看，它和福楼拜的小说有着直接的渊源关系。主人公约娜禀性淳朴、善良，对人满怀热情。特别在小说的最初几章中，约娜对生活的憧憬，对生活的喜悦、信任和热爱，无可抗拒地吸引着读者。但随后，莫泊桑以细腻的、诗意的笔揭示了这个主人公的精神世界是个"无我"的世界，毕生过一种无目的的生活。作为女儿，她敬爱父母，幻想他们是最敦厚而有德行的长者，但最终发现他们也都各有自己荒唐的经历。作为妻子，她安分守已，听天由命，

第三章 充满魅力的"恶之花"

然而她却一次又一次地受到丈夫的欺骗,但无视丈夫背叛她的事实。丈夫死后,她自己的一生便寄托在儿子身上。可是儿子在外借高利贷、逃学、嫖娼,儿子也一次又一次欺骗她。这里,约娜是一个完全没有自我精神世界的人,最后变成了一具行尸走肉,没有灵魂的躯壳,莫泊桑细致地描述了她身上明显的传统女性性别特征——顺从、忍受、善良、愚昧,显然这是一个男权文化标准下典型的贤妻良母。在男权社会中,结了婚的女性的现实处境就是理所当然地成为丈夫的附庸:"她改用他的姓氏;她属于他的宗教,他的阶级,他的圈子,……她必须夫唱妇随。她在某种程度上必须果断地与她的过去决裂,依附于她丈夫的世界。"莫泊桑站在男性叙事者的角度,把约娜塑造成男权文化期望的女性的楷模。小说中约娜的自我意识已被男权社会主流意识形态所抹杀和压制,实质上她只是男权文化镜城中没有自身主体"声音"的空洞能指。

莫泊桑的主要成就是短篇小说。有人说,在法国文学史上可以没有《一生》、《漂亮的朋友》,但是如果没有他的中短篇,那将是个很大的遗憾。他的作品除了受福楼拜的影响外,还深受左拉、俄国小说家屠格涅夫的影响。1880年左拉约请6位作家各写一篇战争故事合成一册,名为《梅塘晚会》。其中莫泊桑写的《羊脂球》备受赞扬,一举成名。于是他辞去教育部的职务,开始从事专业创作。

从思想内容上说,《羊脂球》以普法战争为题材,表现出作家的爱国主义思想,揭露上层阶级的虚伪、自私、卑鄙和无耻。从艺术上说,它代表着作家的最高成就,颇为全面地体现了他中短篇小说的艺术风格。小说写的是在普鲁士军队逼近巴黎时,距巴黎东北约130公里的卢昂开到一支普鲁士军队。妓女羊脂球和另外九位有身份的人同

《羊脂球》
(www.stph.com.cn)

多维视域中的西方文学

乘一辆马车,准备转移到法军占领地卢尔弗尔。途经多特时,被普军扣住。普鲁士军官要求羊脂球陪他过夜,否则不准通行。小说的故事并没有什么惊险复杂的地方,关键就在于羊脂球是否肯答应普鲁士军官的要求这一点。以羊脂球的身份而言,本来是没有疑问的,但是羊脂球偏偏不答应,于是故事便起了波澜。小说围绕着这个事件,写了羊脂球的遭遇,周围人的态度以及普鲁士人的嚣张。

从艺术上看,《羊脂球》构思精巧,别具一格。小说从一开始,就把羊脂球结构于10个人的流亡团体中,并以"马车上—多特旅馆小住—马车继续前进"所规定的时空顺序容纳了故事的全部情节。这个马车流亡团体构成了小说既封闭又开放的结构:相对于外界来说,离开普鲁士军队占领的卢昂,克服冰天雪地的阻碍,尽快到达目的地是这个马车结构成员的共同愿望和行动目标,它决定了此结构的封闭性和稳定性;但结构内部成员中,有分属于不同阶层的贵族、资产者和商人的三对有钱夫妇、两个教会修女、还有一位民主党人士和妓女"羊脂球",即9个上等人和一个妓女。这10位乘客的不同身份、阶级地位、政治态度、思想感情和心理状况决定了他们不同的人生观和价值指向。他们随时都会发生碰撞,因此他们之间又不可避免地会发生冲突,尤其是当外部环境发生变化时,结构内部的系数就要被打破,从而使结构呈现出开放性和不平衡性。车厢的稳定第一次被打破是随着行程不久天亮了,同车的乘客发现同行的人中居然有个妓女,于是上等的男人们开始躁动;正经的女人们则蔑视,马车内出现了九比一的分裂。随着马车继续前进,饥饿感不断袭击着车内的每个人,当羊脂球从座位下拖出自备的一篮子食品时,新的平衡出现了,他们在矜持不久后将羊脂球够吃三天的食品迅速扫荡干净,于是不断地说着感激之词,这种友好的气氛一直维系到多特旅馆。当普鲁士军官要求羊脂球过夜遭到拒绝时,同车的乘客遭到了扣行的株连,于是平衡再一次被打破并被推向了分裂的顶峰。为了能尽快出发,"上等人"以"九比一"的强大攻势对羊脂球软硬兼施,最终把羊脂球推下了火坑,羊脂球的退让只换来短暂的平衡。当马车继续上路时,这九个人正吃着各自备用的早餐,洋洋得意;而羊脂球一无所备,独自饮泣。马车的封闭和稳定性复原。在这个既动荡又终趋稳定的马车中,莫泊桑既刻画了人物又展现了时代：在这里，无论贵族、资产者、正人君子、民主党人士还是修女，作者把他们作为丑的一团，作为丑的代表，美的参照物来加以刻画。羊脂球这一形象是作者着力刻画的，她善良、既尊重别人又庄严自爱，身为妓女却不"妓"，而并非操娼妓职业的上层人物自私、虚伪，在大敌当前，这群衣冠禽兽竟然连一个地位低下、被正人君子们所唾弃的妓女都不如。

正是此结构的两重性阐述，使《羊脂球》具有了同类作品未曾达到的深度和广度。环绕"羊脂球"这一中心人物，既能表现民族矛盾又能反映不同阶级、阶层人物之间的矛盾，以及这两种矛盾的交错和由此引起的每个人物内心矛盾的复杂化。

为了表现其结构的二重性，突出人物性格特征，莫泊桑采用了把羊脂球的爱国心同那些"正人君子"蓄意跟侵略者合作的怯懦、自私的行动相对照的手法；为展现人物性格和身份，小说还采用了个性化的语言和行动。比如在劝说羊脂球屈从普鲁士军官这件事上，各人都因为身份和性格不同展现了富有个性特征的语言。

细腻的细节描写更是这篇小说不容忽视的艺术特点，如对羊脂球发胖体型的描绘："十个指头也都是肉鼓鼓的，只有骨节周围才凹进去，好像箍着一个圈圈，颇像几串短短的香肠。"对车中打哈欠的场面是这样写的："时常有人打哈欠，一个人打完，马上就有另一个跟着打，并且人人轮流打起来，按照各人的性情、礼貌和社会地位，各有各的打法：有的张着嘴大声打，有的很谦虚地赶紧拿手挡住往外冒热气、张大了的嘴打。"这些细节，不但加强了对人物性格的渲染和区别，也加强了故事的真实性和生动性。小说立意新颖，视角独特，它没有直接表现战争，也没有对战争的任何评论，然而人们对待战争的态度却昭然若揭，这种创作中的纯客观态度和福楼拜一脉相承。

莫泊桑短篇小说题材丰富，大致可以做以下归类：

第一，以普法战争为背景，表现法国普通人的爱国主义精神。代表作除了《羊脂球》外，还有《两个朋友》写两个无辜的人被普鲁士人诬蔑为间谍处死；《菲菲小姐》描写了妓女的民族气节。小说写几个普鲁士军官住进了法国的一个贵族城堡，他们找来5个法国妓女玩乐，且大肆侮辱法国人。妓

女菲菲小姐疾恶如仇,用餐刀刺死普鲁士军官。《米隆老爹》的主人公米隆老爹坚定沉着,勇敢而巧妙地杀死16个普鲁士骑兵,在他身上体现了视死如归的精神。比起其他题材,普法战争方面的题材不算很多,但是篇篇都是佳作。莫泊桑亲自参加了这场战争,经历了法军的惨败,因此对战争的认识以及下层人民在这场战争中的苦难遭遇和不屈精神表现得更为深刻。

第二,以城市中小资产阶级的日常生活为主题,暴露他们爱慕虚荣、庸俗势利的心态,揭示社会风气的腐化。《我的叔叔于勒》中全家人都等着"发了财"的叔叔有朝一日出现在家门口,可是一个偶然的机会,全家人发现"发了财"的叔叔其实还是一个在船上向别人卖牡蛎的下等人时,全家人避之唯恐不及。小说从少年视角出发,审视成人世界的虚伪、势利。《项链》的女主人公马蒂尔德为了参加舞会,向女友借了一条项链,却不慎丢失,为了赔偿这条项链,搭上了自己十年的青春和精力拼命赚钱,结果发现这条项链竟然是假的!小说嘲讽了资产阶级的爱慕虚荣和追逐浮华。《伞》中的奥莱伊太太小气吝啬,丈夫带着上班的那把破伞早已显得寒碜不堪,奥莱伊太太下狠心为丈夫买了一把新伞,刚带去上班就被人烧了许多小洞,为了获得赔偿保险金,小说把奥莱伊太太的庸俗猥琐刻画得淋漓尽致。

第三,表达对被侮辱与被损害的下层人物的同情和赞扬。《一个女长工的故事》写一个农村妇女遭受欺骗,无法主宰自己命运的故事。《老人》写女儿女婿不等老人咽气就急急忙忙办起丧事来,通过老人勾画出农村的风俗画;《西蒙的爸爸》中主人公是铁匠,虽然地位低下,但他善良仁慈,愿意娶一个失足的姑娘担负起抚养一个受欺侮的私生子的责任。在莫泊桑的小说中,普通人、"卑贱者"所表现出来的善良正直和极富同情心,往往同"上等人"、"高贵者"的自私冷酷形成了鲜明的对比。

第四,对恐怖和荒诞主题的涉猎。莫泊桑从青年时期就患有多种疾病,忧郁和疯癫使他时常产生幻觉,天才而敏感的他把这种精神经验也化为创作的素材。《奥尔拉》写的就是一个隐形人的纠缠;《恐惧》写神秘的恐惧感;《谁知道呢》写幻觉和恐惧。莫泊桑对恐怖和荒诞主题的关注,与19世纪后期的欧洲文学中盛行的哥特式创作思潮也有很大关系。

莫泊桑反对"创造奇遇"和危言耸听,主张以真实感人。因此他的中短篇小说大多取材于日常生活,他极善于开掘生活,从日常琐事和芸芸众生中提炼出具有典型意义的题材。一把雨伞、一条项链、一根绳子、一次骑马、一次散步,他都能写出有声有色的故事,以小见大地反映出人情冷暖,世态炎凉。莫泊桑在短篇小说方面取得了很高的艺术成就。

第一,在布局谋篇上,构思巧妙。他往往在有限的篇幅画面里传达出意味深长的思想,用最经济的手段,描写事件中最精彩的一段或一方面。《羊脂球》是个只有三万字的短篇,他通过生活中一件平常的事情,用10个身份各不相同的人建构了一个虽小但却囊括了各色人等的社会,从一个侧面真实而生动地反映出普法战争期间法国社会的动态和风貌,反映出各个阶层的立场和态度。

第二,讲述故事时,叙述视角多样。短篇小说的成功与否,叙述者是关键。莫泊桑小说基本采用第三人称叙述,以一个局外人身份,用无所不知的、灵活的方式讲述故事,同时他又大大发展了第一人称的叙述方式,《我的叔叔于勒》用"我"——一个孩子的视角,惊诧人间亲情的冷漠和虚伪,达到直接感人的艺术效果。

第三,结尾意味深长,给人留有再创造和想象的空间。小说叙述过程一般都平静客观,结尾出人意料,如《项链》的结尾:"唉哟,我亲爱的马蒂尔德!我那串是假的呀,顶多也就值500法郎!"小说至此就结束了,男女主人公听了那句话的反响如何,小说没有交代,给读者留下了无尽的想象空间。

三、失语的"属下":海勒笔下的女性

美国当代作家约瑟夫·海勒在他并不多产的长篇小说中通过错综复杂的人物关系揭示了一个基本的主题:那就是通过人类生活所受诸种威胁的描述来揭示非理性和荒诞的社会现实。作家在嘲讽和讥笑中渗透着对人类生存困境的严肃思考。多年来中外论者一直聚焦于早期海勒研究中的小说主人公(男性人物)、犹太传统(Jewish tradition)、主题的荒诞性(absurdity)和艺术上的黑色幽默(black humor)技巧等问题,对小说中的女性人物却鲜有论及。

多维视域中的西方文学

尽管海勒笔下活跃着众多的角色迥异的女人,从军人之妻到宫中王后,从街头妓女、部队护士到公司职员,无所不包。那么海勒塑造这群女性究竟有何用意?和小说中男性一样,作家用量的增多来揭示现实中弱者不幸的普遍性?还是以此来表达一种寓意,它和创作的主旨有何关联?它又体现了海勒怎样的女性观念和性别立场?本文通过对文本的解读,试图对这些问题进行梳理和阐释。

《第22条军规》是海勒的第一部长篇。小说问世40多年来,一直受到人们的青睐。"第22条军规"已经获得了超越文本概念的意义,今天它成为不可捉摸的、超自然的、能操纵人类命运的异己力量的代名词。但是小说中的"人类"似乎特指排除女性之外的男性群体(约塞连、丹尼卡……),小说着力叙述"他们"处于泥淖的困境中,受到来自战争、上级军官、死亡等各种异己力量的威胁;"他们"生活其中却无力把握自己的命运。尽管小说中还有大量的女性人物存在,然而作家没有把她们放在和男性同等"人"的位置上;而是被作为相对于男性的"第二性"、"他者"、"另类"存在的,作为对男性构成威胁的对立面出现的。她们被置于以男人为中心的军营的"边缘"——作为护士、妻子、妓女的身份,她们既不可或缺又无关紧要。小说从男性视角出发,漠视女性的情感世界、主体自我,通过叙述者语言和男性话语把她们打造成耽于欲念(性欲、物欲)、肮脏丑陋、变态疯狂、见异思迁、背信弃义的"异己"力量。总之,从文本对女性形象的塑造上,人们不难发现以下几个比较突出的特点:

其一,护士:自然性征的符号,小说有意淡化护士的职业角色,大肆渲染作为女性的"性"特征。

小说写了三位护士:达克特护士、克拉默护士、德里德尔将军的护士。作为军营中的护士,小说并不关心她们的社会性别特征,重要的是她们作为"性"娱乐了军中的官兵——达克特护士让约塞连喜欢是因为"她长着两条白嫩的长腿和一个丰满富于弹性的屁股"[①],而且这种"娱乐"是她们心甘情愿

---

① 作品引文均出自约瑟夫·海勒的《第22条军规》,扬恝、程爱民、邹惠玲译,译林出版社1997年版。

的、被动的、沉默的：德里德尔将军的护士"逢人便露出微笑，却从不开口说话，除非有人跟她说话才应酬几句。她胸脯丰满，皮肤雪白。她的魅力是难以抗拒的，男人们总是目不转睛地侧着身子慢慢地从她身旁走开。"德里德尔将军的护士在小说中无需履行和承担自己真实角色（护士）所赋予的使命，甚至没有自己的声音（"沉默寡言"），"德里德尔将军无论去哪里，他的护士总跟着他，甚至在下达轰炸阿维尼翁任务时跟着他进了简令下达室。那天，她傻乎乎地微笑着站在讲台旁边，身着上红下绿的制服站在德里德尔将军身旁，就像肥沃的绿洲里盛开的一朵鲜花"。这里，德里德尔将军的护士实际提供的只是性服务和"被看"。约塞连看着她，竟疯狂地爱上了她，把持不住自己，居然在简令下达室里痛苦地哼起来，然后是邓巴附和地哼起来，接着不断有新的声音附和进来，屋子里一片呻吟和混乱。

显然，护士这一社会性别角色所赋予的职业道德、专业技术抑或作为女性所拥有的主体世界在小说中并没有得到展现，小说只是把这些女护士作为自然"性"征的符号呈现，作为客体和特殊的"物"，对军人（男性）构成诱惑的威胁。

其二，妻子：欲望的化身。小说描绘了女性在社会空间的性欲客体面貌后，进一步把女性放在家庭中、夫妻间来考察。强调女性是被欲望所驱使的家庭和丈夫的背叛者。

作为军人之妻的沙伊斯科普夫少尉太太是一个沉溺于情欲的人。她的女友多丽·达兹是个风流放荡的妓女，沙伊斯科普夫少尉的太太抓住这个机会，常常借穿自己女友的陆军妇女队制服冒充多丽·达兹和丈夫中队里的学员风流。这里小说在暗示妻子如同妓女，只有欲望没有钟情。如果说少尉妻子是从身体上背叛了丈夫；那么丹尼卡太太则是从精神上背叛了丈夫。根据常理，夫妻之间理应长相守，共患难。海勒本人就为自己持续了 35 年的婚姻"感到自豪"[①]。而尤其在战争这种特殊的绝境中，"当不能消除令人憎恶

---

① Joseph, Heller: *Now and Then: From Coney Island to Here* [M]. Vintage Books, 1999. p196—197.

多维视域中的西方文学

的、毁坏了世界的刀枪箭矢时,爱能提供些许安慰给那些为之所苦的人们"①。丹尼卡医生求救于妻子,正是基于这样的考虑。小说中有这样一段插曲:丹尼卡医生填写了飞行日志但并未登机的那架飞机在空中失事,陶塞军士很快从中队的花名册上删去了医生的名字,并上报了阵亡名单,医生便成了不被承认的活人——活着的"死人"。尽管他到处辩解、申诉,可是人人都不相信他,从军官到士兵一致认为他已死亡,弄得丹尼卡医生既愤怒又忧心忡忡,整天浑身冰凉。为了得到"生命"的认同,丹尼卡医生最后把相信自己还活着的希望寄托在妻子身上,于是他给妻子写了信,没想到,妻子在悲痛欲绝之后,不断收到因为丈夫阵亡而获得的各种保险赔偿费和慰问金,面对源源不断的巨款,丹尼卡太太的态度发生了变化,她不再理睬丈夫情真意切的求援信,更无心去体验或验证丈夫存在的非人处境,带着孩子和巨款搬了家,连信件转递地址都没有留下。如果没有丹尼卡太太作为小说的插曲,丹尼卡医生的处境(不被承认的活人)充其量也就和巴德(不被承认的死人)、亨格利·乔(因惧怕飞行死于噩梦)、邓巴(被自己人搞失踪)……等其他小人物的处境一样,共同构成对"第22条军规"圈套的控诉:"第22条军规"无据可依、无字可凭,但对军人来说,它又无处不在、无法摆脱,它可以逼人疯狂、置人于死地,小说用大量这样的故事来加强主题:这是一个多么疯狂而又可怕的世界!

笔者认为:丹尼卡太太携款逃跑的事实作为背叛丈夫的显著特征,在这里起到了进一步深化主题的效果。它旨在说明,面临金钱和亲情之间需要做出抉择时,妻子抛弃亲人(丈夫)选择了金钱,妻子(女人)站在丈夫(男人)的对立面,与疯狂的世界共同合谋,置丈夫于死地。正如 Jon Woodson 所说:"这段嘲讽的文体在商品拜物教的资产阶级习俗和感伤之爱的习俗之间确立了一种综合的反讽张力。"② 小说用与男人关系最密切的女人——妻子为例,暗示女人对男人构成背叛的威胁。

---

① [美]查尔斯·B·哈里斯:《美国当代荒诞派小说家》,仵从巨、高原译,陕西人民出版社1987年版。

② Woodson, Jon: *A Study of Joseph Heller's Catch—22: Going Around Twice* [M]. New York: Peter Lang Publishing, 2001. 第89页。

其三，妓女："不祥之物"的象征。很多作家都曾在自己的作品中描写过妓女。传统作家如雨果、莫泊桑、托尔斯泰等笔下的妓女往往为生活所迫，她们在人格上和普通人是同等的，甚至更高尚（如羊脂球）；在美国战争题材的小说中，妓女常作为男性性欲宣泄的对象。诺曼·梅勒用一种完全隐匿个人倾向的方式把妓女作为性商品进行描述；海勒认为妓女不仅是性商品，而且是低于男性的"非人"、"污秽之物"、"不祥之物"。

海勒借战争这一特殊形势呈现了形态各异的妓女。他笔下的妓女"像一只正在发怒的饥不择食的野兽"，无论是美丽、妖艳抑或丑陋、肮脏，其本质都一样，那就是卖淫。她们没有人格，没有自我，寡廉鲜耻，露西安娜就是在约塞连请了一顿饭后表示愿意跟他睡觉的。请看露西安娜吃饭的细节描写："露西安娜用餐时双手并用，整整一份饭三扒两扒就下了肚。吃饭时她看都不看约塞连一眼，那种粗鲁的好吃劲使约塞连感到十分有趣。她像一匹马似的吃个不歇，直到把最后一只篮子里食物吃得一点不剩，才带着一份万事大吉的样子放下手中的银餐具，然后带着酒足饭饱之后那种朦朦胧胧的、餍足了的神态懒洋洋地靠到了椅子里……"小说采用约塞连的视角，用一种居高临下的眼神"凝视"露西安娜进食的全过程：此处露西安娜不是和约塞连一样具有"人"的平等身份，而是一头贪婪的、被施舍的动物："她像一匹马似的吃个不歇。"小说把露西安娜置于低下、被看、被观赏、被动、被施的位置，约塞连则处于一种优越、观赏者、主动、施主的位置。内特利妓女对约塞连追杀的场面使人很容易联想到海勒对残忍战争的渲染。约塞连好心好意来告诉内特利的妓女，内特利阵亡的消息。小说中写道："就为了某一桩其实根本不是他犯下的滔天大罪"，她手持尖刀，挥舞双拳，对约塞连穷追猛打，弄得约塞连满嘴血污，丧魂落魄，几经周折，约塞连终于没有逃脱妓女的魔掌，守候在门口的"她手里拿着一把骨柄厨刀凶神恶煞般地朝他劈了下来，一刀砍在他扬起的那只胳膊下面的腰上。约塞连尖叫一声，倒在了地上"。内特利妓女由于失去内特利，从发泄悲愤发展成追杀约塞连的变态狂。她如幽灵般尾随约塞连，成了威胁约塞连挥之不去的魔影。小说不惜重墨叙述内特利的妓女，随着叙述节奏的推进，她已不再是单纯的女性或是妓女，"实际上，那个唯一留下来的妓女——奈特雷（笔者注：本文中的内特利）的妓女——由于

多维视域中的西方文学

她加害尤索林（笔者注：本文中的约塞连）性命的企图而成了一个以前与军方联系在一起的、无处不在又毫无理性的死亡的讽刺性的象征"①。小说把内特利的妓女置于非理性、非正常的"人"的状态中，叙述"她"非同寻常的变态狂特征，并把她作为"恐惧"和"死亡"的意象，寓意女人对男人构成致命的威胁。

从上面三点可以看出，小说中的女性无论是护士、军人之妻抑或妓女，虽然角色有些差异，姿色有所不同，但无一例外都是欲望、疯狂、"物"的化身，和战争一样残忍，和荒诞的社会一样让人（男人）难以预料，她们和荒诞的社会现实形成一股合力对人（男人）的安全构成威胁，因此小说把女性群体视为异己的"他者"加以贬损。作者的性别立场也昭然若揭。这样说是因为此倾向并不孤立存在于某一部小说中。

《出事了》（1974年出版）是海勒继《第22条军规》之后的又一部力作。主人公斯洛克姆惶恐不可终日的心理状态构成了小说的主旋律。来自四面八方的威胁使他产生"一种大祸即将临头"的感觉，这威胁包括女性，甚至来自女儿和妻子。小说以家庭为轴心，从丈夫与妻子、父亲与女儿之间的纠葛揭示人与人之间的思想感情不仅难以沟通，而且彼此戒备，互相仇恨。在小说叙述者看来，斯洛克姆的女儿"总在暗中破坏，摧毁一切，无端地煽起家庭纠纷"②。在主人公看来，15岁的女儿"是个倒霉的不祥之物"。小说从主人公心理剖析入手，揭示其内心深处对女性（异己）的恐惧和敌视："当父亲的总是渴望对女儿进行报复"；性皇后弗吉丽亚作为"祸水"、"蛇"的意象引诱斯洛克姆，斯洛克姆则暗中诅咒她"死去，或者患肺气肿、静脉管炎，周身就像剥掉皮似的，满身显出血管的丑女人"；妓女"邋遢"、"肮脏"使人"有伤体面"；老婆又"老是哭丧着脸、略带醉意、常常顾影自怜"。小说从斯洛柯姆（男性）视角展现女性的不可理喻和异己性。海勒歧视女性的观念在这篇小说中进一步得到验证。

《上帝知道》（1984年出版）取材《圣经》故事。小说围绕主人公大卫

---

① [美]查尔斯·B. 哈里斯：《美国当代荒诞派小说家》，作从巨、高原译，陕西人民出版社1987年版。

② 作品引文均出自 约瑟夫·海勒：《出事了》，林芗译，南海出版公司1991年版。

王建构了三大人物群体：一类是大卫的对手，一类是大卫的手下，一类是大卫的女人。其中大卫王和上帝赐予他的"一群女人"构成了小说的主体。这"一群女人"又分为两种类型。一类是大卫最理想的女人："亚比煞，我的天使，从椅子上站起身，只披着一件鲜艳夺目的皮巾，无声无息地走上前来。"① 亚比该"恳求我克制自己不要杀人流血，苦苦哀求我饶恕她的丈夫"；其它妻子也"都是完美的伴侣——她们几乎不多说一句话，当她们离开人世时，几乎没引起任何注意。"还有一类是使大卫感到威胁的女人：扫罗之女米甲以公主自居，是个自以为是的女人；巴示拔是小说中的精彩之笔，她是一个非常有心计的女人：先用色相设下圈套引诱大卫；默许大卫杀死其夫乌利亚；然后她不甘情人的尴尬处境，逼迫大卫娶其为妻，名正言顺地当上王后以后，对风烛残年的大卫软硬兼施，威逼大卫退位，终于让自己的儿子所罗门在大卫百余名儿子的明争暗斗中合法地继承了王位。在大卫眼中：她"身材肥大、厚颜无耻、自私自利、叫人难以对付"，小说把她塑造成大卫的"克星"，"她无所不要"，大卫因她而受到上帝的惩罚。以上两类女人折射出了小说家对女性的价值评判：逆来顺受、无声无息的女人才是完美的。所以善良、温顺、奉献的亚比该是贤妻的象征；"正值豆蔻年华"、专供大卫"暖体"的少女亚比煞是天使的象征；欲壑难填的巴示拔是情欲、物欲、权力欲的综合体。在此，海勒站在男性主义立场以抹去女性的声音和情感、阉割女性作为"人"的特征（亚比煞只是个"暖体"工具）为代价树立了理想女人的标准；而大卫对巴示拔既爱又恨、欲罢不能的复杂情感则进一步印证了他的性政治立场（女人是威胁男性的异己力量）。

通过以上分析发现，海勒在其创作中对女性形象的角色设置、话语叙述方式设置有如下共同特征：第一，无论什么角色，大部分女性没有自己的名字，充其量只是"属下"② 身份：如"丹尼卡太太"、德里德尔将军的护士、"沙伊斯科普夫少尉太太"、"内特利的妓女"；没有自己的声音：如《上帝知道》里"不多说一句话"的妻子们、"逢人便露出微笑，却从不开口说话"

---

① 作品引文均出自 约瑟夫·海勒：《上帝知道》，史国强、王祥译，春风文艺出版社1988年版。

② 罗钢、刘象愚主编：《后殖民主义文化理论》，中国社会科学出版社1999年版，第124页。

的护士。第二，相对于男性/主人公来说，女性处于边缘和弱势地位：如《第22条军规》中游走于军营边缘的护士、妻子、妓女；《上帝知道》中穿梭于国王身边的嫔妃们；《出事了》掌控在家长权威下的妻子、女儿。第三，与塑造男性人物相比，在塑造女性时，话语方式普遍呈现出贬损、消极、厌恶的基调。如"生性愉快、相貌丑陋、脸色灰黄、长得皮包骨头的女佣人米恰拉"（《第22条军规》），妓女是"两个油腻腻、长着一身肥肉的女人，其中之一还是丑陋的秃头"（《第22条军规》），在《最后一幕》（1994年问世）里，小说叙述了在"公共汽车终点站"躺着一个"一条腿的女人毫无知觉地被人奸污"[①] 的场景，而且小说对这个场景反复重现了三次，以至这个残疾的、不知耻的、邋遢的"一条腿女人"成了"公共汽车终点站"的缩影，而藏污纳垢的"公共汽车终点站"又是肮脏社会的缩影，因此"一条腿的女人"取得了某种意象的效果。

　　总之，海勒在其创作中对女性角色设置的用意并非用量的增多来揭示现实中弱者不幸的普遍性，而是用女性作为意象，指代肮脏的、可怕的、疯狂的异己力量，强调她们是非理性和荒诞社会的一部分，威胁着人类（男性）。尽管海勒在小说中对社会真实性的冷峻嘲讽让我们叫绝，但是小说隐含的男性政治立场和性别歧视倾向同样不可忽视。凯特·米勒特在《性政治》里尖锐指出："在男权制社会里，用于描述女性的那些象征并非是由女性自身制定的。由于原始社会和文明社会都是男权制的社会，因此，形成女性文化的思想观念也是由男性设计制定的，我们现在所知的女性形象就是由男性一手制造并且是符合其需要的。"[②]

[①] 约瑟夫·海勒：《最后一幕》，王约西、袁凤珠译，译林出版社1997年版。
[②] 凯特·米勒特：《性政治》，宋文伟译，江苏人民出版社2000年版，第55页。

第四章 刹那即永恒

一、颠覆的策略:《简·爱》

夏洛蒂·勃朗特是英国维多利亚时期著名女小说家,也是文坛颇具争议的人物。伊丽莎白·盖斯凯尔夫人在其传记《夏洛蒂·勃朗特的一生》中把夏洛蒂描写成诚恳、善良、独立的完美女子,她的作品也多半是对自身经验的表述。然而随着人们研究方法的多元化,对夏洛蒂的认识和评价也众说纷纭。2005 年英国《卫报》发表署名文章并且援引了大量当时的原始资料,称夏洛蒂是一个有着强烈性欲、渴望名利的人,文章还认为盖斯凯尔夫人的传记篡改了主人公的性格和生活,对读者产生了误导作用。也许正是夏洛蒂有着人们阐释不尽的复杂性,才是她久居文坛的魅力所在。

1816 年夏洛蒂·勃朗特生于英国英格兰北部约克郡索恩托镇的牧师家庭,于 1855 年 3 月 31 日,婚后 9 个月病逝,时年 39 岁。夏洛蒂在家排行第三,有两个姐姐、两个妹妹和一个弟弟,姐

夏洛蒂·勃朗特

弟妹一共六个。妹妹爱米利·勃朗特和安妮·勃朗特也是著名作家,因而在文学史上常有"勃朗特三姐妹"之称。

夏洛蒂4岁时举家迁移到一个名叫哈渥斯的小镇,四周是起伏的丘陵、阴湿的沼泽和杂草丛生的荒地。在这个被工业革命所遗忘的角落,人们过着田园般的生活。1821年母亲去世,夏洛蒂和其他几个姐妹一起被父亲送进一家由慈善机构创办的、生活条件恶劣、教规严厉的寄宿学校。在此,人为的冻饿和体罚便成了孩子们惯常的生活;不久肺病夺去了夏洛蒂两个姐姐的生命。1831年夏洛蒂进了离家不远的罗赫德寄宿学校。这里的情况截然不同,

夏洛蒂·勃朗特肖像

教师和蔼可亲,教学方法循循善诱,夏洛蒂不但学业上很有长进,而且日子也过得十分愉快。虽然她只呆了一年零四个月,但这儿温馨的生活给她留下了难忘的印象。1838至1842年,夏洛蒂与妹妹们为了生计,辗转各地担任家庭教师。但因为这一职业地位地下,薪金微薄,姐妹们决心自己创办学校。1842年夏洛蒂和妹妹为了获得办学资格,在姨妈的资助下,赴布鲁塞尔一所法语学校短期进修,并住进了校长埃热夫妇家。埃热先生文学素养很深,他教给勃朗特姐妹大量的法国文学名著知识、创作风格和艺术技巧,埃热的教学才能和正直的为人吸引着夏洛蒂,使她对这位长自己七岁的男子产生了热烈的感情,后为埃热夫人所察觉。夏洛蒂于是终止学业,返回故乡。此后,她还给埃热写过许多热情洋溢的信,有些信件后来被埃热的儿子捐献给了大英博物馆。这些信件于2005年3月31日作家150周年忌辰在约克郡的故居公开展出,它让更多的读者能一窥这位"性情中人"丰富的内心世界。夏洛蒂后来把这段刻骨铭心的单相思写成了一个动人的爱情故事《维莱特》(1853)。

勃朗特姐妹们虽然热衷于办学,并作了种种准备,但苦于没有生源而关闭。与此同时,唯一的弟弟染上酗酒和吸毒的恶习,家境每况愈下,于是夏洛蒂和妹妹们开始了写作。她们的父亲帕特里克·勃朗特曾是剑桥大学的优等生,他知识渊博,好读书,喜写作,出过一部诗集。在他的鼓励和督促

第四章 刹那即永恒

下,勃朗特三姐妹常常聚在一起,如饥似渴地读书、绘画和写作。书本开启了她们的心扉,多难的生活使她们善于洞察世情;独特的阅历为创作提供了充足的源泉,严格的父教家规养成了她们内心丰富外表冷漠的坚强性格。她们姊妹虽然都写小说,但当时英国还相当保守,女子写作还颇为稀有,所以作品出版时,她们都未署真名,而各自以一个笔名发表。《简·爱》出版时,夏洛蒂用的笔名是"柯勒·贝尔"。《简·爱》是她长篇小说《教师》被退稿后的第二部小说,1847年出版立即引起轰动。被人们认为是她"诗意的生平"的写照,是一部具有自传色彩的作品。除《简·爱》外,夏洛蒂还出版过诗集,其它小说有:《雪莉》(1849)、《维莱特》(1853)和1857年作家死后出版的《教师》。

《勃朗特书信集》中译本

《简·爱》中的每个人物在生活中都不难找到原型。主人公简·爱的经历跟夏洛蒂非常接近,几乎就是作家对童年生活、追求爱情的个人隐私的全部书写。

《简·爱》电影海报,乔治·斯科特,苏珊娜·约克主演,1970年上演

简·爱出身于牧师家庭,并在幼年就成为孤儿。寄养在舅舅家,不久舅舅里德先生病死,简·爱受尽表兄表姊妹的欺侮。后来,舅妈里德太太把她送进罗沃德孤儿院。孤儿院院长是个冷酷的伪君子,他用种种办法从精神和肉体上摧残孤儿。简毕业后留校当了两年教师,她受不了那里的孤寂、冷漠,登广告找到了一个家庭教师的工作,于是她来到了桑菲尔德庄园。在桑菲尔德庄园只有庄园主罗切斯特和他的私生女阿戴尔——瓦伦斯。罗切斯特是个性格阴郁而又喜怒无常的人,但他敢作敢为、雄健有力、深

奥神秘,桑菲尔德庄园也和主人一样奇怪神秘。有一天夜里,简被一阵奇怪的笑声惊醒,发现罗切斯特的房门开着,床上着了火,她叫醒罗切斯特并扑灭火。罗切斯特告诉简三楼住着一个神经错乱的女裁缝,她时常发出令人毛骨悚然的狂笑声,并要简对此事严守秘密。在罗切斯特举办的家庭舞会上,简意识到自己已爱上罗切斯特。不久简答应了罗切斯特的求婚。婚礼前夜,简从梦中惊醒,看到一个身材高大、面目可憎的女人正在戴她的婚纱,然后把婚纱撕成碎片。婚礼如期举行,一位不速之客闯进了教堂,声称婚礼不能进行,他说罗切斯特15年前娶梅森先生的妹妹伯莎·梅森为妻。罗切斯特承认被关在三楼的疯女人就是他的合法妻子伯莎。她有遗传性精神病史,就是她在罗切斯特的房间放火,也是她撕碎简的婚纱。

简悲痛欲绝地离开了桑菲尔德庄园。她饥饿劳累,最后晕倒在牧师恰巧也是自己的表哥圣·约翰家门前并获救。圣·约翰准备去印度传教,临行前向简求婚。就在简要作出决定的时候,她仿佛听到旷野中罗切斯特的呼喊。于是她重新回到罗切斯特身边。同时简还带来了一笔从叔叔那里继承的遗产。

当简回到桑菲尔德庄园时,整个庄园已被疯女人伯莎放火烧成一片废墟。罗切斯特为了救她,烧瞎了双眼,孤独地生活在几英里外的一个农场里。简赶到农场,向他倾诉爱情,他们最终结婚。两年后,罗切斯特的一只眼睛被治好,他们的第一个孩子也降临人世。

如同人们对作家的众说纷纭一样,多年来《简·爱》的研究史也从传记、心理分析、女性主义精神分析、社会学、后殖民主义理论以及神话原型批评等多层面、多角度揭示了作品的"复杂与模糊",形成了众多不同的批评视野和不同的解读方式。近几年,加亚特里·斯皮瓦克从帝国主义的意识形态话语场角度对《简·爱》的解读,彻底解构了传统定论。然而,无论对它质疑还是肯定,独立、倔强可以说是主人公性

《简·爱》电影海报,奥森韦尔·琼芳登主演,荣获奥·斯卡最佳影片提名

格的基石,《简·爱》的反传统性是人们所共识的。

> 你以为我贫穷、卑微、不漂亮,就可以嘲笑我的感情吗?不,你错了!假如上帝多赐给我一些财富和美貌,我一定会让你难以离开我,就像我现在难以离开你一样。我们的灵魂是平等的,就像我们穿过死亡的坟墓,将同样平等地站在上帝的面前!

简·爱是个追求心灵自由和人格独立、具有反抗精神的知识妇女形象。她出身低微,长得也不漂亮。小说中的简·爱一如作家本人:一方面诚恳、善良、独立、渴望自由;另一方面要强、刻薄、占有欲、反叛性、颠覆性等破坏性格隐藏其下。这是一个内心世界极其丰富复杂、自我意识异常强烈的主人公。小说一开始并没有摆脱维多利亚时代女性文学创作的叙述模式:"灰姑娘模式"——一名卑微的家庭教师(当时被人称为上等仆人)身份的小资产阶级知识女性,希望嫁给一个有权有势的庄园主。疯妻子出现后,具有强烈自我意识的简,为了维护爱情的"合法性",毅然离开了桑菲尔德庄园和罗切斯特,最后在庄园被毁,疯妻子自焚、罗切斯特双目失明时重又回到罗的身边,取得"合法"妻子权利和人格的独立。女权主义批评家提出了这样的问题:"疯女人来自哪里?"——桑德拉·吉尔伯特和苏珊·吉芭认为她来自简·爱最隐蔽的内心世界,是简·爱心灵中隐蔽、愤怒、疯狂的一面,她们都是受男性压迫的姐妹。热恋中的简·爱,"没法把情人的罗切斯特和庄园主的罗切斯特剥离开来,疯女人的一把无情之火却做到了"。"疯女人"形象实际上是隐藏在作品中的一个密码,它贮存的信息是由多层次涵义构成的。我们还可以把疯女人作为一个窗口,借此窥探作家执笔构思时的创作心态。夏洛蒂深爱自己有妇之夫的老师——埃热先生,当埃热夫人意识到她的爱情时,她便终止学习回避这份在传统男权社会中被认为是不道德的爱情。很多年后人们才从她大量日记、书信中发现了她的心迹。也许是人生中过分地自我压抑和对自我规范的约束,所以在创作中,夏洛蒂以女性叙事者身份虚构了"疯女人"形象,可以说它既来自简·爱内心世界的呐喊,也是来自作家的。作家没有勇气在现实中冲破男权世界的女性观,便试图通过

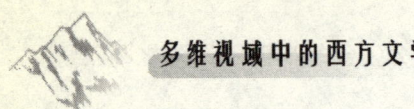

"疯女人"的虚构,打破"灰姑娘故事"模式,然而它只不过是文学中的神话。正如恩格斯在《家庭、私有制和国家的起源》中所说:"结婚的充分自由,只有在消亡了资本主义和它所造成的财产关系,从而把今天对选择配偶还有巨大影响的一切附加的经济考虑消除以后才能普遍实现。到那时,除了相互的爱慕以外,就再也不会有别的动机了。"另一方面,作家创作的心态还受制于她所处的环境。夏洛蒂与她的妹妹们生活在管教严格的牧师家庭,那个年代优秀女性的标准是贤惠、温顺、禁欲——"家里的天使",三姐妹肯定不能像弟弟那样自由、放纵,更没有权利与机会干一番事业。盖斯凯尔夫人在《夏洛蒂·勃朗特的一生》中写到:"在我写的这个家庭里,别人都养成了可说是禁欲主义的习惯,勃朗威尔(弟弟)却被允许在自我放纵中成长。"正是在这种严格、禁欲、"囚居"的气氛中,夏洛蒂形成了对自由的渴望、对不平等的反抗、对"秩序"的颠覆和对"合法性"的追求。在家庭中,"父亲"意味着神圣、权威、管制和囚禁。在小说中,作家把父亲引申为父法和父权家庭——即合理的秩序、权威和专制的象征。她用父法及父权家庭的缺席或死亡来表征自己对自由的渴望、对"父法"——权力的反抗。因为,死亡意味着权力的终结。所以小说设置简·爱很小就死了父亲。当简与罗切斯特相爱时,简说:"没有人来干涉,先生,我没有亲戚来阻挠。"这儿的"亲戚"无疑指的是她的父亲和亲人。同样,罗切斯特"缺席"的父亲也是"父法"的象征。他为了维护家产的完整,为罗切斯特安排了一门金钱与门第交易中的婚姻。简·爱是个孤女,父法的"不在场"与父亲的死亡为她寻找自我、完善自我与实现自我提供了活动场。就其个人意识来说,简·爱是不安于囚居生活的,早在少女时期,她就被一种扩张的地理知识所吸引,她迷恋博物学家比维克的《英国禽鸟史》、斯威夫特的《格列佛游记》以及阿拉伯的《一千零一夜》。走出平静而无为的处境,在陌生而粗暴的经历中取得生活的经验,成为主宰自己命运的主人,成为强者,正是她的希望。然而离开"父亲之家",她又不断地陷入"他人之家"(里德之家、寄宿学校、桑菲尔德庄园)的囚笼,每次出走,都是她无法忍受的环境所使,是她对压迫的反抗,是她自我觉醒的表现与潜在的愿望(走向社会、实现自我)的实现。仅从简寄居在里德家的处境,便可看出夏洛蒂对压抑与歧视女性的父权的抵制。

里德家是个男性中心的家庭。舅舅死后，里德是一家的中心，他歧视母亲和妹妹，虐待简·爱；冷酷无情，专横残暴。一次他与简发生了冲突，便把她锁进红屋子。红屋子是作者着力描述的居所，它是里德家庭的中心标志，是禁闭之所的象征。就在这里，出现了她的另一个幻影，当她看到那镜中之像时，她回忆自己的命运，周围人物的丑恶，并决心从难以忍受的压迫下逃走。苏珊·吉芭指出：这一"镜中之我"正是小简·爱的另一面，它代表着疯狂、反抗与复仇。在这里，"红屋子"是父权家庭禁闭女性的象征。

桑菲尔德庄园是一个古老的家庭，对简·爱来说，也是一个囚禁之所。罗切斯特赠给简的项链、耳环、戒指，看似定情物，实暗喻枷锁。罗切斯特试图把她打扮成一个贵妇人，成为简·罗切斯特的私有财产。简拒绝把自己当作"家里的天使"，她要变成她自己，不属于罗切斯特也不做天使。正是在桑菲尔德庄园，简又一次发出了不平的呼声，她说："谁也不知道在充斥世界的芸芸众生中，除了政治反叛以外，还掀起了多少其他的反叛。女人一般被认为是极其平静的，可是女人也和男人有一样的感觉；她们像她们的兄弟一样，需要运用她们的才能，需要有一个努力的场地；她们受到了过于严峻的束缚，过于绝对的停滞，会感到痛苦正如男人感到的一样，而她们享有较多特权的同类，却说她们应该限于做做布丁、织织袜子、弹弹钢琴、绣绣口袋，那么他们也未免太心地狭窄了。"正是在令人压抑窒息的家庭气氛中，简·爱呼吁要有"一间自己的屋子"能和男人一样自由支配。夏洛蒂·勃朗特对小说结局的安排充满了隐喻：罗切斯特在双目失明、一无所有的境况下，被简接纳，简既是他合法的妻子，又是他人生的航标，更重要的是她拥有对庄园的支配权。

简·爱成功地完成了对桑菲尔德庄园既定秩序的颠覆。夏洛蒂对父权制家庭反抗的主题昭然若揭，正是这些使她成为19世纪最具反抗性、自我意识最为强烈的女作家。

1966年，英国当代女作家简·里斯出版了以《简·爱》中疯女人伯莎为表现中心的女性主义小说《藻海无边》，对罗切斯特和伯莎及其他们的婚姻采用了异于《简·爱》的阐释视角，它既是《简·爱》姊妹篇，又是对

《简·爱》的全面颠覆,在对经典解构之后的重构中获得了后现代主义经典之作的美称。

二、因为爱所以爱:《爱玛》

简·奥斯汀

简·奥斯汀(1775~1817)以爱情和婚姻题材的小说闻名于世,开创了英国家庭小说的先河。纵观文学史可知,写此类题材的作家可谓不计其数。与同类题材作家相比,简·奥斯汀不同的是,她以女性视角专写女性对待爱情、婚姻问题的认识、见解以及选择,记录女性成长的历程,以至于被奉为"婚姻教母"。

奥斯汀生于乡村小镇斯蒂文顿,属于小康家庭,兄妹八个,她排行第七,终身未婚。据《奥斯汀传略》记载,奥斯汀天生丽质,秀美俊俏,身材端庄挺拔,举止和风度质朴优雅,待人接物和蔼得体。父亲是当地教区牧师(后来当上教区长),母亲也很有文学修养,能写故事和诗歌。奥斯汀没有上过正规学校,良好的家庭家庭教育使她多才多艺,在父母指导下阅读了大量文学作品。她12岁便开始写作,那些都是写在练习本上的、打发时间或供家人娱乐的散文、诗歌、戏剧和短篇小说,20岁之前,写了三卷本练习本,后来被称为"练习本作品"。1811年,处女作《理智与情感》发表,随后又接连发表了《傲慢与偏见》(1813)、《曼斯菲尔德花园》(1814)和《爱玛》(1815)。她生前作品都是隐名发表。《诺桑觉寺》和《劝导》是在她去世后第二年发表的,并署上了作者真名。六部小说出版时间

《傲慢与偏见》

先后不一，但都在奥斯汀 25 岁之前完稿，她学识渊博而且多才多艺，深谙历史和哲学，热爱绘画艺术，具有出色的绘画鉴赏能力。她还喜欢跳舞，有极好的音乐素养，多方面的艺术才能给她的小说创作带来积极的影响。

美国文艺评论家埃德蒙·威尔逊指出："英国文学史上出现过几次趣味革命，文学口味的翻新影响了几乎所有作家的声誉，惟独莎士比亚和简·奥斯汀经久不衰。"20 世纪 90 年代以来，随着人们对 18 世纪文化的热衷，文学上又掀起一股"奥斯汀热"，几乎她所有长篇小说都被搬上了银幕。探究"奥斯汀现象"，原因似乎并不复杂。18 世纪末，英国文坛主流盛行感伤小说和哥特小说，与矫揉造作的感伤主义氛围和神秘恐怖的哥特式情节不同，奥斯汀善于真实、自然地刻画她熟悉的乡村生活，《理性与情感》便是奥斯汀对当时流行的庸俗小说讽刺和滑稽化模拟的作品。但她以出色的艺术技巧把主人公的理性与伤感成功地结合起来，从而使这一老生常谈的矛盾关系得到了崭新而深刻的透视和阐述。那精彩纷呈的人物对白，那洗练、流畅的描写，那丝丝入扣的心理刻画，无不显示出奥斯汀的匠心独运。她谦虚地称自己描写的是熟悉的乡间有闲者日常生活场景，身边琐事以及青年男女婚姻等等。她把对"乡间村庄的三四户人家"的描写称作"二寸象牙"上的雕刻，他们的故事是"茶杯里的风波"。今天，她的自谦从某种程度上说未尝不是她独特的艺术才能。她从锁孔中洞见了一个世界。

18—19 世纪，男女两性问题成为大家普遍关注的焦点。但是在大多数男性作家笔下，女性基本上被描写成离经叛道的"妖魔"或温顺忍让的"家中天使"两种类型。如英国近代小说的开创者笛福，他的小说《摩尔·弗兰德斯》的女主人公摩尔就是一个毫无道德观念以攫取财富和肉体满足为唯一生活目的的女性。他的另一部小说《罗克萨娜》中的罗克萨娜靠出卖肉体而获得巨大财富，甚至残忍到杀死亲生女儿。被称为英国现实主义小说之父的理查逊，通过对女性心理进行细微而敏锐的把握，阐释男性的道德和宗教观念。如 1740 年的《帕米拉》和 1748 年的《克拉萨莉》强调的都是女性贞操的宝贵。19 世纪的现实主义大师狄更斯，在《老古玩店》里塑造了小耐尔这个顺从的"家里的天使"，在《小杜丽》中描写了忍辱负重的艾米形象。这期间的另一现象是女性作家和女权运动者的涌现。女性有了超越前人的自觉意识，发出了与男性作品不同的声音。英国历史上第一位女权主义者玛丽·沃尔斯通克拉福特在1788年《玛丽》中激进地提出妇女在政治、情感上完全自由的主张。范·伯尼、伊奇沃斯、英奇巴尔德等作家描写出身于中上层阶级的青年女子遇到的问题以及她们如何调节自身去适应社会。范·伯尼的小说呈现了女子眼中的世界。她指出：女人的身份是由社会通过男人界定的。这些表明，当时女性已经自觉地意识到自我安身立命的根本。但是，奥斯汀的贡献不是表现男性世界女性的反抗，而在于表现了女性如何适应男性世界，塑造女性自我，更好地安身立命的境遇。

虽然从古希腊以来人们就在追问"自我"这个亘古之谜，但是奥斯汀关注的只是身边的女性自我，描写她们对爱情、婚姻的认识和选择进而表达女性自我的成长。看起来这是一个不能再小的话题，实质上，它比起任何宏大叙事都更为现实更具有普适性，或许这正是作家跻身世界文坛的原因吧。

电影《爱玛》剧照

大多数学者都把《爱玛》视为奥斯汀的代表作。主人公爱玛聪明、漂亮、高贵、天性快乐，她是海伯里村中最显赫、富裕的伍德豪斯家的小女儿。母亲早逝，姐姐出嫁，她成了父亲的掌上明珠。年轻、热情、自信的她，最喜欢给人介绍对象，她成功地撮合了家庭教师的婚姻，现在又主动充当孤女哈丽特·史密斯的保护人，并锲而不舍地替哈丽特物色意中人。

爱玛先怂恿哈丽特抛弃真心爱她的农夫罗伯特·马丁而去追求牧师埃尔顿。爱玛的理由是，马丁出身农民，地位低下，举止粗俗，与哈丽特不般配。可是，埃尔顿根本不喜欢哈丽特，他认为哈丽特身份不明，素养欠缺，虽然不满意爱玛的撮合，颇有心计的埃尔顿并不表现出来，他借与哈丽特周旋之机靠近"媒人"爱玛，并向爱玛倾诉起爱慕之情，遭到爱玛拒绝后很快娶了一位陪嫁丰厚却极为世俗的小姐。这让爱玛很是瞧不起。埃尔顿的逢场作戏对哈丽特伤害很大，爱玛一方面安慰已经陷入单相思的哈丽特，一方面重新为哈丽特物色丈夫。其实，爱玛的好友、理智优雅的绅士奈特利对此事一直持反对态度，他不断地提醒冲动、自以为是的爱玛，指出爱玛的鲁莽、固执已见，傲慢的爱玛听不进劝告。

多年在外的青年弗兰克·丘吉尔回到海伯里村，爱玛试图撮合哈丽特和弗兰克，不料，弗兰克和同村另一位妙龄少女已秘密约婚，此时，从失恋中恢复的哈丽特爱上了稳重、身份高贵的奈特利，爱玛既惊诧弗兰克的虚伪，又愤怒哈丽特的无知——出身低微，毫无主见，居然高攀几乎是女性世界中的完美人士奈特利，霎时间她突然意识到自己实际上深爱着奈特利。最后，小说以皆大欢喜结束。爱玛和哈丽特都获得了美满的归宿：爱玛和奈特利缔结良缘，而哈丽特也接受了马丁的再次求婚。

在这个没有动荡、没有重大事件的情节中，奥斯汀展现的只是几对青年男女的婚恋选择，然而正是这种选择，展现了奥斯汀的婚恋观念。

首先，理想婚姻建立在爱情基础上。小说中的两个主要人物是哈丽特和爱玛。哈丽特缺少主见，受爱玛爱情观念摆布，在爱情上一波三折，最终还是服从了自我内心的声音，最终答应了马丁的再次求婚；多次申明不找对象的爱玛最终发现自己疯狂地爱着好友奈特利，她们在寻得真爱之后，小说以大团圆结束，表达了真爱是美好婚姻的基础。

其次，财产和门第也是选择婚姻不可或缺的因素。仅仅有爱是不够的，弗兰克的婚姻、埃尔顿的婚姻都建立在财产基础上，哈丽特最终同意马丁的求爱，是因为他们出身很般配，而爱玛和奈特利也是"门当户对"的一对。

此外，奥斯汀很看重个人修养，把它看成择偶的重要条件之一。埃尔顿娶了有钱但粗俗、夸夸其谈的小姐，很是遭爱玛鄙视，甚至当面揶揄她；爱玛反对马丁对哈丽特的求婚，也是因为马丁是个农夫，举止粗野，缺乏高雅的绅士气质。

其实，奥斯汀的婚恋观在早期作品《傲慢与偏见》中已经显露出来。这部小说围绕着班奈特太太如何把几个女儿嫁出去的问题展开。几位小姐不同的婚恋过程表达了奥斯汀对女性婚恋生活的思考。

大小姐吉英是位美妙绝伦善良温柔的淑女，嫁给了从英格兰北部来的阔少彬格莱先生。二小姐伊丽莎白气质优雅，体态轻盈，个性活泼而机敏。虽未受到贵族小姐们的"正规教育"，也不十分精通音乐、绘画等才艺，但出身中产阶级家庭，知书识礼，观察力和判断力敏锐，最重要的是有尊严、有教养。她是姐妹几个中最出色的一个。她常常为缺乏教养的妹妹们而羞愧，为母亲的无礼和愚蠢而汗颜。在舞会上，伊丽莎白结识了出身名门世家、家资甚丰且仪表堂堂的达西，可是达西的傲慢，深深刺痛了伊丽莎白的自尊，致使伊丽莎白对他怀有固执的偏见。最终，当她意识到达西与自己真心相爱以后，伊丽莎白放弃了狭隘、自负的偏见，成了豪华的彭伯里的女主人——达西太太。她和达西的故事，非常完美地阐释了女性择偶必备"真挚爱情、门第和财产、个人修养"三要素的婚恋观。伊丽莎白成为小说中最富个性魅力的形象，也是作家笔下理想的女性形象。

三小姐丽迪雅漂亮、热情、头脑简单、轻浮而又虚荣，小小年纪便热衷于社交，与一个金玉其外、败絮其中的军官韦翰结婚，婚后彼此同床异梦，而且他们为了房租还不得不经常搬家，生活颠簸无序。他们的婚姻既缺少爱情，也没有经济后盾。显然，奥斯汀对他们的婚恋持否定态度。

伊丽莎白的闺中密友夏洛蒂，则是个极为现实与理性的人。因相貌平平又没有什么财产，27岁了还待字闺中。拘泥礼节、反应迟钝、满口废话、一脸蠢相、趋炎附势的柯林斯牧师在向伊丽莎白求婚被拒绝后，即刻移情别恋于夏洛蒂小姐。尽管柯林斯天生一副蠢相，求起爱来总是打动不了女人的心，但夏洛蒂却一口答应，因为"结婚到底是她一贯的目标：大凡家境不好而又受过相当教育的青年女子，总是把结婚当作仅有的一条体面的退路，尽管结婚并不一定会叫人幸福，但总算给她自己安排了一个最可靠的储藏室，日后可以不致挨冻受饥。她现在就获得这样一个储藏室"（奥斯汀：《傲慢与偏见》）。

奥斯汀是非常现实的作家，非常熟悉那个时代女子的处境。她认为，没有财产又没有爱情的女子，选择一个有财产的人家嫁出去，不失为一个明智的归宿。

虽然不能用"环境决定论"一概而论，但是就奥斯汀的创作看来，我们完全可以联想到她自身的情感经历。对婚恋问题的偏爱一方面与作者生活的视野分不开，另一方面也是她亲身体验的表达。奥斯汀一生未婚，却历经感情波折。从时间上来看，与《傲慢与偏见》的创作联系颇为紧密。奥斯汀创作《傲慢与偏见》之蓝本《初次印象》时年仅 21 岁，与她偏爱的主人公伊丽莎白同岁。这年，她与一位爱尔兰青年相爱，但不久这青年人离开了英格兰，在爱尔兰娶了位有钱的太太。1801 年她 26 岁时在巴斯（Bath）与一位标致的青年陷入情网，不久，此人猝然而亡。1802 年 27 岁的奥斯汀（与小说中夏洛蒂年龄相当）遇到一位有产的庄园继承人。经过一个漫长的不眠之夜后，奥斯汀毅然拒绝了对她来说没有爱情的求婚。1808 年她 33 岁时几乎答应嫁给一个中年牧师但没有下文。从 21 岁情窦初开、倾心相爱到 33 岁青春已逝共 12 年时间，作者走过了人生最美好的青春岁月，却没有找到最幸福的人生伴侣。她也不愿走她笔下人物的道路：没有爱情，退而求其次，有财产亦可。奥斯汀拒绝没有爱情的婚姻。不过，这也成就了她最重要的作品《傲慢与偏见》。

奥斯汀在不经意中描叙了大量乡绅阶层女子们的婚恋生活，顺应男性世界的标准，塑造各种女性在婚恋中的经历和抉择，表达她们的愿望，记录她们由情感到理智、由世俗到高雅、由村姑到淑女的成长。这种婚恋观不具有女性解放的思想，更谈不上是对男性世界的反抗。但却是一种现实的女性自觉意识，更好地在男性世界立足的女性意识。

三、失明的女神：《包法利夫人》

在法国，巴尔扎克之后出现的第一部重要长篇小说是福楼拜的《包法利夫人》。

1856 年小说出版时，立刻受到当时的批评家圣佩韦的高度评价，认为作者"将为后来的数百的艺术家和外国文艺家所崇拜，而跟着他走"[①]。左拉评论福楼拜时，点出了《包法利夫人》的历史意义："它的清彻与完美，

---

① 王锦厚：《五四文学与外国文学》，四川大学出版社。

福楼拜
(www.yuwen123.com)

让这部小说成为同类的标准,确而无疑的典范。"① 今天有人把福楼拜誉为"现代小说的接生婆"②。小说经受了一个多世纪的考验,仍然魅力不减当年。遗憾的是当年曾被法国官方和文坛指责为"败坏道德和社会风气"的主人公爱玛,直到今天仍被很多人斥责。这种判断的主要原因是,爱玛背离家庭、丈夫,丧失伦理道德,两次追寻情人寻欢作乐,最后债台高筑,走投无路。所以她的悲剧虽令人同情,却又咎由自取。对这部小说中的主人公,作出如此的评价,我认为过于简单,也有失偏颇。

那么,如何理解小说的悲剧原因呢?

普遍认为爱玛悲剧的原因是:贵族教育的影响,消极浪漫主义的影响,资产者、商人的敲诈。毋庸讳言,爱玛的悲剧确实与这些因素有关。但仅仅归罪于环境、社会是不够的,因为忽略了爱玛的个性原因。小说之所以能抓住读者,主人公的悲剧结局之所以引人深思,其中一个重要原因,也一直被评论家所忽略的就是爱玛身上有一种"能动的意识"——对理想的渴求和追寻所导致的不倦的抗争性,这是一个极富激情和生命的人对现实不满的超越意识。所以,从本质上说,"超越"是爱玛悲剧的主观根源。这也是一切为爱情付出代价的悲剧人物的共同特征。中外文学史上不乏其例,安娜·卡列尼娜、卡门、邓么姑、花金子、繁漪等人物都有这种意识。

让我们先从形象本身谈起。

爱玛确实是个充满情欲的人,她背弃忠心耿耿的丈夫,去和鲁道耳弗幽会;为了和赖昂见面,她打着学弹钢琴的幌子。她具有情欲的一切特征:热烈、大胆、追求、放荡、无视道德,就这一点来说,她理应受到指责。然而评价艺术形象,不是道德审判,而要从审美的角度去剖析其内质。

---

① 莫泊桑:《居斯塔夫·福楼拜》,《春风译丛》1985年第1期。
② 冯汉津:《福楼拜是现代小说的接生婆》,《社会科学战线》1985年第2期。

第四章 刹那即永恒

充沛的激情是这一形象至今具有生命力的首要原因，支配爱玛行为规范的就是超常的激情。我们知道充满活力和激情的女性，向来是有魅力的。在《安娜·卡列尼娜》中，当渥沦斯基第一眼看见安娜时，就发现她脸上"有一股被压抑的生机"。此后频繁的幽会、赛马场的失态、毅然私奔、回国探子、不顾流言去戏院公开露面、临死前的焦灼、幻觉……安娜通过这一系列行为，充分展示自己的活力和激情，同时又是被激情驱使、被激情所摧毁，也正是这一点，使得安娜更为动人。在《包法利夫人》

电影版《包法利夫人》
（sound.cnr.cn）

中，表层结构是爱玛的结婚和两次婚外恋，深层结构则是以主人公激情变化为线索的：少女时代便充满着对未来、人生的美好幻想，带着极大的热情投入到婚姻中去。婚后的新生活使她的激情趋向高潮，她每天趴在窗口，目送包法利外出行医，然后飞去一吻，可是不久，这婚姻使她失去希望了。随后，渥毕萨尔的舞会照亮了她的灰色生活，她迁往永镇，结识赖昂。赖昂高雅的谈吐、诗人的气质符合爱玛梦幻中的情人，她的激情再次趋向高潮。然而好景不长，赖昂去了巴黎。爱玛的生活重又变得平淡、寂寞，她如同得了大病，奄奄一息。农业展览会上，鲁道耳弗再次把爱玛推向激情顶峰。爱玛对情人寄予了过高的厚望，因此这次的打击之后，重会赖昂，如同生命的回光返照，很快就熄灭了。

福楼拜用理性的手法，塑造了这个不受理性支配的、激情充沛的女性在追寻情人过程中所显示出的超常能量。爱玛以如此巨大的激情一次又一次地追寻情人，我们是不是就可以简单地把它归结为放荡、不守妇道的行为呢？那么又如何去理解她的这种激情能量呢？这种行为本身是否蕴含了一些合理性因素呢？

不可否认，只有激情充沛的人才会对生活充满热望，才会去追求、奋斗、抗争。女性中的很大一部分，往往把婚姻当作生活、理想中的一个不可分割的部分。她们认为对婚姻的追求就是对人生、理想的追求。越是热望生活、激情充沛的女人，这种追求就越强烈。否则，安娜就不会卧轨，卡门就不会束手死在刀下，花金子就不会逃走，邓么姑也不会嫁给三贡爷，爱玛更不会吞砒霜。她们都是带着一腔热血和激情去追求理想婚姻、理想人生而不得，最终耗尽激情，熄灭生命。她们的共同点是充满活力、受激情驱使去追求情人，而追求情人背后的心灵世界是对新生活的热望，对现实的厌倦。所以追逐情人的本质是在寻求自我理想的实现。她们寄希望于情人，通过情人来实现理想的梦，其实就是把情人作为理想寄托和转嫁的载体。笔者把女性实现理想的途径划分为三类，把这一类型女性概括为"理想转嫁型"。[①]

应该承认，爱玛的理想里有很多虚荣的成分，更确切地说是少女时代的梦。不过，向往美好是要求进取的人的共同愿望，这是人的本质——自我保存、自我超越的欲望。爱玛希望生活、爱人如同小说中写的那样浪漫、忧郁、诗意、迷人，可是婚后却发现丈夫贫乏、无知、无野心、无激情，周围也没有"林中的夜莺，月下的轻舟"，只是迈特的乡鄙、永镇的贫滞。她越是对现实不满、厌恶，就越是沉湎于理想世界。因此，当她遇到鲁道耳弗以后，最大的愿望和寄托是和他私奔——她要远离平庸的丈夫、枯燥的生活，远离闭塞、停滞的小镇，奔到理想的世界、崭新的生活中去。可惜她所依附的情人是个寻花折柳的老手，不久便抛弃了她。爱玛不能独立地奋斗，又不满足现实，于是她把希望和爱情统统寄托在情人身上，她又一次坠入了情网。1853年8月，福楼拜在给高莱女士的信中曾说："啊，我开始认识资产阶级这片化石了！怎样的半性格！怎样的半意志！怎样的半热情！"和这样一群人相比，爱玛显得有活力、有人性、有生机。但生活在这样一群人中间，她不自知，被赖昂抛弃也就成了必然。

由此可知，爱玛在平庸无奈的生活中一次又一次寻找情人，一次又一次挣扎、反抗的实质是对现实死水般生活的不满足，是想通过情人寄托理想和梦。从美学意义上说，这是一种进取的欲望，一种追求理想生活的超越行为。这也是爱玛追求情人的真正动机，其中有合理的成分。而由这动机所驱使的行为体现出的对现实不满的抗争和反叛，是值得肯定的。

---

① 褚蓓娟：《试论包法利夫人的女性意识》，《外国文学研究》1993年第1期。

第四章 刹那即永恒

　　当然与花金子、邓么姑、安娜相比,爱玛在生活中的抗争还缺乏力度。毕竟爱玛是空虚的,所以她的偷情显得鬼祟,以致用撒谎作掩护。相比之下,花金子、邓么姑、安娜的追求显得更正义、更自觉、社会意义更大。
　　《原野》中的花金子是一个"一对明亮亮的黑眼睛里面蓄满魅力和强悍"的泼辣媳妇。她嫁给焦大星是因为焦阎王的逼迫。她也试图撩拨、考验焦大星,然而焦大星终不能在母亲和艳妻中择一而爱,况且"他亮晶晶的眼睛,有的是宣泄不出的热情,性格怯弱"——不敢爱、不敢恨。而金子向往的是自由热烈的爱情,希望刚毅、剽悍的男人驯服她,也被她制服;她渴望过上美好的生活,到外面的世界去,"到金子铺的地方去。"金子的这种爱情理想、人生追求是软弱、善良的大星无法实现的。而仇虎的出现却符合她心中的理想,所以金子说:"这十天,我又活了,活了。"(这当然不否定本来就有爱情基础)这样,仇虎自然成了金子的情人,也即理想和希望的载体。这也是一种对自身现状的不满足所寻求的对自我的超越。《死水微澜》中的邓么姑未嫁时对生活的憧憬、幻想以及出嫁后的失望,更接近爱玛。么姑,这位乡下妹子,少女时代就开始热切地向往过"外边"、"城里人"的日子。而结婚以后,蔡傻子除了能在算盘上一展才华外,别无他能。而"瞧人家大表哥,外面的事情,没有他不晓得的",是个"见过世面的人"。他给么姑讲外面的世界,带她去成都看灯、照相、送她首饰……这一切不是么姑做女儿时就梦想的吗?父母拒绝了做大户人家姨娘的求亲媒婆,她还躲在墙角哭了半天,谁又能说清这里面是委屈而没有遗憾呢!她与表哥的偷情正是看中了表哥可以实现她的爱情理想和人生追求,么姑心中的理想终于有了实实在在的依托。从审美意义上说,邓么姑把理想转嫁在大表哥身上,也是以自身婚姻的不满所寻求的超越,是希冀突破死水般沉静的现实生活。这也是金子和么姑的偷情在读者意识中的合理性因素。当焦瞎子有所疑心时,金子便开始以似真似假的方式在大星面前暗示(只是不肯说出通奸者是谁)。在罗德生即将逃亡之前,么姑那种生离死别的追随、哭天抢地的绝望,向丈夫蔡傻子宣布了一切。即便是安娜,也毫不隐瞒自己的恋情。当她在赛马场失态后,便向丈夫宣布:"我爱他,我忍受不了你。""我是女人,我需要爱情。"这种坦白、勇于承担的本身既反映了为激情所驱使的一往无前、不顾一切的势头,也是主体深刻觉醒后的坚决。超越的同时,也对自身进行了肯定,显得理直气壮。

说谎本身意味着主体自我对爱情理想的转嫁,对现实的超越缺乏深刻的觉醒意识。而爱玛"从这时,她的生活只是连串谎话,好象面网一样,用来包藏她的爱情"。从爱玛说谎的背后,我们不难发现,与花金子、邓幺姑、安娜相比,爱玛的说谎里含有对自己人生追求的疑惑。她的说谎是因感情驱使对现实的抗争,却不能肯定这种行为本身正确与否。这也说明了她的抗争仅止于个性的自觉而无深刻的觉醒意识。难怪李健吾先生在《福楼拜评传》中这样评价她:"包法利夫人象希腊的神一样庄严",可惜是个"失明的女神"。

四、刹那即永恒:《道林·格雷的画像》

19世纪唯美主义的代表奥斯卡·威尔斯·王尔德,可谓世界文坛上的一个怪才。有人对他推崇备至,也有人对他不屑一顾。因为他是一个集天使与魔鬼于一身的矛盾人物。

奥斯卡·王尔德
(dapengxiaobing 888. blog. 163. com)

王尔德于1854年生于都柏林,在维多利亚女王统治时期度过了他短暂的一生。王尔德的父亲是一个医术高明的外科医生,被誉为欧洲"耳科医学之父"。此外他还热衷于文学和考古学,但老王尔德的私生活异常糜烂,贪杯,好色,有一次甚至受到指控,说他用麻醉剂去勾引一名良家妇女。王尔德的母亲简·埃尔吉是一名颇有才华和名气的诗人、政论家,在家中定期举办的沙龙上,小王尔德常常听到母亲在客人面前高谈阔论。王尔德从小就深受父母的影响和熏陶,可以说,他一生中最好的教育,是在他父亲的早餐桌上和母亲的会客厅中得来的。王尔德也很为自己的父母而自豪,在晚期作品《狱中记》中,他曾这样谈及他的双亲:"我的母亲和我的父亲遗留给我一个名字,他们不仅在文学、艺术、考古、科学,还在使我自己的祖国成为一个国家的历史上,使这个名字变得崇高和光荣。"

20岁时,王尔德进入牛津大学,并且开始给杂志撰稿。当时,著名的作家兼文艺批评家约翰·拉斯金正在牛津大学博物馆作系列演讲,系统地阐述他的美学思想。他那"缺乏活动的生活是犯罪,缺乏艺术的活动是丧失人性"的观点在大学生中风靡一时,也在王尔德那里得到了共鸣和衷心拥护。同时,华尔特·品特的著作《文艺复兴学研究》则给了他很大的启蒙教益。王尔德后来结识了品特,并继承了品特"为艺术而艺术"的口号。在牛津,王尔德着装讲究独特,房间装饰华美,很有一种"身体力行"的唯美风格。1877年,王尔德的意大利、希腊之行加速了他的美学思想和艺术理论的形成。回到牛津,他便以"美学教授"自居,宣扬唯美主义文艺思想。在他的周围,很快聚集起一批趣味相投的"崇拜者"。1881年7月,第一部精装的《王尔德诗集》在伦敦出版,它标志着王尔德正式走上文坛。同年,他到美国和加拿大旅行讲学。旅美期间,他还拜访了美国浪漫主义先驱爱伦·坡和惠特曼,推崇他们追求怪异和激情的创作风格。在一次《纽约先驱报》记者的采访中,当问及他唯美主义是否可称为哲学的时候,王尔德宣告了自己的唯美理论观点:"它当然是哲学,它研究在艺术中可以发现些什么,它寻求生活的秘密。所以唯美主义可以视为是对艺术中的真理的研究。"

1883年王尔德从美国归来不久,又前往当时文艺新思潮的中心——巴黎。在巴黎,王尔德结识了龚古尔、雨果、都德等作家以及一些著名演员和社交界名流,他把自己的诗集献给大家,同时对颓废派文学以及左拉作品中那类有关病理和变态的描写产生亲近感。他完成了一部名为《派迪哀公爵夫人》的情节剧,同第一部剧本《维拉》一样,它显得很不成熟。但它却是后来的小说《道林·格雷的画像》的雏形。相比之下,倒是同期写就的叙事诗《斯芬克斯》充分显示了王尔德的文学才华。巴黎给王尔德留下了美好的印象,但由于挥霍无度,经济上发生了困难,半年后,他不得不返回伦敦。

1884年年初,年届而立的王尔德在都柏林结识了一位富有的律师的女儿康斯坦斯·劳埃德,立刻为她迷人的风姿和坦率的为人所倾倒,很快两人

便步入婚姻殿堂。爱情给王尔德的创作带来了新的动力。

1888年5月，他的第一部童话集《快乐王子及其它》（包括《快乐王子》、《夜莺和玫瑰》、《自私的巨人》、《忠诚的朋友》和《神奇的火箭》）出版。这本书立刻引起轰动，王尔德也成了人们注目的中心。《快乐王子及其它》至今依然是英国最著名的童话作品之一，多次再版。《快乐王子》中的主人公——快乐王子的雕像耸立在城市上空，每日目睹着城市的丑恶和穷苦，尽管他的心是铅制而非"人心"，也忍不住哭了。在小燕子的帮助下，王子把身上所有的宝石施舍给穷苦的人们，然而，他和小燕子却落得个抛尸垃圾堆的悲惨命运。《自私的巨人》在王尔德童话中，是篇幅最短的一篇，也是最优美、最富诗意的一篇。

1891年12月，他的另一部童话集——《石榴之屋》问世，收有四部童话：《少年国王》、《小公主的生日》、《渔夫和他的灵魂》和《星孩》。这部书并未像王尔德的第一部童话集那样立即受到欢迎，而是渐渐地，特别是在王尔德死后，才成为家喻户晓的故事集。

王尔德的童话，想象丰富、词藻华美，洋溢着浓郁的诗情画意，充分体现了作者精妙绝伦的驾驭文字的能力和唯美主义的表现手法。这些童话故事贯穿着一个主题：就是鞭挞谴责统治阶级和富有者的贪婪自私、冷酷残暴，歌颂善良人的自我牺牲精神，表现了作者对弱势群体的关注和同情，正因为此，王尔德为数不多的几篇童话被公认为堪与安徒生和格林兄弟的童话相媲美，甚至被许多人推崇为"是他最好的、最有特性的散文著作"。

婚后，王尔德不断为杂志撰稿和举办讲座，并于1887年至1889年在《妇女世界》月刊做编辑，同时他还在业余时间写了很多短篇小说，几年后以《亚瑟·萨维尔勋爵的罪行》一篇作为集子的名称合并出版。1891年，他出版了文学评论集《意图》和论文《社会主义制度下人的心灵》，并开始创作诗剧《莎乐美》。

在当时，同性恋经常被视作比谋杀罪还恶劣，但英国人偏偏就是这么自相矛盾。19世纪上流社会的男人和男孩之间同性恋之风异常盛行。作为一个男性同性恋的先驱者和辩护者，王尔德早在1886年便在比自己小得多的罗伯特·罗思的引导下进入同性恋世界。1891年他又不可自拔地迷恋上道格拉斯勋爵，有着苗条身材、金色头发和蓝色眼睛的道格拉斯，使得无论是男人还是女人都为他着迷。道格拉斯的父亲昆斯伯雷侯爵对两人的行为非常反感，一次当众羞辱了王尔德，王尔德以诽谤罪把昆斯伯雷侯爵推上被告席，没想到的是，法庭却以"有伤风化"罪判了王尔德两年徒刑，爱妻在他服刑期间忧伤而死。刑满释放后王尔德离开英国去了法国，开始了流亡生活，创作激情也随之低落。《雷丁监狱之歌》为悼念同室狱友而作，与王尔德那些雕琢华丽的诗歌相比，这首诗情感真挚，风格清新。

王尔德不仅写诗、童话、小说、散文之外，他还是一个剧作家。他一共写过 9 部剧本。其中讽刺喜剧《温德米尔太太的扇子》、《一个无足轻重的女人》、《理想的丈夫》、《认真的重要》至今仍久演不衰。在这些喜剧里，王尔德把讽刺的矛头直指上层社会，客观上有助于摇撼英国贵族社会及其妄自尊大的虚伪道德及荒唐习气。

独幕剧《莎乐美》创作于 1891 年，取材于《圣经》。据《马可福音》第 6 章和《马太福音》第 14 章记载，希律王娶了兄弟腓力的妻子希罗底。施礼的约翰曾多次告诫希律王："你不可娶希罗底为妻"。希律王听了很不高兴，但是敬畏他先知圣人的名声，不敢害他，便把他投到狱中。希律王生日时宴请群臣，希罗底的女儿莎乐美献舞，很得希律的欢心。希律就对她发誓说："无论你要求什么，我都愿意给你。"女孩出去问母亲，母亲说："施礼约翰的头。"于是莎乐美请求王，希律王非常苦恼，可是他已经许愿，无法拒绝女孩的请求，于是命令侍卫去监狱杀了约翰，娶了约翰的头，女儿拿来交给了母亲，约翰的门徒听见这消息，就来把约翰的尸体领走，葬在墓里。显然，在《圣经》中，要杀约翰的不是莎乐美而是母亲。

王尔德对《圣经》作了改写。在王尔德的《莎乐美》里，戏一开场，约翰已在监狱，莎乐美一听到约翰的声音，立刻被这优美的嗓音所吸引，她坚持让卫兵将约翰从牢狱中放出，于是见到了憔悴苍白的约翰，莎乐美心中燃起了"不可言明之爱"。可是面对莎乐美狂热的爱情表白，约翰视若洪水猛兽予以严词拒绝。受到羞辱的纯情少女莎乐美胸中燃起熊熊的复仇烈焰，她狂傲地喊道："我会吻到你的嘴的，我定会吻到你的嘴。"莎乐美在希律王面前翩翩起舞，她优美而富有煽情的舞姿使早已垂涎她的希律王不能自已，这时莎乐美乘势提出要得到约翰头颅的要求,希律王无奈,派人取下了约翰的头颅,就在莎乐美忘我地狂吻约翰带血的头颅的时候,她自己也遭到了毁灭——希律王在惊恐中杀死了这个被激情驱使的变态、狂乱的女人。

莎乐美以宝贵的生命获取了一刹那瞬间的快感,美在瞬间成为永恒。王尔德把原来《圣经》中的无知少女莎乐美改写成以生命获取情欲的莎乐美,从对经典中人物的解构中阐释出新的文本意义。这里,莎乐美不仅是一个独特的"致命的女性",而且成了追求瞬间快感的唯美主义体现得最为极致的文化符号。它的现实意义在于,它和消费主义强调的"瞬间体验"具有了不谋而合的相通之处,"莎乐美之吻"演化成为一种生活理念。也许这是近年来王尔德热的原因之一吧。

福楼拜、马拉美等都曾以此为素材写作过。法国象征派画家古斯塔夫·莫罗作于1876年的两幅油画《幽灵》和《莎乐美之舞》还为后人留下了莎乐美不朽的视觉形象,画面上色彩华丽夸张,着装和舞姿充满色情和挑逗,代表了"永恒歇斯底里的女神"和"无边欲望的化身"。王尔德想通过《莎乐美》的创作,在艺术形式方面进行一种革新。"人和物所明显表现的一切,使我感到厌倦,我所寻求的是艺术中的神秘,生活中的神秘,自然中的神秘。"这番话集中体现了他独特的艺术追求。

1905年《莎乐美》经德国作曲家理查·斯特劳斯谱成歌剧后,更使这一悲剧名扬世界。1920年《少年中国》发表了田汉翻译的《莎乐美》。不久,上海中华书局又印行了田汉译文的单行本。该剧于1929年在南京搬上舞台,对中国的作家和观众产生了强烈的震撼。

《道林·格雷的画像》是作家唯一的一部长篇小说,也是唯美主义的代表作。年轻英俊的道林·格雷的美貌极大地震撼了画家霍华德,激发了他创作的灵感和艺术

《道林·格雷的画像》
(www.yaomaika.com)

想象力，他为道林·格雷创作出了自认为最完美的作品——一幅逼真的道林·格雷画像。道林·格雷看着自己无与伦比的美貌驻留在画像上，慨叹青春易逝，美貌难恒，继而突发奇想，希望用灵魂作交换以保持自己的青春俊美，而让画像代他承受岁月的痕迹。他的愿望真的奇迹般地实现了。在亨利勋爵的不断诱导和影响下，格雷追逐时尚，安于享乐，随心所欲，无所顾忌。一次，对曾经热恋他的年轻女演员西比尔·苇恩，粗暴残忍，导致了西比尔的自杀，起初他还为西比尔的自杀而内疚，而亨利勋爵"青春已逝，及时行乐"的一番话立刻让他茅塞顿开，心胸坦然。

许多亲近格雷的人也因为他堕落、放荡的生活方式而变得或声名狼藉或身败名裂。画家霍华德竭力规劝他堕落的行为，他一怒之下杀死霍华德并威胁他的一个朋友毁尸灭迹。许多年过去了，尽管他干尽了腐朽堕落的勾当，但他看起来仍然是那个俊美、纯洁的20岁青年，而代他受过的美丽画像却渐变渐暗，嘴角已经挂上狰狞的笑。最后，格雷看着画布上这尊丑陋的面容，并试图用刀摧毁这个能呈现他罪恶的证据——画像时，刀子却插进了自己的胸膛，这时，画像立刻又回复到了它当初的完美状态。小说结局与《莎乐美》相似，都是以暴力结束，格雷被匕首刺透心脏，销魂的美貌顷刻转换成变形的尸体。难怪加缪说："王尔德与其说是落入生活的骗局，不如说是落入艺术的骗局，他妄图通过艺术创造唯我独尊的生活。"

由于主人公格雷的堕落及其不正当的情感倾向与维多利亚时代追求礼仪、庄重，讲究温文尔雅的风范相悖，再加上小说中的许多"谬论"，诸如"为了完美地实现自我——摆脱诱惑的唯一方法就是屈服于诱惑。"小说问世后受到众多非议，然而王尔德的这句话在一个世纪后竟成了同性恋者的格言。因此有人认为这是一本同性恋主题的小说。大多数人则认为这是一本不道德的书，带有淫秽意味。其实，只要细读文本便可以发现其中深深的道德寓意。正如当代文论家雷纳·韦勒克所说，"小说展现了一幅道德败坏遂遭惩罚的寓意画。"小说通过主人公格雷、画家霍华德和亨利勋爵三个人物之间互相钳制的特殊关系呈现了人物内心本能、欲望、善、恶、美、丑等道德伦理的情感体验。借用弗洛伊德三重人格理论来分析他们意识层次结构的话，这三个不同的人物实际上是格雷精神人格三个不同的方面。霍华德属于超我部分，他善

多维视域中的西方文学

良正直,希望格雷过一种"受世人尊敬的生活";亨利是本我的化身,认为人是没有理性的动物,人会因为拒绝自身野蛮的冲动而受到惩罚。他总是引诱格雷及时行乐,最大限度地满足自身最本能的欲望;格雷是自我的化身,受本我驱使,他的心灵从美貌中溜走,在体验了一切感官享乐和作恶多端之后,惊恐于画像的丑恶和狰狞,但当他想摧毁眼前的丑陋时,毁灭的却是自身,而画像则在格雷倒地而亡的同时恢复了原初的绝代美貌。美丽的画像与格雷可憎的尸体形成了鲜明的对比,也可以说艺术与现实形成了强烈的对照,作恶多端的格雷死了,而画像的美永存。王尔德所追求的"艺术高于一切,超现实、超功利"的美学思想,在小说中得到了充分体现。

第五章 反叛经典和成规

一、反传统反经典：浪漫主义戏剧

浪漫主义作为一种思潮在美术、音乐、建筑、文学等艺术领域都有所体现。英国浪漫主义美术以画家和诗人布莱克为代表。布莱克在基督教神话的基础上，发展了他自己精心建构的宇宙论，他的水彩画技巧精美绝伦。浪漫主义在音乐方面的特点是，不论作曲或演奏，都以个性为重点，注重感情表现。德国韦伯是真正浪漫主义作曲家的开端。随后有舒伯特、柏辽兹、门德尔松、肖邦、李斯特和瓦格纳等大量作曲家。他们分别在艺术歌曲、标题交响乐、钢琴小品、交响诗、歌剧等浪漫主义新体裁的创作上取得了巨大成就。浪漫主义在建筑上表现为追求超尘脱俗的趣味和异国情调。18世纪60年代～19世纪30年代，出现了中世纪城堡式的府邸，甚至东方式的建筑小品。其时正值英国工业革命时代，资产阶级处于上升时期，要求个性解放和感情自由，在政治上反抗专制暴政统治，在文学艺术上反对古典主义传统的束缚。为适应这样的需要，浪漫主义思潮应运而生。

多维视域中的西方文学

（一）浪漫主义思潮产生的文化语境

英国浪漫主义文学的主要代表是"湖畔派"诗人华兹华斯、柯勒律治和骚塞。华兹华斯在《抒情歌谣集》再版序言中把诗歌看作"强烈感情的自然流露"，这篇序言后来成为英国浪漫主义诗人的宣言。随后又出现了拜伦、雪莱和济慈等新一代浪漫主义文学代表，他们通过诗歌或诗剧的形式抨击社会邪恶和不公，表现出争取自由和进步的民主倾向。在艺术上发展和丰富了浪漫主义诗歌的形式和格律；在形式上，掀起了莎士比亚之后英国诗剧的再度繁荣；19世纪中期以后，欧洲的浪漫主义文学逐步被现实主义文学所取代。

英国浪漫主义文学思潮的产生、发展和英国工业革命有着密切的联系。17世纪的英国资产阶级革命为它的资本主义生产的发展开辟了道路，从18世纪70年代起，英国率先进行了工业革命。在18世纪末法国革命的影响下，英国的社会观念在全欧工业革命前夕发生了深刻变化，形成了近代化的社会观念。

法国革命对英国文学的影响是多方面的。18世纪末，英国的社会矛盾异常尖锐。印度、美洲殖民地人民的斗争，爱尔兰问题、苏格兰问题，国内大资产阶级联合专政和民主运动间的对抗，凡此种种都使得政治形式日益紧张。在这种局面下，法国革命对于英国人民是一种巨大的鼓舞。法国人民的英勇气概、法国革命体现的民主自由理想，促使英国诗人们以新的眼光来看待世界和人生。他们当中的一些人形成了激进民主主义的信仰，加强了诗歌中的激昂音调。浪漫主义运动早期代表华兹华斯、柯勒律治、骚塞都曾经赞扬法国革命，讴歌政治自由，表现了对人民苦难的同情。大革命一爆发，柯勒律治立刻写出一首《巴士底狱的毁灭》的颂诗，"请看那个农夫快乐的眼神，他望见丰收有可靠的保证。"他从法国人对革命的热情中，看到了自己国家的希望；华兹华斯在他诗中唱道：

　　活在那个黎明里是何等幸福，
　　年轻人更是如进天堂！喔，在那个时代

第五章 反叛经典和成规

> 习惯、法律和规章的种种
> 贫乏、陈腐和禁忌的方式,一下子
> 吸引了浪漫国民的全部注意!①

法国革命影响英国浪漫主义诗歌的又一个方面,是它所引起的失望。一方面他们仍然忠诚于法国大革命时期的民主、自由的理想;另一方面他们又为革命所引起的恐怖暴力而感到幻灭。从法国革命的后果来看,革命之后并没有出现一个启蒙思想家们所曾预言的"理性王国",暴力革命后的社会暴露出种种新的矛盾。柯勒律治在1798年写的《咏法兰西》中,清晰地表达了他从激进主义转向自然主义的精神轨迹。柯勒律治认为真正的自由却是蕴藏在神圣的大自然中,

> 在那儿,我发现你了!——
> 在海畔高崖,
> 恍惚有微风吹过的株株松树,
> 正低吟细语,与涛声遥相应答!
> 当我悄立着,凝望着,
> 两鬓临风,
> 把神魂投向大地、海水和天空,
> 以无比浓烈的爱心去拥抱万物,
> 自由神啊!
> 我感到:你真身就在其中。②

华兹华斯在《序曲》中表现了对法国大革命暴力所带来的恐惧:

---

① 安尼特·T. 鲁宾斯坦:《英国文学的伟大传统》(中),陈安全等译,上海译文出版社1998年版,第3页。

② 华兹华斯:《华兹华斯、柯勒律治诗选》,杨德豫译,人民文学出版社2001年版,第92—93页。

连续数月、数年内
我几乎每一夜都难于
安眠,因为眼前都是恐怖
的景象:绝望、专制和死神的刑具;
在梦中,面对不公正的法官,我不停地
争辩,声音嘶哑,思绪如麻,
一种被出卖的感觉占领了
我所知道的最神圣的场所——我的灵魂①

英国的浪漫主义运动也因为华兹华斯、柯勒律治、骚塞对法国大革命和拿破仑的憎恨暂时遏止住。法国革命引起的失望使启蒙思想家所灌输的信仰逐渐动摇。他们从揭示社会罪恶,转而把目光投向未来,开始探寻新的社会理想:很多人开始向中世纪、向大自然、向工业文明尚未波及的宗法制农村去寻求安宁、寻求美。但是不久之后,拜伦、雪莱和济慈又复活了浪漫主义文学。最能体现出英国民主运动的力量、激情和崇高理想的,就是拜伦和雪莱了,可以说他们支配了整个维多利亚时代。

从18世纪后期始,艺术、文学和哲学,甚至政治,都受到了浪漫主义运动特有的一种情感方式积极的或消极的影响,在此不多赘述。反之,浪漫主义也同样受到多元文化的滋润和营养。首先,卢梭的善感性崇拜思想对浪漫主义产生了直接的影响,善感性(la sensibilit),指容易触发感情、特别是容易触发同情的一种气质。浪漫主义者反对近代工业主义,认为经济组织的发展妨害了个人自由。他们不满和平与安静,追求有朝气而热情的个人生活,所以他们接受卢梭的善感性崇拜思想,推动浪漫主义运动的发展(民主主义者卢梭讲求已经存在的善感性崇拜推动了浪漫主义运动的发展)。其次是威廉·葛德文的影响。葛德文是个启蒙主义的社会思想家,他受卢梭和法国百科全书派思想的影响,他的《政治正义论》(1793年)一书,比普鲁东

---

① 威廉·华兹华斯:《序曲》第十卷,丁宏为译,中国对外翻译出版公司1999年版,第368—380页。

的《财产论》早 55 年，可谓近代无政府主义思想的第一部系统论著，是当时在英国思想界极有影响的一本鼓动社会改革的著作。它批判现存社会，反对政府用暴力统治人民，但也不主张用暴力推翻政府，提出通过教育和平改造社会。此书原为回击伯克对法国大革命的攻击而写，其中着重阐述了18世纪政治哲学中的自由意志和个人主义倾向。葛德文这本书通过罗伯特·欧文而间接对英国的工人运动产生了影响。空想社会主义者罗伯特·欧文的废除一切形式的私有制的空想社会主义理论主张，认为私有制是造成贫困和灾难的唯一原因，私有制使人变成魔鬼等观点都来自葛德文；葛德文对英国浪漫主义诗人华兹华斯、柯勒律治、拜伦和雪莱等也有很大的启发。葛德文不仅是雪莱的岳父，而且是他精神上的导师，雪莱受其影响最大。在长诗《伊斯兰的反叛》的序言里，雪莱对葛德文的思想做了很好的说明。可以说，私有制使全世界变成地狱的思想最终是在浪漫主义那里得到了最为形象的呈现。此外，卢梭的《社会契约论》、潘恩的《人权论》中关于"自由"、"平等"、"人权"等思想，都是浪漫主义运动不可或缺的理论来源。

（二）浪漫主义特征及其伦理倾向

注重观察精神世界的表现，重感情，重理想，重想象；对民间文学、中世纪题材和大自然题材表现出浓厚的兴趣；喜欢描写卓绝不凡的巨人、动人心魄的传奇；注重道德和基督徒信条；喜欢采用鲜明的对比、奇特的比喻、大胆的夸张，是浪漫主义大体一致的特征。

浪漫主义者的道德都有原本属于审美上的动机。他们只凭性情和趣味，从不考虑功利原则，这使得他们的审美感和前人不同。浪漫主义爱好哥特式建筑、喜欢奇异的东西：幽灵鬼怪、凋零的古堡、昔日盛大的家族最末一批哀愁的后裔、催眠术士和异术法师、没落的暴君和东地中海的海盗。柯勒律治的《老水手行》（又译为《古舟子咏》）就是典型。其次是他们对景色的趣味。与欧洲其他民族作家相比，英国诗人都是大自然的观察者、爱好者和崇拜者，在拜伦的革命自由主义、雪莱的无神论的精神主义里都渗透着自然主义。具体说来，这种气质首先是英国人对乡村和大海的热爱：拜伦对乡间别墅和欧洲自然风光的动人叙述，在《恰尔德·哈罗尔德游记》和《唐璜》中

多维视域中的西方文学

表现的海盗式的远征;柯勒律治的《老水手行》对大海令人恐怖和战栗情景的描述;雪莱在《西风颂》里对航海生涯的热情的抒发。丹麦的文学批评家勃兰兑斯认为这种"自然主义"构成了英国文人的民族气质。

浪漫主义赞赏强烈的感情,尤其是不计社会后果的破坏性的炽情:如憎恶、怨愤和嫉妒,悔恨和绝望,羞愤和受到不正当压抑的人的狂怒,黩武热和对奴隶及懦弱者的蔑视。因此,为浪漫主义所鼓舞的、特别是为拜伦式变种的浪漫主义所鼓舞的那类人,都是猛烈而反社会的,不是无政府的追随者,便是好征服的暴君。罗素认为:浪漫主义观点所以打动人心的理由,隐伏在人性和人类环境的极深处。因为人在本能上是孤独的,因此,需要有宗教和道德来补充自利的力量。但是为将来的利益而割弃现在的满足,这个习惯让人烦腻,所以热情一激发起来,社会行为上的种种谨慎约束便被打破。

浪漫主义的终极目的在于把人的人格从社会习俗和社会道德的束缚中解放出来。受卢梭影响,浪漫主义者蔑视一切传统道德的伦理观念,突破自古以来的许多行为规矩,放任以自我为中心的热情,鼓励一个新的狂纵不法的自我,"人不是孤独不群的动物,只要社会生活一天还存在,自我实现就不能算伦理的最高原则"[①]。但浪漫主义者并不是没有道德;他们的道德见识是锐利、激烈的。这种道德见识依据的原则和前人向来以为良好的那些原则完全不同。卢梭之前,理性是最高美德,到卢梭时代,许多人已经厌倦克制和理性,开始追求刺激,法国大革命和拿破仑给浪漫主义创造了施展新伦理思想的空间。浪漫主义者的"自然主义"转到社会领域,就是激进主义,他们宣称反对由文明所带来的私有、专制和不公,歌颂博爱、民主和自由。应该说没有一个国家像英国那样为个人独立的感情所浸透,所以拜伦能独自抵抗从"神圣同盟"之源涌出的洪流。英国作家一般都不是某种特殊主义的信徒,但是他们是自我信念的信徒。

英国浪漫主义由于它产生的时代地域的具体环境,而带上了一些自己的特征。维持现状的保守派和要求变革的激进派之间的政治冲突反映到文坛上。华兹华斯是前一类的代表,而拜伦是后一类的代表。拜伦蔑视"湖畔

---

① 罗素:《西方哲学史》,马元德译,商务印书馆1976年版,第225页。

派",雪莱也对华兹华斯的变节表示惋惜和愤怒;而骚塞则咒骂拜伦和雪莱为"恶魔派"。两派斗争不是个人间的恩怨,而是政见的不同:"湖畔派"(属于保守的诗人)理解的自由是一种完全明确的东西,即英国所具有而其他国家所没有的一种权利——一个国家不受外来统治者专横暴虐的统治而由他自身来治理本国的权利。因此"湖畔派"所理解的自由就是摆脱外国暴政统治的国家自由,而不是行动自由的思想。所以他们痛恨法国大革命,延伸到痛恨拿破仑,歌颂眼前的英国就是理想的英国,也因此华兹华斯、骚塞、司各特被授予桂冠诗人,拜伦和雪莱则并未获得全民的承认。

在拜伦和雪莱看来,自由并没有在哪个国家或哪部宪法里获得实现,他们感觉到在一部所谓"自由"的宪法统治下,会如何缺乏政治的以及思想的、宗教的以及社会的、写作的、行动的自由(庸人们正由于缺乏自己的特殊性格,所以才对具有独立精神和创造性的天才人物身上难免存在的一些缺点叫喊得最厉害,指责得也最凶)。他们看到在这个所谓"自由"的国家,统治阶层在假冒、伪善和说谎,在巧取豪夺和盘剥,在进行镇压和钳制。而"湖畔派"则认为,只要英国实行的,就是对的。因此拜伦、雪莱与"湖畔派"诗人的观点产生了重大分歧。出于热爱自由,拜伦和雪莱的激进主义导致偏激狂放,对欧洲文学进程产生了强烈的影响。拜伦把卓绝的诗才、饱满的政治热情,支持民族解放的实际行动结合在一起,雪莱在探索社会正义的道路上远远超越了他的同时代人,成为诗歌领域里理想社会的"天才预言家"(恩格斯语)。

(三) 浪漫主义文学的发展

浪漫主义精神在法国起源于卢梭,但浪漫主义运动最初出现在德国和英国。18、19世纪之交在英国文坛上相继出现了一些引人注目的新诗人。他们发表的诗作,带来了新的题材、语言和韵律,表现出新的伦理思想和意境,形成了一代新诗风,开创了英国浪漫主义文学的繁荣局面。英国浪漫主义文学既有自己的理论主张又有辉煌的创作实绩,不仅风靡英国文坛,而且在欧洲大陆引起了热烈持久的反响。

18世纪的文坛崇尚古典主义诗学。随着哲学、科学和文学本身的发展,

多维视域中的西方文学

为文坛风气的转变创造了条件，德国古典哲学的传播，自然科学知识的积累，早期社会主义思潮的影响，营造了一种新的文化语境，造就了一代新的民主青年。这些青年人有开阔的视野，独立的个性，崭新的伦理思想，强烈的自由精神。他们在社会政治问题和文学创作方面，都不屈从旧世界的权威，力求建立新的哲学、新的伦理观念和新的审美趣味。早在18世纪60年代，文学中就出现了脱离古典主义传统的倾向。斯泰恩等作家的感伤主义作品注重感情，抛弃了文学的唯理主义。

1800年，威廉·华兹华斯（Wlliam Wordsworth，1770—1850）的《抒情歌谣集》再版序言成为英国浪漫主义诗人的宣言书。华兹华斯主张采用朴实的民间语言，"人民真正用着的语言"；在创作内容方面，他主张描写"普通生活里的事件和情境"；主张诗歌要写出大自然真正的诗趣；在写诗方法上他强调"想象力"的作用，认为借助想象力可以"使得平凡的东西能以不寻常的方式出现于心灵之前"[①]。华兹华斯歌颂自然的诗歌占很大比例。

《咏水仙》是其描写自然的抒情诗中最著名的一首：

> 我孤独地漫游，像一朵云
> 在山丘和谷地上飘荡，
> 忽然间我看见一群
> 金色的水仙花迎春开放，
> 在树荫下，在湖水边，
> 迎着微风起舞翩翩。
> 连绵不绝，如繁星灿烂，
> 在银河里闪闪发光，
> 它们沿着湖湾的边缘
> 延伸成无穷无尽的一行：
> 我一眼看见了一万朵，
> 在欢舞之中起伏颠簸。

---

① *Collected Letters of S. T. Coleridge.* Ed. E. L. Griggs. London 6Vols Ⅰ. P. 977.

粼粼波光也在跳着舞,
水仙的欢欣却胜过水波;
与这样快活的伴侣为伍,
诗人怎能不满心欢乐!
我久久凝望,却想象不到
这奇景赋予我多少财宝,——
每当我躺在床上不眠,
或心神空茫,或默默沉思,
它们常在心灵中闪现,
那是孤独之中的福祉;
于是我的心便涨满幸福,
和水仙一同翩翩起舞。①

　　他笔下既有粗犷奇特的自然山水,又有宁静秀美的田园风光,既有本国的风物习俗,又有异帮的名胜古迹。华兹华斯的诗不仅体现了新的自然伦理思想,而且充满仁慈,他的《西蒙·李》、《坎伯兰的老乞丐》在叙述简单乡里故事中的悲惨或危急的部分时所使用的凄切之词纯正而真挚。可以说,很少有几个诗人像华兹华斯那样能表现出对贫困无助的无辜老人所怀有的敬意。而且他选择的渔夫、农民作为主人公而非文雅高贵之人,虽不能说是后期的人道主义,但确实有福音布道的意味。人们把它称为"华兹华斯式的宗教倾向"。华兹华斯的诗很好地实现了他的创作主张,他的诗歌创作和理论开创了一代诗风,华兹华斯和他的"湖畔派"诗友们的创作,拉开了浪漫主义文学的兴盛大幕。萨缪尔·泰勒·柯勒律治(Samuel Tayler Coleridge, 1772—1834)与华兹华斯交往甚密。他的诗数量不多,但《老水手行》、《克里斯特贝尔》和《忽必烈汗》都脍炙人口,是英国诗歌中的瑰宝。《老水手行》是一首叙事长诗,通过老水手的一次不平常的航海奇遇,表现了罪与罚的宗教主题。

---

① 飞白主编:《世界诗库》第2卷,花城出版社1995年版,第304页。

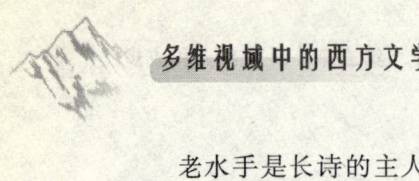

老水手是长诗的主人公，也是整个人类的化身，他的经历和言行形象地说明了基督教关于人类的看法。《老水手行》在艺术上最主要的特征是奇特瑰丽的想象。柯勒律治认为"想象"是一种"综合神奇的力量"，是诗歌创作的重要手段；在《老水手行》中，作者驰骋想象，创造了一个个神秘莫测、荒诞不经的意境。它所描写的人物与其说是人，倒不如说是某种抽象精神。它的情节神奇诡秘，耸人听闻。突起的风暴、冰冷的南极、奇怪的海鸟、腐烂的大海、炽人的酷热、骷髅般的船骨、可怕的女妖、发光的水蛇、燃烧的海水、自行的帆船、僵立的尸体、传递上帝意旨的精灵……这些组成了长诗的主体画面。丰富的想象使全诗带上了鲜明的浪漫主义色彩。这些诗显示了柯勒律治创作的原则和特色，即以自然、逼真的形象和环境的描写表现超自然的、神圣的、浪漫的内容，使读者在阅读时感受到浓厚的宗教伦理观念。1794年，他与骚塞合写戏剧《罗伯斯庇尔的失败》；同年去德国留学，翻译席勒的剧作《华伦斯坦》。柯勒律治在英国文学史上占有重要地位。他在诗歌、戏剧、文学理论方面都有独到的见解，是浪漫主义思潮的主要代表。他对骚塞、华兹华斯以及拜伦、雪莱都有直接或间接的影响。

罗伯特·骚塞（Robert Southey，1774—1843）的常用形式是长篇叙事诗，他喜爱民间文学形式，散文明晰自然，具有奔放的浪漫主义激情，对英国浪漫主义散文的发展作出了一定贡献。进入牛津大学不久，受到法国革命的感染。1794年，他写了一部雅各宾派色彩极浓的诗剧《瓦特·泰勒》①。1797年，他发表史诗《圣女贞德》，热烈歌颂法国女英雄，在当时反法情绪非常强烈的时刻，他敢于歌颂法国女英雄的勇气是令人钦佩的，他借此表现了英国新教徒的伦理思想。《破坏者萨拉巴》的主人公萨拉巴身上体现着骚塞的伦理道德观，他虽是东方阿拉伯青年，可明显带有英国人气质。他反对本国人的一夫多妻制，相信"仁爱感化，善有善报，恶有恶报"的基督思想。骚塞毕生勤奋，生活节俭，具有一切家庭美德的楷模，他身上有相当浓厚的庸俗气质，一生中的大部分时间都花费在对权贵的卑躬屈膝和对王室的歌功颂德中，但这并没有妨碍他作为诗人的想象力。刘易斯（Matthew

---

① 瓦特·泰勒，英国1381年农民起义的领袖。

Gregory Lewis，1775—1818）也是这个时期值得一提的小说家、剧作家。1796 年出版小说《安布罗西奥，又名僧人》，因而获得"僧人刘易斯"的绰号。这是一部哥特小说，以描写诡奇的情节和病态心理见长。此外，刘易斯还著有剧本《古堡魅影》（1797 年上演）、《东印度人》（1799 年上演）、《鞑靼人帖木儿》（1811 年上演）等，浪漫主义风格很明显。

1812 年，拜伦发表《恰尔德·哈罗尔德游记》，标志着新一代浪漫主义诗人的崛起。他们受到华兹华斯创作的影响，在创作上对湖畔派诗歌有所继承，同时又自觉地反对湖畔派诗人的保守倾向，写出了热情、不朽的杰作，把浪漫主义诗歌运动推向高潮。拜伦的诗歌抒发了丰富的情感，表达了对人生哲理的沉思、社会历史的观察，这些诗是人类文化史长期酝酿的产物，它表达了一种观察世界和人生的新方式，表达了一种与湖畔派不同的伦理理想和境界，成为英国诗歌史上的崭新现象。雪莱把诗人看作"真和美的导师"。他认为诗人不仅描绘生活，还应当改造和创造世界，因此他称诗人为"先知"。和他们同时写作的还有司各特、济慈、托马斯·穆尔、托马斯·坎贝尔等重要的浪漫主义诗人。司各特也写诗，但主要是浪漫主义小说。他是个真挚的略带一点理性主义色彩的宗教信徒，完全没有为他那个世纪具有大胆探索精神的科学所影响。济慈（John Keats，1795—1821）是英国浪漫主义诗人中最有才气的诗人之一，同布朗合写过剧本《奥托大帝》，并改写《许佩里翁》。他的诗对后世的影响更大，维多利亚时代诗人丁尼生、布朗宁，后来的唯美派诗人如王尔德以及 20 世纪的"意象派"诗人都受到他的影响。他们和拜伦、雪莱一起构成了浪漫主义诗坛的空前繁荣。浪漫主义戏剧是在清算古典主义后蓬勃发展起来的，它的起源地和代表作家也是在法国。当年轻的雨果 1827 年发表《〈克伦威尔〉序言》以及稍后演出《欧那尼》轰动欧洲剧坛时，也就标志着古典主义戏剧的衰微和浪漫主义戏剧的崛起。

英国浪漫主义戏剧主要体现在拜伦和雪莱这两大浪漫主义诗人身上。拜伦写有《曼弗雷德》、《马里诺·法利埃洛》和《该隐》等剧作，《曼弗雷德》表达了拜伦矛盾的伦理思想；雪莱的主要剧作有《解放了的普罗米修斯》、《钦契》和《希腊》。雪莱的《解放了的普罗米修斯》，写得颇为感人，结尾是全人类得到了解放，充分地表现了雪莱的乌托邦思想。拜伦和雪莱在

1822年和1824年相继去世，浪漫主义文学走向晚期。1832年司各特逝世之后，浪漫主义作为一个文学运动就基本上结束了。

二、"拜伦式"伦理观：拜伦及其戏剧诗

拜伦
(news.gxccedu.com)

在世界文学史上，19世纪英国浪漫主义诗人乔治·戈登·拜伦（George Gordon Byron，1788—1824）赫赫有名。他在一系列政治抒情诗和东方叙事诗里既展现了一个独特的"拜伦式"性格，也表达了他对19世纪英国现实独特的伦理认识。除此之外，拜伦还有七部诗剧，包括取材历史的政治悲剧：《别坡》（1818）、《马里诺·法利埃洛》（1820）、《两个佛斯卡利》（1821）、《萨达纳巴勒斯》（1821）等，哲理诗剧：《曼弗雷德》（1816—1817），此外还有神秘剧《该隐》（1821）等。在这些诗剧里他同样毫不避讳地展现了热爱自由，痛恨虚伪（政治的、宗教的、社会的、情爱的等）的狂放不羁的气质，裸露出疾恶如仇、正直、坦率、高傲叛逆、不顾一切的品格特征。当然它也伴随着拜伦那被遮蔽了的自卑、忧郁、孤独。

（一）"加尔文派教徒、奥古斯丁派教徒"

正如罗素在《西方哲学史》中所说："拜伦是热狂的；卢梭的懦怯暴露在外表，拜伦的懦怯隐藏在内里；卢梭赞赏美德，只要是淳朴的美德，而拜伦赞赏罪恶，只要是霹雳雷火般的罪恶。"[①] 拜伦的世界是丰富和矛盾的，表现在他的伦理道德观念和行为中，他不隶属于哪一个阶级：说他是贵族，他反叛贵族；说他是平民，他又蔑视平民。当时的大英帝国被誉为西方的

---

① 罗素：《西方哲学史》，马元德译，商务印书馆1976年版，第302页。

第五章　反叛经典和成规

"日不落"帝国，是最早进入工业革命的先进国家之一，政治、经济、科学、文化等走在西方各国前列，立宪君主制让一些深受封建统治或是殖民地半殖民地的国家望尘莫及，当时德高望重的诗人骚塞在很多诗歌中给予当代高度的赞颂。但是拜伦却站在相反的立场，采取提坦式无边无际的自我主张的形式，或者采取撒旦主义的形式，率直地揭示英国表面繁荣背后的虚伪道德和传统伦理，非难现世政治，这两种形式主要通过他所影响的人，在不大可以看作贵族阶层的广大社会阶层中流行开来。这——就是拜伦。

在宗教上，拜伦是个有神论者，他相信命中注定，甚至从童年起，他就感到自己注定要犯某种可怕的罪。其伦理思想根源在于英国的清教思想，拜伦是个严格的清教徒。英国清教是对16世纪加尔文主义的继承，加尔文主义与中世纪圣奥古斯丁学派一脉相承。

圣奥古斯丁认为基督徒的激情可能成为道德的起因；愤怒或怜悯本身不该受到谴责。我们必须探究它的起因。天使们可能是善良的，或是邪恶的；但魔鬼们则总是邪恶的。对天使来说，世俗事物的知识（他们虽然具有这种知识）是卑鄙的。圣奥古斯丁教导说，亚当在堕落以前曾有过自由意志，并可以避免犯罪。但由于他和夏娃吃了禁果，于是道德的败坏才侵入了他们体内，并以此遗传给他们所有的后裔，其后裔皆不能以自力来避免罪恶：因为我们都继承了亚当的原罪，所以我们都理应承受永劫的惩罚；因为我们都是邪恶的，所以我们无权对此倾吐不满；除了借着上帝只施予选民的恩宠，使我们不致败坏以外，我们大家都是败坏的。

奥古斯丁思想似乎是对拜伦家族和他本人的狂放行为的最佳伦理阐释。拜伦家族在十字军远征和后来的加来围攻中战功显赫，他们的格言是"信任拜伦"[①]。第五代拜伦勋爵（拜伦的叔祖父）因为杀死了表弟，在当地以"邪恶的勋爵"而闻名；父亲性格暴烈、行为粗野、放荡好色、嗜赌如命，被人称为"疯杰克"；拜伦族向来是个放纵不法的家系。拜伦母亲凯瑟林·戈登的先辈戈登族甚至更是如此：母亲凯瑟林·戈登出身苏格兰名门望族。第一代威廉·戈登溺水而死；其后，亚历山大·戈登遭人谋杀；有两个约

[①] 安·莫洛亚：《拜伦传》，王人力译，浙江文艺出版社1985年版，第3页。

翰·戈登因为杀人被判处绞刑；第六代地主是个有意为非作歹的恶棍；母亲凯瑟林·戈登的父亲在巴思运河里投水自杀……整整一个世纪，戈登家族的领主使苏格兰北部充满了恐惧。对此，母亲凯瑟林·戈登感到"象魔鬼卢西弗一样骄傲"①，这足以证明她泼辣、叛逆的血统。她选择了西方人认为最不吉利的日子（1784年5月13日）和最不吉利的地点（父亲投河的地方），嫁给了一个令人畏惧的丈夫——"疯杰克"。拜伦曾对自己说，邪恶是他血统中的遗传祸害，是全能的神给他注定的厄运。

拜伦在行动中是叛逆和狂放的，蔑视一切。他的许多惊世骇俗之举，不仅让当时的人们瞠目结舌，即使在今天，也让世人困惑不已。但是拜伦的思想观念又是极传统的，这与他从小就深受加尔文教熏陶有关。

"加尔文主义"（Calvinism）的主要内容为：《圣经》是信仰的唯一准则；由于原罪，人不论行为好坏，本性都无法得到改善，全由上帝之恩宠即由外面赐予，与本人的内在灵性之功能无关。英国清教主义继承了加尔文主义的规范化倾向。清教徒从一开始就高度重视道德，它的产生是对早期工业革命引起的大量道德败坏现象的反映。清教徒认为社会正走向一个普遍的灾难，他们希望拯救价值和礼仪，使道德更靠近心灵。拜伦一直没摆脱开的加尔文派信仰使他感觉自己的生活方式是邪恶的，他不愿把自己和克莱尔（雪莱之妻的妹妹）所生的女儿送给雪莱（因为雪莱是无神论者），而宁愿把她丢在修道院里。拜伦有一种非常隐秘的犯罪心理，他的海盗血统更使他敢于冒险，来满足于这种隐秘的犯罪心理，从而与恶魔相亲近，但这里有一个前提，就是上帝是存在的，有了上帝，他才可以像撒旦一样去反抗上帝；有了上帝，他才可以犯罪，在犯罪的冒险中获得宗教性的满足。因而，从理论上谈宗教和伦理的时候，拜伦很传统。1816年，他在给好朋友雪莱信中，自称是一个"加尔文派教徒、奥古斯丁派教徒"②，这个结论也许是拜伦为自己悖论式性格所做的最好诠释。

---

① 安·莫洛亚：《拜伦传》，王人力译，浙江文艺出版社1985年版，第7页。
② 罗素：《西方哲学史》，马元德译，商务印书馆1976年版，第298页。

（二）卢梭、伏尔泰伦理思想的影响

1801年，拜伦进了哈罗公学，这是当时唯一不存在等级偏见的学校，很快拜伦被发现是身上没有半点杂质的人，并且天生勇猛，不愿屈居第二，拜伦的这些品德也是激励别人的一种力量。在这里，他学习了拉丁文、希腊文和英国的古典文学，尤其醉心于18世纪法国启蒙作家伏尔泰、卢梭等人的著作。卢梭认为，物质文明的发展破坏了真挚的友谊，知识的积累加强了政府的统治而压制了个人的自由和个人发展，取而代之的是嫉妒、畏惧和怀疑。卢梭的伦理学的任务就是在研究人的基础上指导人怎样做人。按照卢梭的设想，自然状态是一种和平的、人人平等、自由的状态。道德不是自然的，而是社会的产物。在私有制基础上，物质文明每前进一步，都伴随着精神不平等的深化和道德的堕落。他认为社会文明越发展，精神和道德就越堕落。卢梭还指出，政府应该排除多数人意愿的影响，捍卫自由、平等和公正。在这些启蒙思想影响下，拜伦性格中很多好的特征，如严肃认真，对于周围事物长于深思熟虑和强烈的冲动性，都得到了一定的发展，奠定了他要求个人自由和个人发展的民主理想基础。1808年，拜伦进入剑桥大学，这时他喜欢研究文学和历史，对法国启蒙作家伏尔泰和卢梭作品的兴趣不减当年。当时英国工业革命的发展一方面促使了物质文明，另一方面束缚了人的行为和思想的自由。而伏尔泰反对专制，提倡自由；认为人一生下来就应当是自由的，在法律面前应当人人平等的启蒙思想使拜伦深受鼓舞。这些思想成为拜伦诗剧创作的理论来源之一。

在拜伦以前，欧洲文学史上的作家、诗人大都把传统道德融入诗文中，传统道德观把上帝的神性放在第一位。但人的天然价值仍被囿于传统道德范围内，人的天然需求仍被解释为"原罪"。卢梭主张"返回自然"，认为人"生而平等"，肯定人的价值，强调和歌颂人的感情，要求个性解放，顺从本能的召唤，这些思想给欧洲带来了一场精神革命。从他那儿，人们学会把人看作大自然能量的产物，艺术也由原来的道德探索转向偏离传统道德的"两栖"观点。其中最完全、直接用艺术形象再现卢梭思想的人正是拜伦。勃兰兑斯在追溯唯情主义思想源流对拜伦的影响时认为拜伦是卢梭的后裔。1807

年拜伦在他第一部诗集《悠闲的时光》里已表现出对贵族社会的不满。1809—1817他完成成名作《恰尔德·哈罗尔德游记》，表现了当时迫切的重大社会问题。1813—1816年间，拜伦创作了著名的《东方故事诗》，唾弃当时的一切社会制度，诗中无政府主义、个人主义情绪和高贵的公民热诚交错在一起，对于社会进步的可能性及人类生存意义的失望同反抗保守势力的呼声交错在一起，其中《海盗》的主人公康拉德成为"拜伦式英雄"性格最突出的代表。

（三）"拜伦式"的伦理道德观念：复杂矛盾几近病态

拜伦崇尚个人主义，他从个人的愿望自由和生活方式的偏爱来决定其道德观念和行为方式的取舍。清教徒的宗教原罪伦理和启蒙时期自由思想的奇妙混合在拜伦身上，整合成一种独特的"拜伦式"伦理观：既相信原罪，又渴望自由；既不脱离传统的窠臼，又试图反叛；既嘲笑上帝，也嘲笑魔鬼；既蔑视男人也蔑视女人。所以，他孤独，只相信自己，轻视理性；依赖激情，缺乏信念。

从伦理学角度来看，伦理的意义不完全是我们通常所指的"伦理、道德"（ethics），"伦理的"（ethical）一词与希腊语"精神特质"（ethos）更相关。在亚里士多德那里，伦理学就是管理人自身的政治；卢梭的《社会契约论》，将伦理视域从人类个体拓展到整体的意义，它提出了与个体幸福相对存在的公共福祉，把普遍社会也视作具有自身固有品质的道德的生命，伦理与道德的对象不再局限于个体；叔本华在《伦理学的两个基本问题》中，指出"同情"是道德的起源和基础。同情产生于对残忍行径的摒除。"拜伦尽管是一位天才，能够把一切和他气质相投合的事都融化进自己的思想，他所接受的教育却并不完备，无论在哲学或文学上都是如此；指导着他行动的从来都是同情心而不是信念。"[①] 他用"拜伦式"的伦理道德观反对传统的、被社会所默认的道德规则。他是个异常矛盾的集合体：多愁善感，同情他人，支援

---

① 勃兰兑斯：《十九世纪文学主流》第四分册《英国的自然主义》，徐式谷、江枫、张自谋译，人民文学出版社1984年版，第372页。

弱者。在学校里，他无条件保护幼小和无助的学生，以满足他的恻隐之心和自豪感，以从精神上统治别人而感到愉快。但他害怕别人同情自己，残疾使他害怕在陌生人面前走路；对自己的残疾表现出满腔的怨愤和烦躁。他憎恨女人（瞧不起母亲，虽然母亲极爱儿子，但她脾气乖戾，时而怒火万丈，时而又宽大原谅），又崇拜女人（奥古斯塔是他第一位知心女友，是拜伦和母亲冲突的调停人）；他之所以憎恨女人，正是因为他崇拜女人。他崇拜力量，崇拜拿破仑；又反叛传统、反叛权威——这实际上是弱者情绪不安的一种表现。在婚姻问题上，拜伦是习俗的奴隶，他继承了纽斯台德的传统。按照传统的纽斯台德准则，他既要和很多女人调情，又渴望像他父亲一样，娶一个家财万贯的女人，即使老一点、丑一点也无妨。这种传统与18世纪英国的普遍伦理道德和风俗习惯是相通的：人是由理智而不是情感来支配他的行为。拜伦生活的环境中，两种传统的影响都很大。因此，他渴望激情，私通有夫之妇；又鄙视她们，认为她们背弃丈夫，犯了通奸罪。他爱奥古斯塔，带有一点慈父般的体贴入微的柔情；但乱伦的思想总缠住他，他有乱伦的犯罪感；同时又认为他敢为天下之不为，他是个罪人，但也是个出色的罪人。因为拜伦所表现出的另类举动，被骚塞称之为"恶魔"派首领，"他通过自己放纵行为获得的乐趣，有一半就是他知道这些事必定会在英国造成轰动一时的丑闻"[①]，原来"恶魔"以作恶为乐。他感觉自己几乎堪与最大的罪人匹敌——是跟曼弗雷德、该隐、甚至是和撒旦同等的人。

在政治上，拜伦在贵族院总是坐在反对派的席位上，他用这种方式表明他的立场。他很少出席议会和发言，但有三次被认为是比较重要的——这三次完全符合"激进的、左倾的"标准：一次是反对惩罚工人破坏机器的法案（1812年2月）；一次是赞成有利于爱尔兰民族运动的天主教徒解放法案（1812年4月）；一次是同情一种改革法案（1813年6月）。事实上，拜伦一生的座右铭就是"我是属于反对派"——这正是革命者的立场。拜伦是他时代的揭发者。当他认识到不能再指望通过议会来改革英国的弊政时，他拒绝参政。

[①] 勃兰兑斯：《十九世纪文学主流》，第399页。

拜伦是个注重行动的人,在长诗《恰尔德·哈罗尔德游记》中可以领略到:他号召受奴役的人不要坐以待毙,甚至身体力行,亲自参加意大利烧炭党,加入希腊的独立战争。他对人民同情,但又缺乏信任,这是他悲观怀疑情绪的主要根源。

拜伦为善为恶、是死是活皆出于己而无出于人的执着精神,凸现了他惊人的真诚。他的同情他人,支援弱者,渴望自由、倡导正义的行为正是人道主义精神之所在。他的个性,除了反传统、反束缚、悲观颓唐和绝望奋战之外,还有暴露社会和自我的恶性的反虚伪精神。拜伦惊人的真诚和反虚伪精神在文学史上是少有的。

(四)《曼弗雷德》(Manfred):违规道德底线的忏悔录

1817年,拜伦在瑞士完成的哲理诗剧《曼弗雷德》塑造了一个痛苦挣扎的叛逆性格。曼弗雷德是阿尔卑斯山中一座封建城镇的领主,富有、博学、有魔力,能招来各种精灵。开篇就描写曼弗雷德对科学、知识和生活都感到失望,认为"苦恼就是知识,谁要是知道得最多,那他对这不幸的真理,一定感伤得最深;知识之树并不是生命之树啊"[1]!在第一幕第一场中,他唤来地灵、海灵、空气之灵、夜灵、山灵和风灵。"俗人呀!你请我们有何事情——你说?"曼弗雷德说:"我要'忘却'……忘掉我心里的一切,我却不能将它说出。"[2] 但这个要求不在精灵的本领里,曼弗雷德进一步追问道:"'死'能将它给我吗?"是什么使曼弗雷德迫切渴望"忘怀"?纵使是"王国、权力、力量和长寿"也不能对他产生丝毫的吸引力,更不能使他消除忧虑。既然死不能找到答案,只能忍耐!"我不是忍受着它吗?——你瞧我——我在生活着。""忍受那别人连做梦都不能忍受的、在睡眠里都使他们毁灭的痛苦。"这一幕很像歌德的《浮士德》中浮士德坐在中世纪书斋里"烦恼齐天",对生活绝望的描写。根据莫洛亚写的传记,拜伦是在阅读《浮士德》之后写这部诗剧的,但它却更像一部天问。他独自在阿尔卑斯山上徘

---

[1] 作品引文均出自拜伦:《曼弗雷德》,刘让言译,新文艺出版社1957年版,第6页。
[2] 同上,第13—14页。

徊，寻求"极端的善和恶的行为"的根源。人由泥土而成，最终回到泥土，人们为什么要有野心，要有生存目的？支配宇宙中各种自然力量和人类命运的精灵，都不能满足他的愿望，解答他的困惑的原因是曼弗雷德这个俗人胆敢思索："'自由'——那神的禁果。"最后出现了反对自由、恢复旧制度的复仇女神和罪恶的精灵之王。曼弗雷德拒绝向他们屈膝，但是又借助他们的威力重见了他钟爱之人爱丝塔蒂的幽灵。幽灵预言他次日将死。他临终时拒绝修道院长的挽救，也坚决拒绝精灵的召唤，孤寂地死去。

这部哲理诗剧是拜伦创作的一座分水岭，它标志着诗人创作第一个阶段的完成。全部诗剧的内在逻辑由曼弗雷德的犯罪恐惧－忏悔解脱－渴望拯救－拒绝救赎－悲观无望这根心灵挣扎的主线贯穿着，面对精灵，他一无所求，一无所欲，唯一的渴望是"忘怀"。不能忘怀，这就是上帝对他的惩罚。

> 我的那些损害是落在那些爱我的人的身上——
> 是落在那些我所爱的人们身上——
> 我从来没有杀死过一个敌人——
> 可是我的拥抱却是致命的。[1]

"她在容貌上跟我很像，……我爱过她，……而且把她毁灭了。"[2] 当凭借魔力，他见到了他的爱人时，他如决堤的河流倾诉他的思念同时又从内心深处渴望救赎：

> 我们被上帝造出，
> 并不是为了彼此这样来折磨，虽然像我们
> 曾经爱过的那样去爱，是莫大的罪恶。
> 请你说出，你不嫌恶我——我确实是忍受着
> 我们两人的惩罚——你将会成为一个
> 被上帝祝福的人——而我将要死去。[3]

---

[1] 作品引文均出自拜伦：《曼弗雷德》，刘让言译，新文艺出版社1957年版，第38页。
[2] 同上，第46—47页。
[3] 拜伦：《该隐》，杜东正译，上海文化工作社1950年版，第35页。

他一遍又一遍地地哀求爱人说话,"再说一句吧——我是不是被饶恕了"?正像勃兰兑斯所说:"死去时和活在世上一样孤独的曼弗雷德,同天堂和地狱都一样地无缘。他是他自己的起诉人和审判官。"尽管热爱拜伦的拜伦迷们不愿意承认拜伦的乱伦,但是拜伦确实想摆脱乱伦罪过的阴影,创作了《曼弗雷德》,拜伦想通过诗剧的宣泄,来缓释他的负罪感,虽然日常行为常和自己的灵魂脱节,但他骨子里的宗教意识还很浓厚;拜伦又是一个坦荡的人,他要说出来以展示他的罪恶,虽然曼弗雷德的罪过不像该隐的那样让人一目了然,但是在诗剧中也不难发现,拜伦把《曼弗雷德》当成了违规道德底线的忏悔录,或者向世人宣称"我就是恶魔",也未可知。但是曼弗雷德没有找到答案,也无从解脱。诗剧中,诗人的悲观情绪和个人主义的反叛意志达到了最高的悲剧表现,同时又标志着个人主义的破产。一方面,曼弗雷德对人生和人类都感到失望;因之,他怀疑知识的成果,以为知识是无用的,只能给他带来痛苦——谁知道得越多,谁就愈深地感觉到痛苦和悲哀。他过着高傲孤寂的幽居生活,内心充满了对碌碌众生的命运的鄙视。可是另一方面,曼弗雷德却有一种不可摧毁的坚强刚毅精神。与浮士德不同的是,曼弗雷德未与魔鬼签约,却反过来对其施加个人的意志力,借助其力量与爱人的幽灵重逢。他在山上寻求死亡,拒绝拯救。这种厌弃知识与理性、抑制欲望、追求自由意志与思想的混杂人格反映出拜伦对启蒙思想家既否定又认同的态度,这也是拜伦式道德所特有的。

(五)《该隐》:对圣经伦理道德的解构

《该隐》借用《圣经·旧约·创世纪四》故事为素材,又彻底解构了这个故事。《圣经》中上帝是真、善、美的化身,是高于人、高于一切的。上帝是人之精神的主宰和航标,人是上帝驯服和虔诚的羔羊。在《圣经》中,上帝就是高贵、正确、善良、正义、权威等等标志伦理道德的代名词。凡顺从上帝就意味着遵从了伦理道德,顺从上帝是有德行的人的代名词,相应地,怀疑上帝、违背上帝、不敬上帝、欺骗上帝就意味着道德的败坏。在《圣经·旧约·创世纪四》里,该隐的行为是违背上帝、违背善的,其背德行为具体表现为:伪善(他先献祭,但毫无诚意),嫉妒(不喜悦别人比自己好),自私(不在乎神是否喜欢自己的献祭),发怒(他得不着自己所想望的就向神发怒),不自省(不省察他的祭物何以不蒙悦纳),凶恶(无故地杀亚伯),阴险(一面与兄弟说话,一面把他杀了),说谎(杀了兄弟还说不知道),狂傲(向神强嘴,完全不怕神),掩罪(极力推诿自己的罪),怨责神(责怪神给的刑罚太重),怕死(做贼心虚,怕人杀他)。[①] 在《圣经·创世纪4》中该隐被描写成一个受到神的咒罚的第一个杀人者,"恶"的化身。但是拜伦却完全颠覆和解构了这个故事的本来意义,创造了该隐的庄严英勇的形象。拜伦把该隐重构成世上第一个叛逆者。诗剧以人类的祖先向上帝献祭开始,亚当和夏娃一家人都对上帝有所颂扬、祈祷和感恩,只有该隐默不作声。因为他怀疑上帝,心里有许多问题:为什么要劳动?为什么要祈祷?人为什么受苦?为什么被赶出了伊甸园?难道是为了亚当犯罪?就在该隐困惑、疑虑,找不到答案时,刘锡法出现了,在《圣经》里,他是专门和上帝作对的魔鬼,无恶不作,没有信仰,没有道德。在《该隐》中,拜伦也颠覆了这个形象的本来意义,赋予了他全新的内涵:刘锡法不是魔鬼,而是倔强多智的神灵,他能上达宇宙,下通地狱;他无所不知,无所不晓,对万物以及上帝有着清醒的认识。他不肯向上帝谄媚,也不愿为减轻痛苦而"唱赞美诗,弹竖琴,做自悔的祈祷"。他毫无保留地为该隐排忧解惑,指点迷津,该隐不懂:"为什么对一切问题只有一个答案,就是他(上帝)的意志"、"他(上帝)一定是至善?"[②] 该隐满腹怀疑向刘锡法寻求解答。刘锡法宁愿受苦,甘愿做人类的朋友,他带领该隐上天入地,实地考察,揭穿上帝造人的真面目:上帝创造人,是为了愚昧和统治他们。他把亚当和夏娃放在伊甸园里,但禁止他们吃"智慧之树"的果实,禁止吃"生命之树"的果实,他只给人类以短促的生命,并且不肯给人以知识,为的是便于他统治和奴役,上帝给人生命的目的是为了其死亡。人活着除了受罪、赎罪就是等死。赎罪就是不停地向上帝祈祷、忏悔和哀求。因此上帝创造人不是为人类造福,而是给人类制造苦难。这就是为什么亚当偷取了智慧之果而被赶出了伊甸园的

---

① 《旧约·圣经中的得胜者》,www. http://cclw. net/sooul/jysjzddsz。最后更新:03/07/2006 14:41:25。

② 拜伦:《该隐》,杜东正译,上海文化工作社1950年版,第35页。

多维视域中的西方文学

原因——人类自身本没有过错,而是上帝的有意作恶造成,上帝太多的禁令造成,上帝那不可逾越的权威造成。该隐跟刘锡法亲身游历后,获得了透彻清醒的认识:上帝不是仁慈和善良的,不配成为人类崇拜的偶像;上帝是残忍自私的,人类应该起而反抗,解放自身!这里,刘锡法成了伟大的叛逆者和挑衅者,他叫人反抗上帝,重要的是他给了人重新认识权威、重新审视传统的思想。于是该隐明白了上帝的真面目,该隐看不惯亚伯对上帝那一副驯服、顺从的样子,更厌恶贪婪的"只爱闻焦肉和烟血气味"的上帝舔食亚伯的祭礼,因而就在盛怒之下,拿起一段焦木,"干涸了一门顺从族类的源泉"。于是引起了一家人的诅咒,上帝派天使来,在他的头上打了一个烙印,作为人类的记号,标志着永恒的苦难。

拜伦在这个剧中写出了人和上帝的斗争。诗剧把该隐描绘成一个从质疑上帝的至善到认识上帝的自私,到坚决反抗上帝的专横的叛逆者和革命者,与柔顺的亚伯成了鲜明的对比。甚至天使也对他说:

你一出母胎就很严正和倔强,
就像你今后必须耕种的土地一样。但他,
你杀死了的,却温柔得像他看管的羔羊。①

在这篇激烈反对上帝的诗剧里包含着拜伦对传统伦理道德的见解,否定上帝的神通,也就是颠覆既定的成规和道德。即使是每个人都遵从的道德也不见得就是合理的。人尊重自己,不束缚个性,不盲从他人,不轻信权威,不囿于传统;揭穿虚伪,反抗压抑,蔑视传统,反叛权威,质疑神圣,解构成规,夺取自由。这就是该隐的伦理道德观,也是拜伦式的伦理道德观。

在基督教是法律的一部分的时代,拜伦公然称颂该隐这一反面人物,还隐藏着重要的政治意义,包含着拜伦对宗教的、对社会的反叛,以及那种目的在于加强人对于现状和命运屈从的宗教神话的抗议。华兹华斯颂扬宗教的《教会十四行诗》于此时出版,《该隐》的精神与此针锋相对。然而该隐的反

---

① 拜伦:《该隐》,杜东正译,上海文化工作社1950年版,第185页。

抗和斗争是有局限性的,因为他是孤独的,他的反叛没有明确的远景和目的,结尾流露出该隐的悲观情绪:

> 让我死!……
> 我就是如今的我,我不寻求
> 生命,我也没有创造自己;但若
> 我自己的死能从土中赎回他的生命——
> 为什么不这样做?让他复活吧,
> 我就躺下死去算了!这样会从
> 上帝恢复他喜爱的生命;从我
> 拿回去我决不爱忍受的生存。①

该隐除了追求"上帝是至善吗"这一终极真理,便"一无所求",② 这也是拜伦虚无思想的体现。因此,该隐这个形象仍然带有曼弗雷德那种与生活实践脱节的性质。

(六)"拜伦式"伦理对后世的影响

"拜伦式"伦理道德——撒旦主义、英雄崇拜是拜伦留给后世的宝贵遗产,对十九世纪欧洲人的想象产生了深远影响:从德拉克洛瓦的绘画到柏辽兹的音乐,从普希金的诗歌到尼采的哲学,都可以找到拜伦的影子;在小说领域,巴尔扎克、斯汤达和陀思妥耶夫斯基的创作也充斥了拜伦式人物。拜伦用艺术表现的感受:"苦恼就是知识:谁要是知道得最多,那他对这不幸的真理,一定感伤得最深;'知识之树'并不是'生命的树'啊!"③ ——这个内心痛苦的呼喊到了哲学家尼采那里,被继承并发展成哲理化的伦理思想。尼采主张为了重大目标既有加给人痛苦的能力也有忍受痛苦的度量,他赞赏意志的力量甚于一切,认为在伦理学中居于第一位的是意志,这是一种

---

① 拜伦:《该隐》,杜东正译,上海文化工作社 1950 年版,185—186 页。
② 拜伦:《曼弗雷德》,刘让言译,新文艺出版社 1957 年版,第 30 页。
③ 同上,第 6 页。

多维视域中的西方文学

贵族无政府主义的见解。正是尼采的伦理学思想和对宗教的批评使他有了世界性的影响。所以我们看到他赞美拜伦是不感诧异的。

拜伦现象的核心是他和他塑造的人物共同熔铸了"拜伦式英雄"。别的诗人编织的是梦想,而拜伦却被认为是梦的本身,他在诗、行动、人格之间创造了一种独特的生命。研究拜伦其人因此也算文学研究的一种,他似乎有融入文学但又大于文学的一面。虽然据他本人的说法,两种情感即能限定他的实质:热爱自由,痛恨虚伪(政治的、宗教的、社会的、情爱的等),但他又是个复杂的矛盾综合体。

拜伦所带来的巨大的文化冲击波,使他的影响远远超过了同时代文人。20世纪初,拜伦对中国新文化运动产生了重大影响,处在动荡中的中国人对拜伦的迷狂程度,比起欧洲人来有过之而无不及。很多中国热血青年把拜伦奉为自己的精神偶像。难怪勃兰兑斯曾断言:"拜伦的名声已经传播于全世界,并不取决于英国的贬责或是希腊的赞扬。"①

三、诗坛上的"普罗米修斯":雪莱及其戏剧诗

雪莱(Percy Bysshe shelley,1792—1822)似乎至今仍是个迷,人们对他的评价迄今为止还是莫衷一是,而且基本上集中于从伦理道德的视角去评判他。19世纪上半叶的英国官方和舆论界几乎一致认为雪莱道德败坏。在雪莱生前,英国大法官法院就以他有"不道德的观点和行为",剥夺了他抚养孩子的权利。1822年7月8日,雪莱在意大利因海难去世,伦敦《信使报》是这样报道的:"那位渎神诗歌的作者雪莱已被淹死,此刻他知道是否有个上帝了。"② 而勃兰兑斯称雪莱是"摆脱了怀疑观念、焕发着使徒般热情的、真正的人道主义鼓吹者"③。19世纪英国著名文艺批评家马修·安诺

---

① 勃兰兑斯:《十九世纪文学主流》第四分册《英国的自然主义》,徐式谷、江枫等译,人民文学出版社1984年版,第453页。
② 杨正润:《中华读书报》2002年3月2日。
③ 《十九世纪文学主流》,第372页。

第五章　反叛经典和成规

雪莱
(yl. peoplexz. com)

德称雪莱是一个"美丽而不切实际的安琪儿，枉然在空中拍着他闪烁的银色的翅膀"①，雪莱的亲人和朋友，都赞美他是一个很纯洁、很善良的人，没有过失和恶行。传记作家莫洛亚把雪莱描述成一位降临凡世的天使，"就雪莱的本性而言，完全的同情几乎是一种维护生命的必需品，他的一生和全部作品就是他寻找这种同情的记录"。保罗·约翰逊在《知识分子》里认为："在追求自己的理想时，雪莱的专心致志令人吃惊，但又是冷酷无情，甚至是野蛮地清除那些阻挡他道路的人。同卢梭一样，总的说来他爱人类，但对特定的人他常常是残酷无情。强烈的爱使他燃烧，但这是一种抽象的火焰，可怜的凡人靠近时常常会被烤焦。他把观念放在人之上，他的一生就是在证明无情的理念会是怎么一回事。"②

（一）雪莱的理想主义伦理思想

雪莱究竟是个道德沦丧之人，还是完美无缺的圣人？截然相反的两种评价让人们束手无策，当然也留下了更多的阐释空间。

仅相信官方舆论可能会失之片面，社会习俗也并非公理，还是从雪莱遗留下的大量政论文和诗剧中寻觅他思想的轨迹可能更为真实。他的代表性诗剧有《钦契》(The Cenci, 1819, 五幕悲剧)、《暴虐的俄狄浦斯》(Oedipus Tyrannus, 1820, 诗剧)、《解放的普罗米修斯》(Prometheus Unbound, 1820)、《希腊》(Greece, 1821, 抒情诗剧), 1822年雪莱创作泛神论诗剧《海拉斯》及未完成的悲剧《查理一世》。

1816年，雪莱作《道德沉思录》，对伦理道德问题作了专门研究，形成了自己独特的伦理道德见解。主要包括以下几方面：(1) 关于道德的本质：

---

① 乔治·桑普森：《简明剑桥英国文学史》(19世纪部分)，刘玉麟译，上海外语教育出版社1987年版，第26页。
② 保罗·约翰逊：《知识分子》，杨正润译，江苏人民出版社2000年版，第44页。

雪莱认为,所谓伦理学就是"对产生出最巨大、最坚实的幸福的那些观念的组合进行评判。一桩有德行的或道德的行为,是能够为最大多数有感知能力的存在带来最大快乐的行为。伦理学本身是关于有感知能力的、社会性的存在的人的自觉行为的学说。治理人类社会,无论采取何种方式,其目的在于构成社会群体的个人的幸福"①。雪莱认为我们的绝大多数行动对于大家的幸福,都发生着某些显著的、而且具有决定性的影响。而对于这种影响的制约调节就是道德科学的目的。道德调节就是要求个人为了他人和社会的利益应作出必要的节制和牺牲。(2)关于道德的构成,雪莱认为,道德由慈善和公正两个部分组成。慈善的倾向是人类心灵所固有的,人们被内心的良知驱使去为他人谋求福利,做了使人幸福的事后,总会感觉到心灵的愉悦和满足。公正和慈善一样是人类本性的一条基本法则。正是这条法则,使人们不得不在同样的场合以同样的数量来公平分配某种幸福。如果说一类人享受到最大幸福,而另一类人却遭受到程度不同的痛苦,这是不公正的。也许会有一个暴君,凭着他的势力来奴役全球,那么谁最敢于反抗他的暴君统治,拒绝成为他的工具,谁的道德就最高。慈善、公正、道德并非一些空洞抽象的概念,而是和利益紧密相关,利益是道德的基础,道德是利益的产物,道德的进步必须以社会利益的和谐发展为前提。(3)雪莱认为一个人道德情操的高尚与否,道德意志的坚定与否,直接决定了他行为的善恶,所以道德知识的真正内容就是要研究人与人道德情感的差异之处。

总之,从伦理角度来看,雪莱是一个幸福论者,道德就是给全人类带来最大的幸福,他继承了功利主义伦理学家的观点,但是更为理想化。

雪莱的理想主义伦理思想支配着他无私的抱负和崇高的人格。当雪莱得知妹妹的同学赫利埃特·委斯特布洛克在家中受父亲虐待后便毅然赶回伦敦,带着这一身世可怜且恋慕他的少女踏上私奔的道路。与其说这是结婚,更不如说这是雪莱救苦救难的英雄壮举。虽然带着年轻人的草率,但更多的是雪莱幸福全人类的伦理思想的体现。在爱情和婚姻上,雪莱爱恋的对象,大都是些孤立无助的弱者,在她们最需要帮助的时候,雪莱伸出援助之手。

---

① 雪莱:《爱与美的礼赞》,徐文惠译,上海三联书店1989年版,第104—105页。

他的恋爱以真诚的同情为基础，也包含着寻求理解和同情的意义。他的恋爱和婚姻没有功利的目的，没有门第的观点。他本来是男爵爵位和国会议员席位的继承者，而他前后两位妻子都出身于平民，他把妇女的人格看作是同自己平等的。

雪莱是爱尔兰独立运动的崇高鼓舞者和赞助者。当他来到爱尔兰，看到贫苦不幸的爱尔兰人民成千的人挤在狭窄的弄堂里，他发表了《致爱尔兰人民书》("Address to the Irish People")。他说："我写这篇文章不仅从解放天主教徒这一观点出发，而且是从解放全人类的观点出发的"，"我希望天主教徒得到解放，但也同样希望这种罪恶和其他罪恶的消灭"。[①] 这篇文章表达了未来的幸福社会的见解，他希望通过它帮助爱尔兰人民了解自己可耻的奴隶处境，唤起他们争取独立的思想。他所描绘的社会不公平的画面十分正确有力，他写的《人权宣言》宣传所谓人权"就是在和其他人平等的原则上，有参与利用自然财富的自由"，宣传"任何人无权独占多于他所能受用的财物"[②] 的思想。这明显受汤姆·潘恩的《人权论》思想的影响。

雪莱了解人民的痛苦、需要和要求，这使他决心做一个向几个世纪以来的不义进行报复的复仇者。雪莱是一个空想社会主义者，是最不自私、最善良的人，最能为别人牺牲自己的人。雪莱的理想主义伦理思想的核心就是肯定人民有无穷的潜在力量，始终相信人类会有美好的未来的思想。

（二）雪莱的"无神论"基督教伦理思想

雪莱被人斥责为"疯子雪莱"和"无神论者雪莱"而闻名。1811年3月25日，由于散发《无神论的必然》，入学不足一年的雪莱被牛津大学开除。父亲要求雪莱公开声明自己与《无神论的必然》毫无关系，被雪莱拒绝，他因此被逐出家门。雪莱的无神论思想来源于葛德文的功利主义伦理思想。

葛德文（W. Godwin，1756—1836）是近世无政府主义者的先驱、无

---

① R. H. 谢弗德：《雪莱政治论文选》，杨熙龄译，商务印书馆1982年版，第35页。
② 同上，第70页。

神论者。他的《政治正义论》对雪莱有极大影响,它为诗人打开了一个新的广阔的视野,使他开始考虑到社会灾难的原因而产生了抗议的情绪,并且梦想着为正义的事业而奋斗。《政治正义论》写于法国大革命爆发时期,在这部全名为《论政治正义及其对道德与幸福的影响》的著作中,葛德文论述了社会政治思想和功利主义伦理思想。在西方伦理思想史上,葛德文和边沁创立的功利主义伦理思想体系,标志着功利主义伦理学完备形式的建立,恩格斯称他们为"当代最大的两个功利主义哲学家"。葛德文反对权力,反对财产,主张分成许多小社会,人们在其中各取所需,和平共处。实际上这可以说是近代无政府主义思想的第一部系统论著。葛德文这本书里尽管反对政府用暴力统治人民,却不主张用暴力推翻政府,他提倡和平改造。葛德文的思想通过罗伯特·欧文间接对英国的工人运动产生了影响。葛德文认为道德就是求善避恶,"快乐和痛苦,幸福和灾难构成整个道德研究的根本对象"①。他认为,如果一个人的行动的效用最有利于社会普遍的幸福,那么这个人就获得最高尚和最持久的快乐,成了最有道德的人。葛德文的结论是,真理使人认识道德,道德又是政治正义的标准,以功利主义道德来改造人类和社会,就会建立一个财产平等,人人为社会谋福利的最美好的社会。

葛德文的功利主义伦理思想近似空想社会主义,它对雪莱乌托邦的理想主义形成起了直接作用。有人误以为雪莱不信神,就没有了信仰,其实雪莱虔诚地信仰基督,他对信仰是一种无神论和无政府的认识。他在《论无神论的必然性》里,从三类信仰的源泉证明了创造一切的上帝是不存在的,信仰是一种心灵的感情。雪莱认为对有神论者来说,上帝只是一个有待证明的假设。雪莱认为不信仰上帝,不是罪恶,"培根认为,无神论给人们带来理性、哲学、自然崇拜、法律、荣誉,以及能够引导人们走向道德的一切事物。但是迷信破坏这一切,并且把自身建立为一种暴君统治,压在人类的悟性之上。无神论决不会破坏统治,而只会使人们的眼睛更亮,因为他们能看到现世的界限之外是什么东西也没有的"②。雪莱在《论基督教》中,认为"上

---

① 葛德文:《政治正义论》第一卷,何慕李译,商务印书馆1980年版,第135—136页。
② R. H. 谢弗德:《雪莱政治论文选》,杨熙龄译,商务印书馆1982年版,第6页。

帝"只是耶稣虚构的词语用来表述一种统辖道德和物质世界所有能量的神灵。凡是与自己的心灵维持着最谨严的默契,敢于审度、评估涌入其意识的每种想象,凡是已成为他要成为的人,并只追求为其自身特性中的神性所赞赏的一切,这样的人已经看到了上帝。"心地纯洁的人将会看到上帝"、"美德自身就是奖赏",①雪莱痛恨伟大的人类社会被分割、瓜分,变得支离破碎,而每个子群落都为另一子群落的毁灭而处心积虑,人类正在一种不平等的社会制度下苟活着,"唯一完美与真诚的共和国是能兼收并蓄每一个生灵的共和国"②。自文艺复兴以来,有许多仁人志士追求人类的理想社会,卢梭就是其中之一,卢梭的理想是建立一种纯洁、朴素的生活,人人平等的社会,也就是雪莱称之为"空中的飞禽,田野的百合"③式的生活。雪莱的理想主义伦理思想是他无神论思想、无政府思想和基督徒思想的融合,即:把天性中的其余能量都用于获取美德和知识,以博爱取代政府("政府,是人类堕落的徽章,腐化的标志"④),取代主宰人类社会的惯例和习俗。废除人与人之间人为的差别,建立财富平等、权力平等、真正的公正的社会体制。这便是雪莱的"无神论"基督教伦理思想的核心。

(三) 雪莱的人道主义伦理思想

雪莱的一生,是反对专制暴政、反对宗教迷信、倡导自由民主、平等博爱的一生。他同情弱者,支持各国人民的民族解放运动,向往没有压迫、没有剥削的大同世界。作为一名诗人,他始终站在时代的前列,用创作来鼓舞激励人们起来反抗压迫、反抗奴役,因此被认为是诗坛上的"普罗米修斯","真正的人道主义鼓吹者"。马克思说"他是一个真正的革命家,而且永远是社会主义的急先锋"⑤。在法国大革命的背景下,与同时代其他诗人相比,这更是一种深沉的人道主义伦理思想。形成雪莱这种思想不是偶然的,而是

---

① 雪莱:《爱与美的礼赞》,徐文惠译,上海三联书店1989年版,第151页。
② 同上,第171页。
③ 同上,第175页。
④ 同上,第176页。
⑤ 陆海林:《马克思恩格斯论艺术》第二册,人民文学出版社1963年版,第261页。

有一定的根源。

　　法国大革命震动了整个欧洲，启蒙思想撞击着每个人的心灵，有的人害怕，有的人欢迎。还在中学期间，雪莱就接触了各种激进的思想，青年时期，他广泛阅读洛克、卢梭、伏尔泰的著作。约翰·洛克（John Locke，1632—1704）是英国哲学家、经验主义的开创人，对天赋道德进行了批判。洛克认为自由是人身上不同于意志的另一种能力，自由是主体本身的自由，人作为一个有理性的存在者，有权决定自己的思想和身体的活动。洛克认为自由的基础是人追求幸福的必然性，人的一切行动和思想如果服从幸福这一必然性，人就最自由。洛克还认为人应当以长远利益为人生指针，人有远虑就有德，只顾当前利益不考虑长远利益就是失德，这一切的关键在于人的一切言行应当以求得人生的最大最长远的快乐为根本目标。"人可以选择一种较远的善，以为自己所追求的目的。在这里，人可以对自己所提出的对象，暂时停止其或取或舍的选择作用，慢慢来仔细考究，那个对象的本质和所生的结果，是否足以使他幸福。"① 洛克主张以人的长远的最大快乐作为道德的内容和标准，从个人长远利益基础上把个人利益和社会利益统一起来，他对雪莱产生最大影响的是他的自由观以及"人有远虑就有德"的思想。

　　启蒙作家卢梭的良心道德观，在雪莱民主观点的形成上产生了极大的影响。卢梭在《爱弥尔》、《论科学与艺术》、《论人类不平等的起源和基础》、《社会契约论》等专著中认为私有制和伴随私有制产生的不平等，造成了人类道德和心灵上的堕落。当不平等发展到暴君专制统治这一最后阶段，也就根本谈不上品行和美德。卢梭把道德放在人们的社会物质生活中考察，把自爱心和怜悯心看作是先于人的理性存在于人性中的自然感情，并从中引出道德原则来。他认为自爱与爱他人的怜悯心靠良心来调节，良心使自爱扩展到爱他人，从爱他人又扩展到爱人类，所以"由自爱而产生的对他人的爱，是人类的正义的本源"②。要使人恢复天良，使良心再起作用，卢梭认为首先要改革社会制度。他主张道德和政治是不可分的，主张为了使人恢复良心作

---

① 转引自章海山：《西方伦理思想史》，辽宁人民出版社，1984年版，第283页。
② 同上，第386页。

用，道德高尚起来，必须推翻现存的封建专制制度，按照社会契约建立起人人自由平等的新社会。

伏尔泰的启蒙思想主要是他的调和伦理思想。伏尔泰是个泛爱主义者，他号召人们去爱自己的祖国，爱一切人。认为"在任何地点，任何时代，为公益做出最大牺牲的人，都是人们称之为最道德的人"[①]。

雪莱博采众家所长，一方面从理论上接受了各种启蒙思想的洗礼，包括接纳欧文（1771—1858）的空想社会主义思想，另一方面考察了英国西北部的湖区，以及那里人民的困苦生活，爱尔兰人民所受的奴役，可以说各种进步思潮和现实情景共同铸就了他的世界观和个性，形成了他富有个性特征的人道主义伦理思想。雪莱的创作既是播撒思想的机器又是战斗的投枪，矛头指向专制和现世的教会，被当权者指控为代表极端的"撒旦式"反叛者。正如他在《告爱尔兰人民书》（1812年）里所号召的："克制、清醒、善意、独立自主，将会给你们道德；阅读、议论、思考、探索，会给你们智慧；一旦你们有了这些，你们可以战胜暴君。"[②]（他廉正而有同情心，光明磊落，十分关心国家社会的前途和劳苦群众的命运，咒骂专制，歌颂自由。如诗歌《爱尔兰人之歌》）俄国批评家巴萨尔金对于雪莱和拜伦的不同，曾有一段极为中肯的评论：

> 雪莱的抗议和揭露比之著名的贵族的拜伦主义更能激起善意的同情。拜伦的抗议代表一些高等的'选民'，他的抗议不无自我慰藉的成分，他感觉自己优越于那群满足于有产者秩序的人们。雪莱则号召所有的人去争取自由、真理和爱，他对自己的揭露工作并不抱欣赏的态度，甚至不把它当作什么功劳，在他看来，它并不标志着他比爱尔兰的农民、色塞克斯郡的职工或其它成百万的劳动者更优越。实际上他表明，为了稍微能改善这些人的生活，他永远不惜牺牲自己的灵感，自己的道德优越性，自己的荣誉。……因此，即使他有时也想到自己，有时也为

---

① 转引自章海山：《西方伦理思想史》，辽宁人民出版社，1984年版，第376页。
② R. H. 谢弗德：《雪莱政治论文选》，杨熙龄译，商务印书馆1982年版，第25页。

自己而有所需求，这只是为使自己能更忠于自己的理想，更热情，更有力。①

雪莱的思想和行为前后是一致的，并且到他生命的最后数年，他的战斗精神越来越强烈，他的革命思想观点越来越坚定、深刻和纯化。

（四）《解放了的普罗米修斯》："道德和智慧的完美典型"

希腊神话中的普罗米修斯作为人类拯救者、殉道者、先驱者的化身，为后代作家的创作提供了源源不断的母题。尤其是古希腊悲剧作家埃斯库罗斯（Aeschylus）的悲剧《普罗米修斯》（Prometheus）三部曲出现之后，一代又一代的文人们根据各自所需，对这一素材进行了各种阐释。雪莱的诗剧《解放了的普罗米修斯》即取材于埃斯库罗斯的这部悲剧作品。根据流传下来的断章残篇推测，在埃斯库罗斯的悲剧中，普罗米修斯对宙斯的反抗是以与宙斯的和解而结束的。雪莱在埃斯库罗斯作品的基础上，又赋予自己的诗剧不同于前人的道德寓意。

在《被缚的普罗米修斯》剧中，戏剧冲突导因于克洛诺斯、宙斯、泰坦族（巨灵族）的权利之争，泰坦族不听普罗米修斯的劝告，主张以武力取胜，普罗米修斯转而用谋略支持宙斯打败克洛诺斯。坐上王位的宙斯，恩将仇报，建立个人专制的政权，惩罚在这场斗争中有功的普罗米修斯，"不相信朋友是暴君的通病"——普罗米修斯从人伦道德层面谴责宙斯的品行，这在古希腊倒也不足为怪。雪莱在诗剧的《序言》中说："我所创作的形象，有许多都是从人类心灵活动，或是它们表现在外面的行为中吸取来的。"② 雪莱还表示，他是怀着"改良世界的欲望"来创作这部作品的，其目的是"使一般爱诗的读者们细致的头脑里，记住一些高尚美丽的理想"。因此雪莱在这场斗争中以新的定性，把普罗米修斯与克洛诺斯、宙斯父子之争，写成一场与人类命运攸关的社会冲突：克洛诺斯剥夺了人类的爱、思想、知识、

---

① 牛庸懋、蒋连杰：《19世纪英国文学》，黄河文艺出版社1986年版，第79页。
② 雪莱：《解放了的普罗米修斯》，邵洵美译，人民文学出版社1957年版，第2页。

自治能力等"天生的权利",普罗米修斯在宙斯承认"让人类自由"的条件下,才用自己的智慧支持他夺得王位,但是"宁愿辜负人,不愿人辜负"的宙斯,把罪恶洒落下界:使人类蒙受劳苦、疾病、饥饿的灾难,使人类因被他注入了"强烈的欲望、疯狂的烦恼、虚伪的道德"而引起相互残杀和激烈战争,普罗米修斯为捍卫人类权益,反抗专断暴戾的宙斯而受到惩罚,"统治者常常会忘掉忠信、仁爱和法律,有了万能的力量,会忘掉切身的朋友"——诗剧中的普罗米修斯从人伦道德,更从政治层面谴责暴君的品行。雪莱把普罗米修斯道德意识中的负罪感(我有罪,我完全知道,我是自愿的,自愿的犯罪的。"我自己不幸,却不愿大家受苦")提升为纯粹的自豪感、正义感:"我独立拦住,那个至尊无上的统治者的欺诈和压迫",他位卑,但有一股正气:"我可怜你!""可怜上天那些自怨自艾的奴隶吧,不必可怜我,我现在真是心平气和,好象万道的阳光。"——怜悯者和被怜悯者情感、心境的逆向变化,反映了被审判者和审判者地位已倒置过来了,面对强大的对手、危难的环境,普罗米修斯表现出一种桀骜不驯、受难不惧、威武不屈的凛然正气,一种泰然自若、乐观坚定的崇高风范。雪莱描写的普罗米修斯同宙斯是根本对立的,他热爱人类,同情人类疾苦。尽管被宙斯用铁链锁在悬崖上,风吹日晒、雨淋雷劈、秃鹰啄噬、恶魔折磨,受尽了难以忍受的痛苦,但是普罗米修斯坚决不向宙斯"屈膝下跪","低头祈祷"。软弱、妥协与他无缘。诗人笔下的普罗米修斯已不是一个屈从威力的天神,而是一个不畏强暴的斗士。诗人塑造的普罗米修斯"非但勇敢、庄严、对于万能的威力作坚忍的抵抗,而且毫无虚荣、妒忌、怨恨,也不想争权夺利",是一个"道德与智慧都十全十美的典型"形象。[①] 这个人物也是诗人自己争取自由解放的革命精神、伟大的道德和崇高的精神境界的体现。雪莱在《解放了的普罗米修斯》序言中指出,他根本反对那种软弱无力的结局,叫一位人类捍卫者同那个人类压迫者去和解。他反对埃斯库罗斯对结局的处理,因此,诗剧排除了普罗米修斯和宙斯和解的可能性,不论再度奉旨前来游说的麦鸠利如何劝诱和威逼,不论掌管恐惧、猜忌、怨恨的鬼魂怎样进行精神折磨,

---

① 雪莱:《解放了的普罗米修斯·原序》,邵洵美译,人民文学出版社 1957 年版,第 2 页。

多维视域中的西方文学

都无法使普罗米修斯低下高傲倔强的头颅，正如他对麦鸠利所说，对宙斯发慈悲是绝大的错误，暴君对怯懦者、顺从者只会更猖狂、更苛刻，"它可以使人类永久受束缚"。

雪莱从理想主义伦理思想出发，为诗剧设计了战斗的、胜利的结局：普罗米修斯被赫拉克勒斯（Hercules）救出，他派精灵向人类宣布了解放的消息，整个宇宙沐浴"爱"的光辉，人类万物幸福欢欣。对古希腊悲剧结局的改变表达了诗人对于正义必将战胜邪恶的坚定信念。普罗米修斯被解放以后，地上人间呈现的新气象、新面貌、新秩序：

> 只见
> 许许多多的星座都没有了皇帝，
> 大家一同走路，简直像神仙一样，
> 他们不再互相谄媚，也不再互相残害；
> 人们的脸上不再显示着仇恨、轻蔑、恐惧……
> 人类从此不再有皇权统治，无拘无束，
> 自由自在；人类从此一律平等，
> 没有阶级、氏族和国家的区别，
> 也不再需要畏怕，崇拜，分别高低；
> 每个人都是管理他自己的皇帝；
> 每个人都是公平，温柔和聪明。①

这个没有阶级，没有国家，没有皇帝，没有压迫奴役的大同世界，这个人与人一律平等，相亲相爱，自由自在的人间乐园就是雪莱所追求的崇高思想。诗剧中主人公普罗米修斯的形象是智慧、勇敢、受尽折磨的爱的化身，诗人的自况。

雪莱有自己的道德追求，从某种意义上说，雪莱是法国大革命的儿子：以自由、平等、博爱为旗帜的法国大革命的精神，不但反映在雪莱的诗歌

---

① 雪莱：《解放了的普罗米修斯》，邵洵美译，人民文学出版社1957年版，第92、94、95页。

中,也表现在他的戏剧诗和人格上。雪莱在给朋友的信中经常提到《解放了的普罗米修斯》是他最好的诗剧,也许普罗米修斯这个人物最能代表他的心。雪莱相信人类有能力把罪恶从他的本性以及大部分的生灵中驱除出去,使自己变成完美。

(五)《钦契》:"最高的道德目的"

雪莱在《钦契·原序》里说"在最优秀的戏剧中,它所追求的最高的道德目的,是激起人类心灵的共鸣和反感"。因为这部悲剧虽然发生在1599年罗马教皇克雷孟特八世期间,距雪莱创作之时已事过境迁200余年,却在意大利社会里仍能引起浓厚的兴趣,这也许是雪莱创作的最初动机之一。《钦契》写的是一个贵族家庭毁灭的故事。采自意大利史籍,在16世纪末意大利的确发生过的一个事件。钦契伯爵是一个以犯罪著名,一生纵欲邪恶的大贵族,一个可怕的暴君和淫棍。他不但在大城市里抢劫,在黑暗的巢穴中进行可怖的淫乐,而且到后来变态地憎恨自己的家庭成员。他撵走了自己的前妻,又侮辱了第二个妻子,并且把自己的儿子们视作眼中钉,有计划地一一杀死他们,借以减少自己家庭的开支。最后,又用威胁利诱的手段奸污了自己的独生女贝特丽采。钦契的罪行传遍了意大利的国境,而且人们每天都听到这个老暴君的新罪行。但法庭和教会置若罔闻,因为他们本来就不是卫护正义的组织。钦契有教皇克雷孟特八世做靠山,教皇认为钦契的财产是教会事业繁荣的主要养料,钦契的罪行正是发财的好机会,谁要是惩罚或杀死了钦契就等于夺走了他每年大宗的收入。钦契常常可以用金钱买得教会对自己罪行的默许,因而就越发横行无忌。贝特丽采在恳求政府和教会的保护遭到失败之后,非常失望,就和继母、兄弟暗中计议,杀死了那个大恶棍钦契。于是教皇使这个纯洁可爱的女郎和她所有的亲属受尽了残酷的折磨,最后把他们判处了死刑。

雪莱在致李·亨特的献词中说:"我从前发表的作品,不过是一些体现我对于美和正义事物的理解的幻景而已……我现在献给你的这个剧本却是悲惨的现实。"① 在剧本的序言中雪莱也说过与这相类似的话："我把人物性格尽量真实地表现出来，尽量避免按自己的是非观念去创造他们这一错误……在写作这个剧本的时候，我极小心地避免写通常所谓的纯诗。"雪莱在序言中说，由于钦契不止一次地用数十万克朗的代价为自己血腥的罪行从教皇那里买到赦令，所以"教会政权在过去曾用各种各样的防备方法不准公布这些事实，否则就会泄露它的罪恶和污点。因此，直到最近，上述的手稿还是极难获得的"。钦契专制暴虐，害死儿子，奸淫女儿，作践妻子。他这种暴戾行为令人发指，却受到封建君主和教皇的纵容。这是一个什么样的世道？应该说无论时间过去多少年，雪莱的《钦契》总能"激起人类心灵的共鸣和反感"。在诗剧中，故事内部隐藏着极大的激进意义，诗人激愤地谴责罗马天主教会、豪门贵族的专制、虚伪、黑暗、不义，在这个畸形、荒诞的社会里，财富势力和强权就是公理和正义。雪莱满怀激情地称赞女主人公贝特丽采的正义的斗争，并且在给李·亨特的献词中有意地透露出来这个悲剧的基本思想是对家庭和政治的专制与欺骗表示强烈的仇恨。剧中的女主人公贝特丽采，"是一个非常和善、可爱，生成是来装饰世界与被人喜爱的女郎"，"娇爱和智慧能在你的身上相得益彰而不相互损害"②！但由于环境的需要和残酷现实的教训，使她认识到必须用暴力对待他的父亲，认识到法院和教会不会支援和帮助她。于是她的性格改变了，她变成了一个严厉的复仇者，她的复仇行为不仅杀死了一个残暴的父亲，而且惩罚了那"掩藏在父亲的白发下，灭绝人性的残暴"，"咱们干的是一件正义的事"。③ 雪莱在处理这个人物上体现了非常矛盾的心态：一方面，她弑父，但是是消灭暴君和罪恶，因此是正义的，残暴的折磨和死刑都没有能够摧毁这个勇敢的女郎，直到最后一刻她还认为她是一个杀父而无罪的人，她的行为是合乎正义的，毫无后悔和惋惜的感觉。正是环境和舆论的逼迫，贝特丽采违反了自己美好的本性；另一方面，雪莱认为："对于最巨大的损害，合适的回报应该是仁爱、宽恕

---

① 雪莱：《钦契》，汤永宽译，上海文艺出版社1962年版，第1页。
② 雪莱：《钦契》，汤永宽译，上海文艺出版社1962年版，第78页。
③ 同上，第103页。

和一种用和平与爱把损害者从卑劣的情操中改变过来的决心。"① 显然雪莱对贝特丽采敢于以暴抗暴持不赞成的态度,雪莱认为她应该以仁爱感化罪恶,由于她采用暴力,才导致了悲剧的结局。

雪莱用虔诚的宗教目光审视贝特丽采的行为,认为这是违背道德的。

《钦契》中非常明显地渗透了雪莱的基督教伦理思想。雪莱是很欣赏《圣经》中约伯的。据雪莱的妻子玛丽在《伊斯兰教起义》的注释中说,雪莱常常阅读《圣经》,尤其是《约伯记》对他的创作有启发作用。拜伦在给摩尔的信中也曾提到雪莱很爱读《圣经》,常常把《圣经》作为文学作品来阅读。约伯是圣经中一个真正经得起考验的信徒,是家庭中的家长。神称赞约伯有四大长处:地上再没有人像他"完全";"正直"(无论对外人还是对家人,尤其在家里,家长如果不用正直对待家人,这家庭必充满诡诈和纷争的事。在这悖谬的世界里,多么需要正直的家长,教导儿女正直为人);"敬畏神";"远离恶事"(这是他对罪恶的态度,许多信徒虽然认了罪,悔改了,却不肯远离罪,约伯所以能完全,因他远离罪,不给魔鬼留地步)。② 这四种德行是神对他的称赞,实在而不装模作样。唯有这样真实的品德才可以作家人的榜样。因为有许多人对外冒充属灵,回到家中就是魔鬼。比如像钦契这样的人。但对待这样的万劫不复的恶棍和人类禽兽,雪莱的武器是他的基督教伦理,"以牙还牙,怨怨相报,都是带有破坏性的错误"③。雪莱的这种基督伦理思想未免太软弱无力了。

雪莱的基督伦理思想还经常流露在他的一系列创作中。即使是《告爱尔兰人民书》中,也有类似"人家打你的左颊,连右颊也让他打"之类的语言,雪莱和葛德文一样,尽管对未来美好社会有乌托邦式的憧憬,但反对以暴抗暴。这是雪莱始终只能是空想社会主义者的原因,也是他思想的一个局限。

---

① 雪莱:《钦契》,汤永宽译,上海文艺出版社1962年版,第5页。
② 《圣经·旧约·约伯记》,中国基督教协会1998年版,第476页。
③ 雪莱:《钦契·原序》,汤永宽译,上海文艺出版社1962年版,第5页。

第六章 寻觅"诗意的栖居地"

一、获救之路多坎坷:《神曲》

在佛罗伦萨市政广场东边的一条幽深街巷里坐落着一幢古朴的小楼,门前矗立的阿利盖利·但丁半身塑像,向往来的游人宣告了这座故居的身份。时至今日,小楼已经破旧,雕塑满身尘埃,但是它们丝毫也不能遮掩佛罗伦萨人心目中划时代的文学巨子的威望;与大多数名人故居琳琅满目的展品相比,但丁故居里的物件有些稀少,但这并不妨碍慕名而来的人们了解但丁坎坷而光辉的一生。

但丁头像(http://www.diyi5.com/baike/index.php?doc-view-377)

1265年6月,但丁诞生在佛罗伦萨的一个贵尔夫党贵族家庭。当时,佛罗伦萨是意大利最繁荣的手工业中心和文化中心。少年时代的但丁勤奋好学,他对拉丁文、诗学、修辞学、古典文学、伦理学、哲学、神学、历史、天文、地理、音乐、绘画无不研究,青年时代的但丁已经成为一个多才多艺、学识渊博的人。不过在但丁人生中最值得一提

第六章 寻觅"诗意的栖居地"

佛罗伦萨但丁博物馆门外的但丁雕像

的是两件事，它们对诗人的一生产生了不可磨灭的影响。其一是结识少女贝阿德丽采；其二是流放。

但丁在少年时代，随父参加友人聚会，遇上一位名叫贝阿德丽采的少女。少女的端庄、贞淑与优雅的气质令但丁对她一见钟情。但丁把贝阿德丽采当作自己精神上的爱慕对象。这种爱情给但丁以神奇的力量，他为她写下了一系列抒情诗篇。遗憾的是贝阿德丽采后来嫁给了一位银行家，婚后数年因病夭亡。哀伤不已的但丁将自己几年来陆续写给贝阿德丽采的三十一首抒情诗和悼亡诗以散文相连缀，取名《新生》（1292—1293）结集出版。诗中抒发了诗人对少女深挚的感情，纯真的爱恋和绵绵无尽的思念，风格清新自然，细腻委婉。诗中，但丁把贝阿德丽采看作是上帝派来拯救他灵魂的天使，一个神化的女性；同时成了但丁以后作品中一个象征性的理想人物。这部诗集是当时意大利文坛上"温柔的新体"诗派的重要作品之一，也是西欧文学史上第一部剖露心迹，公开隐秘情感的自传性诗作，《新生》开了近代抒情诗的先河。

青年时期的但丁还积极参加城邦的政治活动。当时的意大利正处于分裂状态，佛罗伦萨是斗争最激烈的地点。代表新兴市民阶级利益的贵尔夫党经过激烈斗争，战胜了代表封建贵族势力的基伯林党。但贵尔夫党很快分裂为黑党和白党两派，二者又展开激烈的斗争。但丁属于白派，反对教皇干涉城邦内政。1302年，黑党在教皇的帮助下取胜。但丁被判处两年流放，罚款五千，罪名是贪污和反对教皇。但丁不接受这个罪名，拒绝罚款。两个月以后，但丁又被缺席判处终身流放，没收全部财产，如果回城，处以火刑。但丁从此开始了近20年的流放生活，最后客死于拉文纳。流放初年，但丁曾写了《论俗语》（1303—1304）和《飨宴》（1304—1307）两书，前者批驳只重拉丁语、轻视意大利语的倾向，后者希望以道德和知识消除各城邦之间与城邦内部各派之间的倾轧、攻伐，这不仅表明但丁超越了狭隘的党派偏见，以理性意识思考民族现实与未来的胸襟，而且显示出他对民族语言文化的重视。

《神曲》中译本（http://baike.baidu.com/view/41044.htm）

《神曲》（1307—1321）是但丁于流放期间历时十四年完成的长篇诗作，原名为"喜剧"。中世纪时，人们对"喜剧"的解释与今人不同，其意为结局令人喜悦的故事。1555年后，人们在原书名前加上修饰语"神圣的"，既表示对诗人的崇敬，亦暗指此诗主题之庄严深奥，意境之幽远崇高。在我国，则将书名译为"神曲"。

《神曲》全诗长14233行，由《地狱》、《炼狱》和《天堂》三部分构成，是对但丁梦游三界的神奇描述。诗人自叙在大赦圣年的1300年春天，正当自己35岁的人生中途。一日，诗人迷失于一座黑暗的森林之中，正当他努力向山峰攀登时，唯一的出口又被象征淫欲、强暴和贪婪的母豹、雄狮和母狼拦住去路。诗人惊慌不已，进退维谷。值此危急关头，古罗马诗人维吉尔突然出现，他受已成为天使的贝阿德丽采之托，救但丁脱离险境，并游历地狱和炼狱。在维吉尔的带领下，但丁首先进入地狱，但见阴风怒号，恶浪翻涌，其情可怖，其景惊心。地狱分九层，状如漏斗，越往下越小。居住于此的都是生前犯有重罪之人。他们的灵魂依罪孽之轻重，被安排在不同层面中受永罚。这里有贪官污吏、伪君子、邪恶的教皇、买卖圣职者、盗贼、淫媒、诬告犯、高利贷者，也有贪色、贪吃、易怒的邪教徒。诗人最痛恨卖国贼和卖恩主之人，把他们放在第九层，冻在

但丁《神曲》里的地狱设定图。地狱共九层，上宽下窄，像一个大漏斗。越往下，罪孽与相应的刑罚越重。

冰湖里，受酷刑折磨。

从冰湖之底穿过地球中心，就来到了炼狱。炼狱是大海中的一座孤山，也分九层。这里是有罪的灵魂洗涤罪孽之地，待罪恶炼净后，仍有望进入天堂。悔悟晚了的罪人不得入内，只能在山门外长期苦等。炼狱各层中分别住着以骄、妒、怒、惰、贪、食、色等基督教"七罪"中罪过较轻者的灵魂。但丁一层层游历，最后来到顶层的地上乐园，维吉尔随即离去。因为维吉尔还没有资格进入天堂，只能在"候判所"等待。此时天空彩霞万道，祥云缭绕。在缤纷的花雨中，披着洁白轻纱的贝阿德丽采缓缓降临。贝阿德丽采一边温柔地责备诗人不该迷误于象征罪恶的森林，一边指引他饱览各处胜境。在她指点下，但丁进入"忘川"，顿觉身心一爽，忘却了往昔的痛苦，随后贝阿德丽采带他进入天堂。天堂共有九重天，即月球天、水星天、金星天、太阳天、火星天、木星天、土星天、恒星天和水晶天，天使们就住在这里，能入天堂者都是生前的义人，诸如英明的君主、学界的圣徒和虔诚的教士，才能在此享受永恒的幸福。天堂气象宏伟庄严，流光溢彩，充满仁爱和欢乐。

从布局谋篇和字面意义来看，《神曲》带有很浓郁的宗教色彩。但丁在《致斯加拉大亲王书》中写道："仅从字面意义论，全部作品的主题是'亡灵的境遇'，"但是，"从寓言来看全诗，主题就是人凭自由意志去行善行恶，理应受到公正的奖惩。"他还指出，他的《神曲》是隶属于哲学的，但它所属的哲学是"属于道德活动或伦理那个范畴的"。这里明确肯定写《神曲》是为了影响人的实际行动，也就是"为了对邪恶的世界有所裨益。"这是但丁本人对《神曲》的寓意所作的直接阐述；但丁在诗集《新生》

法国画家多雷创作的《神曲》故事黑白版画的图片(http://www.namipan.com)

的最后一章里表达了他写作《神曲》的意愿,他说:"如果上帝假我以笔,但愿我将为她(贝阿德丽采)写出从未有任何人为任何女子写过的作品"。根据但丁自己的表述可以发现,《神曲》的主题内容具有多层次的象征意义。

其一,但丁把基督教"原罪"观念上升到哲学意义上的"恶行",指出个体和国家民族救赎的途径在于弃恶从善。《神曲》中地狱、黑暗的森林等都是"恶"的象征。诗人中年迷途之时,遇到凶猛的三兽:"敏捷"的斑豹、"凶猛"的恶狮、"贪婪"的母狼,向他压过来。这些主客体的形象带有很明显的隐喻含义。三兽是佛罗伦萨三股恶势力的象征,它们是贪得无厌的教皇、法兰西王之弟和黑党。诗人以极大的勇气揭露和批判邪恶势力的代表人物。这些人物都与"善行"和"爱心"背道而驰。但丁还将古代的异教诗人和哲学家如古希腊的荷马、苏格拉底、柏拉图、古罗马诗人奥维尔、贺拉斯等等智者,安排在地狱进门处的"候判所"。这些灵魂虽然思想光彩照人,但因没有接触到基督教的真理,也只好这样处置了。从这往后,随着地狱一层层往深处延伸,这些受难的灵魂在他们活着时犯下的罪恶也就越来越大。从第二层到第九层,分别安放了八类恶人的灵魂:从贪于情欲忘了理性的贪色者,到背信弃义、叛国叛党、卖主之徒,越到深层,越是危害更大的恶人之灵魂。那些被打入地狱深层的人,大多是干涉王政、买卖圣职、危害国家和人民的神职人员。诗人借彼得之口,指责现代教皇将梵蒂冈变成"血污的沟,垃圾的堆",并将那类主教比作"穿着牧人衣服的贪狼"。尤其是对于教皇勾结法王的狼子野心,给予了深刻揭露和批判:"我看见一个无耻的娼妓坐在车上……向她的四周张望。我又看见一个巨人坐在她的身旁……他们时时刻刻亲着嘴。"这"娼妓"即教皇,这"巨人"即法王。诗人对这两人表示了极大鄙视。但丁把人的没有理性引导的欲望,当作"恶"。"恶行"给他人、国家和社会带来巨大灾难。

其二,"天堂"是善者的归宿地,这里寄予了诗人但丁的理想。首先,善是美德的最高标准。《神曲·天国》篇写道:"那绕着世界旋转的晶体,他带着著名领袖的名字,在这领袖统治之下,万恶不生,那最高的爱,他的命令可以统治宇宙"。"神善是没有嫉妒的,因为他内心的热量,迸射着火星出来,用以散布他永久的美德"。"永久的美德"只有在天国里才能找到。但丁在最后见到上帝,于闪电的瞬间窥见"三位一体"的所在。虽然不乏神秘色彩,但这也可以看成对"善"的言说。在这里,"善"与"爱"、"光明"与上帝是融为一体的。"善"的神性体现了它的至高至美。其次,"善行"的最理想状态是"为所欲为"。这是人文主义的先声。"为所欲为"本来属于现实原则。现实原则就是生命原则,是实现人的欲望、情感、意志、理想要求的原则。但丁把现实原则当成了理想的原则。当但丁进入地狱第二圈时,遭到冥罗司的质问:"你不要以为地狱的门很大,可以随便闯进来。"维吉尔答道:"这是为所欲为者的命令"。这里"为所欲为"者,指的是上帝,也就是至善,是但丁的理想美德之境。在《神曲》的天堂里,上帝不再是令人畏惧的神的权威,而是至高无上的爱的本原,正义与德性的体现者;在这里,众多的领袖和智者的灵魂聚集在一起,每增加一位灵魂就增加一份爱。

  如何才能从地狱步入天堂,从"恶"走向"善",但丁认为需要精神拯救,并指出了拯救的途径。作品指出,人是灵与肉的结合体,人的生存本能和需求常常导致人贪图现世的欢乐和肉欲的沉迷。所以人需要理性的力量和信仰的虔诚来克制这些世俗的欲求。但丁在游三界的过程中,古罗马诗人维吉尔象征理性,他引导但丁游历地狱和炼狱,说明人类应该在理性的指导下认识罪恶和错误;贝阿德丽采丽丝象征信仰,她引导但丁游历了天国,说明人类只有在信仰的指导下跨越苦难和考验,达到至善至美的最高精神境界。在基督教占统治地位的中世纪,但丁以人为出发点的人文精神无疑是对以神为中心的神学教条的解构。

  但丁以宗教形式遮掩现实叙事的模式,无论与古希腊文学还是与中世纪的市民文学相比,同样是一次革命。

  首先,在叙事结构上,《神曲》不同于讲述宗教故事的教会文学,也不同于以情节取胜的市民文学;既不同于《伊利亚特》的网状结构,也迥异于《奥德赛》的线形结构,《神曲》写的是但丁从头到尾"历时性"游历地狱、净界、天堂三个不同的"共时性"空间,且在不同场景中与维吉尔、贝阿德丽采之间自由交谈,他们也可以自由地与众灵魂对话;但不同空间、不同场景中的魂灵们之间却并不能越位,也不会照面,当然也不可能发生关系;然而在同一空间,同一层中,所有的魂灵们都同时登场,受相同的惩罚,彼此

之间相互了解熟悉，互相轻视辱骂，这三界中的魂灵们又不分时代，民族交织成一张张小网，从而使《神曲》的结构既不是"线形"的又不是"网状"的单线结构，而是一种线形和网状相互交错的复杂的网络。

其次，在叙事方式上，与传统叙事文学相比，《神曲》不以讲述故事见长，而是以伦理为标准，对社会生活、人生百态进行分类，从宗教文化的角度把世界划分为地狱、净界和天堂三界，而每一界又分为九层，在同一层中居住的都是触犯了相同伦理规范的魂灵，他们又不论古今贵贱都承受着相同的惩罚。他们各自诉说着自己的身世，零散而不连贯。

第三，从叙事的主体来看，从荷马史诗到中世纪的英雄史诗都塑造了众多鲜明的英雄形象，他们活跃于故事情节之中；《神曲》的主人公既在情节之中，又随时游走于情节之外，同时可以出现在任何时空（地狱、净界、天堂）中，演绎着自己的命运，展现着普通人的面貌，与同期或古希腊写神、写英雄人物的传统叙事文学相比，《神曲》开辟了写普通小人物的先河，此后西方文学中的人物便脱去了神圣的外衣，现出了人的本色。

总之，但丁作品中的多重象征意义及其开阔的视野和悲天悯人的诗人情怀，使《神曲》不仅成为他个人生活的回顾或总结，也不仅仅是他政治观点和宗教立场的表述，更是有关神性和人性世界的真理、欲望的总结。正如美国学者乔治·桑塔亚那所说的，"它是意大利的历史，世界的历史，是教会和国家的理论。"正是基于此，但丁成了意大利文艺复兴的先驱，他承前启后、继往开来的特殊贡献被恩格斯总结为："封建的中世纪的终结和现代资本主义纪元的开端，是以一位大人物为标志的。这位人物就是意大利人但丁。他是中世纪的最后一位诗人，同时又是新时代的最初一位诗人。"[①]

二、寻觅"诗意的栖居地"：《最后一个莫希干人》

詹姆斯·费尼莫尔·库柏（James Fennimore Cooper 1789—1851）作为

[①] 恩格斯：《〈共产党宣言〉意大利文版序言》，《马克思恩格斯选集》第一卷，人民出版社1972年版，第249页。

第六章　寻觅"诗意的栖居地"

詹姆斯·费尼莫尔·库柏
(imgsrc.baidu.com)

最早赢得国际声誉的美国作家之一被载入史册。

库柏出身富豪家族，早在殖民地时期他的家族就建起了库柏镇。父亲威廉法官，是英国教友派教徒的后裔，当地的大地主，他在政治上属于联邦派，曾两度任国会议员。他的思想和社会地位对库柏有一定的影响。库柏的母亲伊丽莎白·费尼莫尔是瑞典人。在13个兄弟姐妹中，库柏排行12。他在库柏镇度过了自己的童年时光。镇子附近未开发地上残存的印第安人以及关于印第安人的传说，给库柏留下了深刻的印象，并促使他日后第一个在长篇小说中使用印第安题材。

13岁时，库柏转到耶鲁上学，读到第三学年，因违犯校规被开除。关于他被开除的原因有种种传说。一说他试图把炸药放入锁孔来打开他朋友的房门；还有一说是因为他在上课前把一头驴牵进教室并让它坐在讲台上。1806年十月，库柏在一艘商船上当了水手，随船去欧洲，做了11个月的海上航行。1808年一月，加入海军，做见习士官。1809年11月，他开始任海军军官，从海军准尉直至升任为海军上尉。1811年，库柏自海军退役。这五六年的海上经历，为他后来写航海小说打下了坚实的基础。这期间，库柏与出身于纽约州威契斯特县著名的富家之女苏珊·狄兰色结婚，婚后，库柏夫妇过着乡绅生活，直到1822年迁往纽约。在威契斯特，库柏听到很多关于独立战争时期的故事，为他日后创作革命历史小说提供了素材。

库柏一生创作颇丰。除了"皮裹腿"系列之外，还有革命历史小说《间谍》、《波士顿之围》等，有关海上生活题材的《领航员》《红海盗》、《海妖》等。反映欧洲生活的三部曲有《刺客》、《黑衣教士》和《剑子手》。此外，他还写有关于地主土地占有过程的《利特尔佩奇手稿》三部曲（《萨坦斯托》、《拿锁链的人》、《红人或印第安人与假印第安人》）。晚年写过一本乌托邦小说《火山口》。

库柏的创作可以分为三个时期。

第一个时期从他的第一部小说《警觉》开始，约10年时间。以革命历史题材为主。《间谍》是这个时期的代表作，故事发生在美国独立战争期间的中立地带、纽约州的威斯彻斯特。它是美国第一部表现独立战争的小说。库柏模仿欧洲人的传统手法，特别是瓦尔特·司各特的历史小说写作，描写独立战争时期英军占领纽约港的情形和华盛顿部队的作战经历。

主人公哈维·柏契原是一个走街串巷的商贩，美国独立战争爆发后受大陆军统帅乔治·华盛顿的指派伪装成亲英分子在威斯彻斯特一带搜集英军情报。他表面上装成货郎，实际上是美国的间谍。由于任务的高度隐秘性，只有极少数人知道柏契的真实身份，因此他被当作效忠派和英国间谍而受到众人唾弃并受到大陆军的追捕。然而柏契忍辱负重，以坚忍不拔的意志出色地完成了华盛顿交给的一个又一个侦察任务。独立战争胜利后，华盛顿提出奖赏柏契，但柏契坚辞不受，退隐家乡，表现了一种无私奉献的强烈的爱国主义精神。作者将平凡与伟大、流血与浪漫、硝烟与爱情、英雄与美女等各种成分揉和在一起，反映了当时的社会心态和读者口味，出版后深受读者欢迎。库柏创作这部小说的主旨在于借独立战争反映他所生活的时代。独立以后的美国已经丧失了原有的道德观念和价值体系，而新的信仰还没有建立起来，人们利欲熏心、道德败坏。因此，库柏写作《间谍》的根本目的就如同他在前言中声明的那样，就是要弘扬和宣传独立战争时期的那种英勇无私、纯洁正直的高贵品质和精忠报国的爱国主义精神。

库柏对美国独立战争理想化、浪漫化的叙述方式影响了后来许多以独立战争为题材的战争小说。

第二个时期是库柏创作的旺盛时期。《皮裹腿故事集》五部曲是这个时期的代表作品。它不仅成为美国文学的经典作品，而且跻身世界古典文学名著的行列。这组作品按创作顺序，包括《拓荒者》（1823）、《最后一个莫希干人》（1826）、《大草原》（1827）、《探路人》（1840）和《猎鹿人》（1841）五部长篇小说。森林中的猎手"皮裹腿"纳蒂·邦波的一生经历构成了五部曲的主要内容，但五部曲中故事的发展，不同于其创作年代的顺序。

《杀鹿人》从发表时间上看是最后一部，但从故事发展方面来看应该是第一部，主要写年轻的邦波"首次出征"的冒险经历。所以，如果从主人公的人生经历顺序来依次排列，应该是《猎鹿人》、《最后一个莫希干人》、《探路人》、《拓荒者》、《大草原》。

《最后一个莫希干人》和《探路人》以18世纪五十年代英法殖民主义者之间的混战为背景，表面上写的是主人公在黑暗莽林中的冒险，但别有深意。作者以黑暗作为小说的背景氛围，突出印第安人反抗英殖民者的暴行。这两部小说都十分生动地描述了印第安人对英国殖民者的防御工事所发动的猛烈进攻。

《拓荒者》写的是独立战争以后，邦波被迫离开开发地上新出现的小市镇，进入西部森林中过的狩猎生活。这部小说以库柏自己家族的发展史为线

长江文艺出版社2007年译本（www.amazon.cn）

索，探讨美国疆土合法拥有者的问题，暗示美国疆土的合法拥有者应该是印第安人。尽管以自己家族为素材，但是作者要表达的却是美国特定时代的历史事件。1832年库柏在《拓荒者》简介中，向读者声明：自己是通过"事实原件"再现"总体的画面"，以小说这一艺术形式反映美国建国之初的历史和人文风貌。

《大草原》写无地农民向大西部继续推进和年老的邦波如何在大草原上结束自己一生的故事。

库柏在去世的前一年（1850年），他将这五部小说汇编成《皮裹腿故事集》，这是美国文学史上第一部表现边疆题材的系列小说，它不仅具有文学价值，而且也成为历史学家研究美国历史的重要参考文献。如今研究它的论著几乎成了一门学问。

库柏的皮裹腿小说系列，从时间跨度上来说，贯穿了上下六十年，从空间跨度来说，从东部纽约州到西部草原，深刻全面地描绘了美国社会早期发展的概况，如早期移民艰苦卓绝的生存斗争，英法殖民主义者激烈的军事角逐，印第安人被残杀和灭绝的悲惨遭遇，无地农民颠沛流离的生活……等等，小说真实地再现了当时所发生的惊心动魄的斗争和深刻的历史性变化。在这些惊险情节的背后，我们可以看到殖民主义者的残暴与贪婪，土著印第安人的英勇和善良。书中，作者处处流露出对印第安人的同情和对他们的遭

遇的愤愤不平，同时也揭露了殖民主义者如何处心积虑，在印第安人各部落之间挑拨离间，使他们彼此仇恨、互相残杀的罪恶阴谋。贯穿小说系列的中心人物"皮裹腿"邦波是作者心目中理想化的形象。他虽然缺少文化，连英语也说得不纯正，但是他有准确判断是非善恶的能力和强烈的道德感。他以赤诚对待朋友，以公道对待敌人，他同情印第安人的悲惨遭遇，主张种族平等，有着勇敢善良的性格和单纯诚朴的心灵，他心中充满对大自然的热爱，对自由的向往。甚至在战争结束后，他适应不了文明人的呆板的生活方式，于是重返大自然，过着一种近似原始人的狩猎生活，最后死在西部的大草原上，安息在他视为兄弟的印第安人中间。作者塑造这一形象，有意识地和自以为是的白人、殖民者、文明人相对比，衬托邦波的纯洁和高尚。显然，作者受到当时浪漫主义文学"返回自然"思潮的影响，流露了作者缅怀和美化旧时代的思想感情。

《最后一个莫希干人》电影剧照
（www.ldtv.net）

第三个时期为库柏人生的最后十年，创作成就不大。

《最后一个莫希干人》堪称库柏小说的代表作。从1920－1936年期间，先后六次被搬上银幕，1993年好莱坞耗费巨资五千万美元，重新把它拍成同名彩色电影，受到更多人的关注。小说中的故事发生在18世纪50年代末期，英法两国为争夺北美殖民地而进行的"七年战争"的第三年，地点是在赫德森河的源头和乔治湖一带。情节以威廉·亨利堡司令孟罗上校的两个女儿科拉和艾丽斯，前往堡垒探望父亲途中被劫持的经历为主线，展开了在原始森林中追踪、伏击、战斗等一系列惊险情节的描写。主人公纳蒂·邦波，此时已做了英军的侦察员，并已获得"鹰眼"的绰号，他和他的好友莫希干族酋长"大蟒蛇"钦加哥，以及钦加哥的儿子"快腿鹿"恩卡斯挺身而出，为了救出姐妹俩，和劫持者——法国军队的同盟者印第安土著休伦人的一个名叫"刁狐狸"的麦格瓦酋长及其部落——展开了一场惊心动魄的斗争,在解救艾丽斯的途中,麦格瓦杀死了恩卡斯,钦加哥又杀死了麦格瓦。这是印第安部落之间的血肉残杀。

小说揭示了矛盾冲突、暴力屠杀的根源在于英法侵略者的殖民欲望。为了掠夺印第安人的祖祖辈辈生息繁衍的土地,他们发动战争,对印第安人进行哄骗、欺诈、暴虐、甚至还干出种族灭绝的勾当。他们用高价收购印第安人的头皮,欺骗和胁迫印第安人充当炮灰,恶毒地挑拨离间,唆使印第安人的各个部落之间互相残杀,使之同归于尽。就拿钦加哥来说,他本是莫希干人的大酋长,他的整个部落就是在白人殖民主义的枪炮和奸计的双重肆虐下惨遭灭绝,最后只剩下他和他的两个儿子。他曾忧伤地对老友邦波抱怨道:"那时候,鹰眼,我们都是一家人,我们过得很幸福。盐湖给了我们鱼,森林给了我们鹿,天空给了我们鸟。我们娶妻,她们为我们生儿育女。……那些荷兰人上了岸,把火水(酒)给了我的人民,使他们喝得连天地也分辨不出来。……后来他们就从自己的土地上被人赶走,一步步被人赶离了河岸,最后只落得我这个酋长,也只能从树缝里见到阳光,也不能去看看我祖先的坟墓!"同莫希干人的遭遇一样,受法国殖民当局利用的休伦人,在最后的一场大厮杀中,也被消灭干净。

小说以塔曼侬的话结尾,意味深长:"早晨我还看到昂内密斯(指莫希干人)的子孙们是那样欢乐、强壮,可是现在,黑夜还没有到来,我却已经看到聪明的莫希干族最后一个战士死去了。"表面看来,好像是指恩卡斯被杀,实际上小说暗示莫希干人在殖民者的阴险离间中很快就会种族灭绝,作者的忧伤和悲愤之情通过结尾和小说标题洋溢出来。

浪漫主义和写实手法的结合是小说的主要特征。

库柏属于美国早期浪漫主义作家,他在小说中不但成功地继承了英、法等欧洲浪漫主义文学的特色,更为重要的是,他能把外来的浪漫主义因素根植在自己的民族文学中,如小说中的"鹰眼"头戴的皮帽子以及双腿缠着的鹿皮裹腿就是典型的美国西部打扮,正因此,库柏使美国文学走上了本土化的道路。"皮裹腿"不仅在装束上显示了典型的美国西部牛仔风格,而且是库柏笔下浪漫主义理想的象征。身为白人的一员,"皮裹腿"不但没有歧视

莫希干"红人"的观念,而且和莫希干人有着天然的亲和力,共通的"森林居民"的归属感最后使"皮裹腿"又回到莽莽无边的大森林中,透露了库柏渴望人人平等的民主思想。就连英殖民军首领孟罗也从女儿的死中悟出了不同种族应该和平相处的道理。孟罗对哀悼自己女儿的莫希干姑娘们说:"我们大家所崇拜的上帝,虽然名称不同,但他一定会记住她们的善行;总有一天,我们会不分性别、不分地位、不分肤色地全都聚集在他的宝座周围,这种日子是不会太远的。"这些思想显然只是作者的良好愿望。

小说的成功之处就在于连库柏本人也没有意识到但却本能如实地表现了西部挺进历史过程中的种族歧视、种族灭绝的血腥场面。

小说中最为触目惊心的一幕是英军向法军拱让威廉·亨利堡后发生的"大屠杀"。在英军头领孟罗上校与法军头领蒙卡姆侯爵订立的口头协议中商定,法军接管要塞,同时要保证英军部队和随行民众的安全撤离。当人群缓缓从平原上撤离时,一个火伦人(在英法冲突中站在法军一方)如同"秃鹫俯视猎物一样",盯上了一位妇女的漂亮的围巾,他走上前去一把抓住。这位妇女不知是出于害怕还是对围巾的爱惜,把围巾收回裹住怀中小孩。火伦人松开抓围巾的手,却一把拎起啼哭的小孩,他拎着小孩的脚,想让那位妇女用围巾换婴儿。可当他见另一位印第安人已抢走了围巾时,火伦人恼怒地将婴儿的头撞向石头,又掏出别在腰间的利斧辟开那位妇女的脑袋。这一细节再现了库柏笔下"威廉·亨利堡大屠杀"血流成河、尸横遍野的历史画面。

土著人同族相残,文明人疯狂掠夺,哪里是真正的和睦平等的栖居之所?从主人公对原始大森林的眷念,到库柏对自然美景的描绘和赞美,可以毫不夸张地说库柏算得上一位出色的生态小说家。

三、艰难时世:《童年·在人间·我的大学》

在19世纪的俄国作家中,高尔基是一位真正来自于社会底层的作家,他的自传体三部曲就是对自己最苦难的下层生活的艺术纪录。高尔基究竟是一位怎样的作家?由于苏联社会时代风云的变幻,再加上作家思想观念的矛

第六章 寻觅"诗意的栖居地"

盾,关于他的研究和评价也大相径庭。

苏联时代的七十余年间,高尔基为全民族所敬仰和崇拜,不仅在俄国,而且几乎在所有的社会主义国家都一致把高尔基奉为"伟大的无产阶级作家"、"革命的海燕"、"社会主义现实主义奠基人"。而在苏联解体后一段时间里,由于对斯大林的重新认识和评价,高尔基也被连带地拉下"圣坛",有人骂高尔基是"帮凶",是"坚定不移的斯大林分子","劳改队,集中营的歌手……"20世纪80年代中期,俄罗斯甚至撤销了用"高尔基"命名的城

高尔基(http:///www.dcedu.gov.cn)

市和大街名称(他的故乡高尔基市和莫斯科著名的高尔基大街都恢复了原来的旧名),《文学报》取消了刊头上他的侧面像,他的作品也被人从中学课本的大纲中删除。也有人称高尔基是被斯大林利用的牺牲品,最后被斯大林害死。今天看来,无论对高尔基的人为理想化,还是对高尔基的否定,都遮蔽了高尔基个性思想的复杂性,影响了对高尔基真实思想的了解。随着苏联国内对斯大林时期国家档案的解密,最近几年学界的研究,开始纠偏对高尔基神化或贬低的政治化倾向,注重更公允地研究作家的创作个性和思想特征。

高尔基(1868—1936)原名阿列克谢·马克西莫维奇·彼什可夫,马克西姆·高尔基是他的笔名,俄语含义是"最大限度的痛苦"的意思。高尔基童年是不幸的。4岁丧父后,母亲改嫁,高尔基便住在外祖父家。11岁时母亲去世,外祖父所开的染坊破产,家境逐渐穷困,自私、势利的外祖父很不满于外孙给自己增加的生活重担,于是高尔基便走向了"人间"。他当过学徒,在轮船上洗过碗碟,在码头上搬过货物,还干过铁路工人、面包工人、看门人、脚夫、锯木工、园丁……年满16岁之前,高尔基已先后从事过7种职业,幼小的他尝尽人间的酸甜苦辣,受尽有产阶级的虐待和压迫,同时他也看到了与自己地位相同的人蒙受的凌辱与歧视。这些经历是作家日后朴素的平民意识和人道主义思想形成的基础。

1884年,高尔基怀着上大学的渴望到了喀山,来到喀山才知道上大学对他来说只不过是一个梦想。他很快成了流浪大军中的一员。通过好友杰林

多维视域中的西方文学

科夫,高尔基接触了民粹派大学生们,在朝不保夕的困苦日子里,高尔基刻苦自学,从18世纪的作品到当代杂志,从法国启蒙思想家到现实主义小说家再到俄国古典文学,从民粹派的小册子到《资本论》,高尔基如饥似渴地汲取一切知识养分,掌握了欧洲古典文学、哲学、自然科学等方面的知识,为他的文学创作打下了坚实的基础。

高尔基的创作从19世纪90年代到20世纪30年代,长达40余年,经历了俄国资产阶级革命、十月革命、社会主义建设等重大历史变革。

高尔基的大部分创作素材都来源于自己对生活,尤其是底层生活的经验。早期创作带有强烈的浪漫主义色彩,这与童年时代外祖母的影响有关,外祖母曾经给儿时的高尔基讲过许多民间传说和故事。他的第一部短篇《马卡尔·楚德拉》(1892)以及童话诗《少女与死神》(1892)、散文诗《海燕之歌》(1901)、《鹰之歌》(1895)等都具有感情充沛、想象丰富的特点。19世纪90年代以后,其创作臻于成熟,著有长篇小说《福马·高尔杰耶夫》(1899)、剧本《小市民》(1901)等,揭示了资产阶级内部分化瓦解,必然走向灭亡的趋势。1906年问世的长篇小说《母亲》,被认为是无产阶级文学的奠基作。小说分为两部分,第一部分写巴维尔·弗拉索夫在革命理论和社会实践中不断成长的过程;第二部分写在儿子巴维尔及进步青年的影响下,母亲彼拉盖娅·尼诺夫娜的精神觉醒过程。小说以1905年工人运动为背景,集中叙述了"沼地戈比"事件、五一游行、车站散发传单等典型事件。这部小说的贡献在于,塑造了世界文学史上第一个无产阶级形象。

十月革命前夕(1907—1917),高尔基出版了揭示俄国小市民气息的中篇小说《奥古洛夫镇》(1910)和长篇小说《马特维·科热米亚金的一生》(1911)以及自传体三部曲的前两部《童年》(1914)和《在人间》(1916)。

十月革命后(1918—1936),高尔基有大半时间是在国外度过的(1921—1928),但这并没有影响到他的创作。这一时期的主要创作有:《我的大学》(1923)、回忆录《列宁》(1924—1930)、长篇小说《阿尔达莫诺夫家的事业》(1925)和《克里姆·萨姆金的一生》(1925—1936),此外还有大量的特写和政论集。

对高尔基的再评价主要涉及到高尔基十月革命后的思想状况(高尔基与

十月革命、高尔基与拉普、高尔基与社会主义现实主义、高尔基与俄国知识分子等一系列重大问题）以及他与列宁、斯大林这两位政治领导人的关系。高尔基和列宁因为都有一颗为民众利益而奋斗的决心走到一起，他们相互敬重，坦诚交往。当高尔基患肺病在国内久治不愈时，列宁力劝高尔基去国外疗养；高尔基在国外听到列宁去世的消息时痛哭流涕。但是在他们的交往过程中也常常因为双方政见不同而产生争执。高尔基和列宁的第一次公开冲突发生在 1908—1913 年间。面对列宁和前进派领导人波格丹诺夫的斗争，高尔基从谋求革命内部团结的善良愿望出发，站在波格丹诺夫一边劝说列宁放弃派别之争，被列宁批评为"前进派的中间分子"。高尔基和列宁的第二次冲突发生在 1917—1919 年。主要分歧表现在对知识分子和农民的认识方面，表现在对无产阶级革命进程以及采用何种手段夺取政权等问题上。高尔基认为无产阶级的武装暴动只能导致新的国内战争，而劳动人民，特别是农民还处于愚昧落后状态，工人阶级的先进分子人数很少，尚不能治理国家，他认为当务之急是发展文化教育事业，培养劳动人民的理性和素养。他以《不合时宜的思想，革命与文化札记》为标题，写了一系列文章，宣扬自己的观点。官方主流观点一致认为，这本书是高尔基错误思想的产物，是作家错误观点的集中表现。而实际上，《不合时宜的思想》中的立足点是积极的，高尔基怀着坦诚、热情和强烈的向善情怀，表现了对农民、士兵、工人和知识分子的看法，以及他对无产阶级革命和文化建设的思考，虽然高尔基提出的观点与列宁和布尔什维克党相左，但是他的观点是出于对完成了社会主义革命的人民的热爱，出于他对革命前途的担心和焦虑。他反对政府的红色恐怖政策，竭力为被捕的科学家、知识分子、学者说情，列宁此时力劝高尔基离开俄国的一个隐秘原因即是对高尔基的保护，体现了布尔什维克领袖列宁对高尔基的宽容态度。

　　高尔基与斯大林的关系始于 20 世纪 20 年代末期。当时斯大林提出了国家工业化和农业集体化的计划，但是遭到了党内反对派的抵制。考虑到高尔基在国际文坛的威望，斯大林出于个人的政治需要，精心策划并诱导高尔基回国的计划。1928 年侨居国外 6 年多的高尔基回国，苏联政府举行了盛大的欢迎活动。从表面看来，斯大林非常器重高尔基，给了高尔基很高的荣誉，亲自把高尔基的故乡改名为高尔基市，另一方面，斯大林又认为，高尔基是一个容易受情绪支配的人，所以只委任他为作协筹备会的名誉主席。高尔基一开始对斯大林实行的路线和政策是支持的。与前期反对暴力倾向的观点不同，高尔基后期不仅肯定在推翻资产阶级统治的斗争中使用暴力的必要性，而且认为无产阶级夺取政权后实行专政也是必要的。他认为这样做的目的除了镇压敌人的反抗和破坏外，还可以改造社会和改造人。在1934年和1935年发表的《无产阶级的人道主义》和《论文化》等文章中，高尔基阐述了他的无产阶级人道主义思想，这些观点非常接近斯大林的政治学说，因而受到斯大林的赞赏。同时高尔基也意识到斯大林出于政治目的对自己的利用，所以他拒绝为斯大林写传记，但最后高尔基被斯大林毒死一说还没有资料证实。

自传体小说三部曲是作家自己的亲身经历然而又不是一般的生平传记。在三部曲中，作家既写出了个体的命运与生活，又表现了一代人的成长过程。主人公阿辽沙·彼什可夫的形象，既是作家本人的真实写照，又是一个具有高度概括性的艺术典型。阿辽沙生活在19世纪70—80年代。这是俄国社会历史的重大转折时期。

彩色插图译本
(www.dzwh.gov.cn)

《童年》开篇便展现了主人公阿辽沙悲惨的童年。在幽暗而狭小的房间里，年仅4岁的阿辽沙和他的外祖母，正怀着无限悲痛的心情和他父亲的遗体告别，在这充满悲哀的气氛中，天真的阿辽沙希望外祖母快点领他到一个新的、幸福的环境去，外祖母虽然没有领他到理想的环境，但是外祖母阿库林娜·伊凡诺夫娜身上那种下层劳动妇女的慈善、关怀给了孤苦的阿辽沙许多心灵的慰藉。

外祖母阿库林娜既是一个小说形象，也是高尔基外祖母的写照。高尔基后来回忆说："我满肚子都是外祖母的诗歌，就像蜂房装满了蜂蜜一样，甚至在我思考问题时,也是正在用她的诗去思维。"外祖母不仅教给高尔基民间追求真理的精神的"根",更重要的是她具有丰富的内心世界和坚强的精神力量,这一切都影响着高尔基的一生。

《在人间》写的是阿辽沙于1878—1884年来到"人间"后的苦难历程。与"童年"时期相比,此时,阿辽沙的活动舞台,已从狭小的家庭圈子走向了社会,一方面,阿辽沙融入底层社会,加深了下层人民的认识;另一方面,阿辽沙开始接触各类书籍和知识,当然他的读书主要靠自学。对知识的渴求使他阅读了大量的书籍,加深了对社会的认识,也初步形成了激进的世界观和人生观。

《我的大学》写的是阿辽沙1884年夏末至1888年秋在喀山时期的活动和成长。阿辽沙上大学的理想未能实现,而独特的社会大学却教给了他在大学讲堂里学不到的东西。在这所"民间大学"里,阿辽沙除了接触到一部分工人外,接触更多的是城市知识分子、民粹派以及下乡组织合作社时期的乡村农民。小说描写了阿辽沙寻求革命真理的困难道路。从内容来看,《我的大学》主要是由两部分组成的:第一部分是描述阿辽沙在喀山的生活,第二部分是描述阿辽沙同罗马斯在红景村(原译为克拉斯诺维多沃村)所进行的革命宣传和组织工作。小说的结尾,阿辽沙开始踏上了漫游俄罗斯的旅程。

到喀山之前,阿辽沙对上大学充满着信心。到了喀山,才明白像他这样连饭都吃不饱的"流浪儿",要想进大学只是一个美丽的幻想。为了填饱肚皮,他不得不每天一清早就跑到外面找活干。不过,阿辽沙正是在这种恶劣的生存环境中锻炼出一种坚强不屈的性格;同时也从伏尔加河码头的装卸工人们身上和他们那种创造性的劳动中,看到了人类的智慧,汲取了巨大的精神力量。在与民粹派的接触中,阿辽沙受到了许多鼓舞和启示:"这些人民崇拜者的话,像清新的雨露在我的心上,还有描写乡村黑暗生活和描写农民苦难的那些极朴实的文学作品,也给了我很多启示。我觉得只有对人类最强烈的爱,才能激发出一种必要的力量来探索和领会生活的意义。从此以后我不再为自己着想,开始更多地去关心别人了。"这里既透露了主人公思想的成长,也是作者朴素的人道主义思想的流露。1888年阿辽沙跟随革命的民粹派罗马斯来到伏尔加河畔红景村,协助罗马斯在农民中间进行宣传组织活

动。这样,他进一步了解到俄国农民的苦难生活,再加上罗马斯的革命理想的影响,小说结尾,阿辽沙踏上了新的征程。

自传体三部曲的最大艺术特点是心理描写细腻且丰富。俄国文学有着悠久的心理描写的传统,从陀思妥耶夫斯基"残酷"挖掘人心善良之下的险恶到托尔斯泰的"心灵辩证法",文学前辈们那丰富微妙的心灵倾诉在自传体三部曲中都可以找到师承的因子。阿辽沙从《童年》中的社会观望者、局外人到《在人间》的思索者、苦恼者到《我的大学》中的参与者、奋斗者,人物视角的转换、嬗变,人物性格的衍生、发展,人物心理的成长、成熟,人物形象的丰满、完善……高尔基带着切身的体悟,捕捉并精确地传达出主人公心理发展的动态化的全过程,写出了一个鲜活的、超越了时代和民族的阿辽沙形象。

四、革命时代的母爱:《母亲》

高尔基不是神,也不是政治家,他是一个有忧患意识和人道主义情怀的文学家,他一生曲折坎坷,在独特的人生路途中,他走过弯路,但最终他还是一个"大写的人"。高尔基作为一个从 19 世纪到 20 世纪跨世纪的作家,他在俄国文学乃至世界文学史上的地位应该得到充分肯定,他对 20 世纪世界文学和中国文学的发展所产生的巨大而深远的影响也是不容低估的。我们纪念他,不需要人为地遮蔽,也无需过分地赞扬,而是带着崇敬和感激之情。

1906 年问世的长篇小说《母亲》,被认为是无产阶级文学的奠基作。

20 世纪初,俄国的革命斗争异常活跃,在作家故乡附近的工业区,不断有工人们的游行、示威,不断涌现出工人们感人的英勇事迹。《母亲》即取材于 1902 年索尔莫沃工业区工人五一游行事件,以当时一对母子的真实事件为蓝本,集中叙述了"沼地戈比"事件、五一游行、车站散发传单等典型事件,塑造了自觉为社会主义事业而奋斗的巴维尔及其在现实的教育下由逆来顺受转变为坚定的革命战士的母亲尼洛夫娜的形象。

小说分为两部分,第一部分写巴维尔·弗拉索夫在革命理论和社会实践

第六章 寻觅"诗意的栖居地"

中不断成长的过程。

小说是这样开头的:

彩色插图译本《母亲》
(www.bookschina.com.tw)

在工人们所居住的村镇上空,笼罩着一层灰蒙蒙的油烟。每天早晨,工厂的汽笛都颤抖着发出粗暴的吼叫。居住在这灰色小木屋里的工人们,只要一听到汽笛声就像受了惊吓的蟑螂一样,慌忙从家里跑出来。他们显然睡眠不足,疲劳的筋骨还没有得到恢复,于是就哭丧着脸一副无精打采的样子。天刚刚有一点亮色,周围寒气袭人。他们走在还没有铺修的街道上,朝着砖石构造的高大如鸟笼一样的厂房走过去。工厂正等候着他们,几十只油腻的眼睛流露出冷漠和自信。工厂的灯光照亮了泥泞的道路,烂泥在工人们脚下发出扑哧扑哧的响声。睡眼惺忪的工人们吵吵闹闹,不时地叫喊着,声音嘶哑,不堪入耳的叫骂声穿过白云。迎面传来机器嘈杂而沉闷的轰鸣并夹杂着蒸汽的嘶叫声。乌黑的烟囱像一些粗大的木桩一样耸立在工厂上空,远看过去显得阴森恐怖。①

这就是巴维尔和母亲的生活环境。巴维尔的父亲是工厂里熟练的钳工,每天辛苦劳作,所得工钱并不多。他经常喝闷酒,打老婆。后来,患疝气病死去。巴维尔像父亲一样,也当了厂里的钳工。开始,他走着父亲的老路,喝酒、跳舞、玩乐,回到家像父亲那样捏着拳头在桌子上敲着,呵斥母亲为他"拿饭"。对母亲的焦虑和责备都置若罔闻。不久,母亲发觉儿子变了,巴威尔开始拿书籍回家,暗暗在用功。当母亲问他在看什么书时,他回答说:"我在看禁书,因为这些书把生活真理告诉我们工人。"而且,他把书本

---

① 高尔基:《母亲》,张海军主编,内蒙古人民出版社 2002 年版,第1页。

上学来的道理试图说给母亲听。工厂经理要扣工人一戈比去填平沼地，引起工人不满。老工人西佐夫和巴威尔商量，准备发动一次罢工斗争。巴威尔向工人进行鼓动、宣传、号召。然后，他又被工人推举为向厂方交涉的代表。五一节到了，工人们要举行一次示威游行。巴威尔决定游行时由他扛旗，走在队伍前面。游行队伍与军警发生了冲突，巴威尔高举红旗在前面开道，他以坚定的声音，号召人们"永远向前进"！

小说的成功之处在于：一方面，高尔基继承了19世纪现实主义小说注重典型环境中典型性格塑造的传统；另一方面，又及时捕捉到了新时代的先声，并且用文学表达了出来。无产阶级革命不是一句空口号，无产阶级革命的潮流不是少数人参与的秘密事业；革命思想已经渗透人心，革命真理对年轻人的影响、革命斗争对年轻人的成长在高尔基笔下显得非常自然和真实，丝毫没有说教的意味。

第二部分写在儿子巴维尔及进步青年的影响下，母亲彼拉盖娅·尼诺夫娜的精神觉醒过程。母亲尼洛芙娜长得很高，稍稍有点驼背，她那被长时期劳动和丈夫殴打损坏了的身体，行动起来一点声响也没有，而且老是侧着身子走路。她是一个胆怯的，提心吊胆的妇女。她默默忍受着丈夫的打骂、迁就着儿子的呵斥，深受夫权压迫的尼诺夫娜认为，女人的日子就是这样过下去的。她靠祈祷上帝缓释心中的痛苦。后来，儿子常常带着些青年人来家里聚会，母亲因爱儿子，也爱和儿子在一起的年轻人。这些年轻人为人热诚，谈吐直率，他们在一起阅读，争论。母亲倾听他们的谈话，感到很有道理，渐渐地，母亲也参与到年轻人的行动中来了，母亲自愿到工厂散发传单。为越狱的青年作掩护，面对宪兵的搜查不惊奇、不惧怕，镇定自若。甚至在敌人刺刀下向群众演讲：

> 昨天审判了一批政治犯，里面有个叫符拉索夫的，是我的儿子！他在法庭上讲了话，这就是他演说的稿子！……请你们相信母亲的心，和她的白发，我们可以告诉你们：因为他们要向你们诸位传达真理，所以昨天被判了罪！……这种真理是任何人也驳不倒的！……人们辛勤劳动，得到的报酬是什么？是贫穷、饥饿和疾病。一切都和我们的愿望相

反，我们天天劳动，却过着猪狗不如的生活，受苦受骗，虚度一生。可我们的劳动养肥了别人，他们吃喝玩乐，把我们当成他们的走狗，逼得我们无知无识，什么也不知道，成天生活在恐惧中，胆小怕事，我们过着暗无天日的生活，……复活的灵魂，是杀不死的！①

世界文学中有众多的母亲形象，讴歌母亲伟大的主题不计其数，但像尼诺夫娜这样的还不多见。尼诺夫娜不仅是传统的贤妻良母，而且是革命时代的英雄。小说的独特之处在于不仅刻画了年轻人的革命激情和斗争精神，而且记录了母亲从目光短浅的家庭主妇慢慢觉醒和发展成革命者的过程，母亲性格的变化发展说明无产阶级革命精神的传播之广，说明革命真理的深入人心。

---

① 高尔基：《母亲》，张海军主编，内蒙古人民出版社2002年版，第317—319页。

第七章 人类自我救赎

一、"稳能赢钱的三张牌"：《黑桃皇后》

《黑桃皇后》是普希金可读性很强的中篇小说，被柴科夫斯基谱写成歌剧以后更是广为人知；普希金的魅力不仅在作品方面，他个人的经历同样富有传奇色彩。

1837年1月27日，俄罗斯的冬天显得格外寒气逼人，彼得堡郊外行人稀少，通往黑河对岸的小路上，两张雪橇后面跟着一辆四轮马车，普希金和丹特士正急急地奔向决斗地点。结果，不幸中弹的普希金，在经受了两天痛楚折磨后永远离开了人世。各界人士潮水般地涌来瞻仰诗人的遗容，广大教师、青年学生、军官、公务员甚至老人和儿童都把诗人之死看作对他们的沉重打击。人们称：俄罗斯诗歌的太阳陨落了，他用生命捍卫了自己的荣誉。今天，全世界的人仍然在纪念他。在普希金诞辰200周年的日子，俄罗斯总统叶利钦曾代表政府宣布：将普希金的诞辰日（公历6月6日）定为"普希金节"。因为无论是对俄罗斯文化，还是对于世界文学来讲，普希金都是一座纪念碑式的人物。

亚历山大·谢尔盖耶维奇·普希金，是19世纪俄罗斯最伟大的诗人，俄罗斯文学的鼻祖。他出身贵族家庭，从小受到良好的文学教养，大量阅读过拉伯雷，高乃依，拉辛，莫里哀，布瓦洛，伏尔泰，莎士比亚等人的作品，他也熟读俄国的罗蒙诺索夫，杰尔查文，卡拉姆辛，德米特里耶夫等人的著作。

普希金

1811—1818年普希金在彼得堡皇村学校学习时，受到当时爱国思潮和进步思想的影响，结交了一些未来的十二月党人（俄国的贵族革命家）为朋友。1817年皇村学校毕业后在外交部供职。在此期间写出了《自由颂》、《致恰达耶夫》等政治抒情诗，歌颂自由、进步，反对封建农奴制，抨击暴君专制，表现了开明贵族的理想，因此得罪了最大的权贵沙皇，1820年被流放到南方。在流放期间他创作了浪漫主义叙事诗《高加索俘虏》，《强盗兄弟》，《茨冈》，《致大海》，《致西伯利亚囚徒》，《鲁斯兰和柳德米拉》，《努林伯爵》等。1825年他创作了历史剧《鲍里斯·戈都诺夫》、爱情诗《致凯恩》，后者成为爱情诗中的经典。

我记得那神奇的一瞬：
在我的眼前出现了你，
犹如瞬息即逝的幻影，
又像纯洁美丽的天使。

当我遭受难遣忧愁的煎熬，
当我在喧嚣世事中忙乱不堪，
你温柔的话语在我耳边萦绕，
你可爱的面容在我梦中显现。

岁月流逝。一阵阵暴风骤雨

多维视域中的西方文学

  驱散了我从前的美好的梦。
  于是我忘记了你温柔的话语，
  忘记了你的天仙般的面容。

  囚禁于阴暗的穷乡僻壤，
  我默默地挨过漫长的年岁。
  没有灵感，没有崇拜的物件，
  没有生活，也没有爱情和眼泪。

  心灵复苏的时刻终于来临，
  我的眼前再次出现了你，
  犹如瞬息即逝的幻影，
  又像纯洁美丽的天使。

  于是心儿陶醉，跳得欢畅，
  一切都为它而重新苏醒，
  有了崇拜的物件，有了灵感，
  有了生活，也有了眼泪和爱情。①

  1831年普希金完成诗体长篇小说《叶甫盖尼·奥涅金》的创作，被别林斯基誉为"俄国生活的百科全书"。1831年2月与莫斯科第一美人冈察洛娃结婚，同年完成散文体小说《别尔金小说集》，1834年以后，他陆续完成了以彼得大帝为题材的长篇叙事诗《青铜骑士》、中篇小说《黑桃皇后》、童话诗《渔夫与金鱼的故事》、中篇小说《杜布罗夫斯基》以及反映普加乔夫大起义的小说《上尉的女儿》。1836年创办《现代人》杂志。1837年1月在决斗中被法国流亡者丹特士杀害，享年39岁。

---

① 普希金：《致凯恩》。飞白主编：《世界诗库》第5卷，花城出版社1994年版，第105—106页。

普希金不仅是一位伟大的诗人，而且也是伟大的小说家。

普希金的第一篇小说《彼得大帝的黑教子》以外祖父非洲黑人汉尼拔的故事为素材，小说塑造了一个雄才大略、勤劳睿智、以身作则、关爱下属的彼得大帝形象。普希金借历史讽喻现实，表达对沙俄政府的不满。在引人注目的《别尔金小说集》里，普希金广泛地描写了20年代俄国的社会图景和各色各样的人物，其中有贵族、外省地主、军官、小官吏和城市小手工业者等等。普希金对现实生活作了广泛的典型概括，真实地表现了各种人物的精神面貌。《暴风雪》和《打扮成乡下姑娘的小姐》如同色彩绚丽的农村风俗画。尽管格调有所不同，但两者都表现了19世纪初叶农村的风貌和地主庄园的生活；《射击》描绘的是军官生活。《棺材店老板》表现的是城市小手工业者的内心世界。《驿站长》是俄国文学中第一篇反映"小人物"命运的作品，主人公维林是19世纪俄国文学中第一个"穷人"和"被侮辱与被损害"的小人物形象。他整天忙忙碌碌，应付来往客人各种不合理的要求，得到的却是无穷无尽的呵斥、辱骂和最粗暴的对待；维林的女儿被旅客拐骗，这更不是绝无仅有的遭遇。普希金指出社会上对驿站长这样的小人物的不公正，对小人物给予了满腔同情，体现了普希金作品的民主性和人道主义精神。《罗斯拉甫列夫》是一篇爱国主义小说。普希金在小说中揭露了那些嘴上高喊爱国主义、实际上却准备逃往后方的上层贵族；塑造了一个有思想、有抱负，为反击侵略者不惜牺牲生命的真诚的爱国主义者波利娜的形象。《罗斯拉甫列夫》是俄国文学史中反映1812年战争的优秀作品之一，它可以和托尔斯泰的《战争与和平》相媲美；小说《基尔查里》记录了普希金对当时欧洲革命运动的关注。

普希金小说最重要的主题是农民起义，这和他进步的贵族革命思想是分不开的。《杜勃罗夫斯基》写的是农民不堪忍受大地主的压迫而放火烧死了沙皇官吏的故事，这是破产贵族领导的农民起义。直接反映农民起义的小说是《上尉的女儿》。在写这部小说之前，普希金做了大量准备工作，看了许多有关普加乔夫起义的档案材料，亲自到奥伦堡、喀山、别尔达等普加乔夫起义的地方去考察，访问参加或目睹普加乔夫起义的老人，收集有关的民谣。在普希金笔下，普加乔夫并不像沙皇政府所宣传的那样是个杀人不眨眼的魔王。他不是到处烧杀劫掠的强盗，而是一个富有人情味、知恩报恩、赏罚分明、作战勇敢、善于指挥、性格豪放的农民起义领袖。普希金表达了对农民起义的理解，他深刻地洞察到普加乔夫起义的历史原因和反农奴制的本质。普希金通过好几部小说专门从各方面论及农民的生活和起义，作为19世纪上半叶的贵族，普希金能有这样敏锐的观察力和对起义的公正认识，是极其难能可贵的。

《黑桃皇后》中译本
(images. dangdang.com)

《黑桃皇后》是普希金最优秀的小说之一。主人公格尔曼是19世纪二三十年代彼得堡的青年军官，"一个俄国化了的德国人的儿子"。他经常出入于赌场，但一般只是看着别人玩牌，因为他虽然希望发分外之财却不愿牺牲自己有限的和"必需的"钱。一次，他偶然从同伴那里听到关于一位老伯爵夫人的轶事，得知她掌握"稳能赢钱的三张牌"的秘密，便决心把这一秘密打听到手，为此他甚至准备去做这位年已八十七岁的老夫人的情夫。通过追求老夫人的纯情养女丽莎，他进入了伯爵夫人府邸，但在逼问秘诀时把老夫人吓死。不可思议的是，后来伯爵夫人的亡魂却把那三张牌告诉了睡梦中的格尔曼。凭着这一秘密，他在赌场两番得手，第三次却因抽错了牌而彻底输光，并且疯狂。

小说包含两个层次的内容：第一个层次写的是彼得堡上流社会的赌徒生活；第二个层次挖掘了那个时期俄国刚刚萌发的资本主义的社会特质。小说以格尔曼为个案，从格尔曼的投机冒险、精于心计表现出新型资产者不择手段、铤而走险、牟取利益的性格特征。小说还借人物之口评价格尔曼"侧面像拿破仑，正面像梅菲斯特"，进一步揭示格尔曼身上的投机、占有欲求。为了能赢牌，他不顾身份和年龄始而准备勾引老夫人，继而讨好老夫人的养女。小说揭示了格尔曼身上的两面性特征。一方面是他具有坚强的毅力；另一方面是爱慕虚荣，具有强烈的贪欲。所有这些都来源于对金钱的渴求。作者并没有把他写成一个十恶不赦的恶棍，而把他作为一个拜金主义者来表现。作者对他的态度是痛斥与讽刺而又带有少许的同情。小说中贵族老夫人是腐朽的化身：她古怪、任性、吝啬；丽莎原本是个纯情养女，在格尔曼的花言巧语欺骗下，改变了对世界和人生的认识，她愤怒谴责格尔曼"是个魔鬼"；第四章标题"一个丝毫没有道德标准和信仰的人"既是作家对格尔曼的评价，也是丽莎对格尔曼本质的揭露。小说的时代意义在于，它率先表现了沙俄封建统治内部所滋生的新型资本主义力量的各种形态。

小说情节奇异诡谲充满神秘色彩。伯爵夫人的亡魂告知格尔曼"稳能赢钱的三张牌"是三点、七点和爱司。格尔曼在赌桌上果真凭借三点、七点赢了庄家，可是当他把牌压在爱司上时，翻开的却不是爱司而是黑桃皇后（十二点）。格尔曼输了，但这只是物质上的"输"，更为诡谲的还在于他精神上的"输"，他在一刹那觉得黑桃皇后眯起眼睛对他冷笑了一下，于是他大叫一声："老太婆！"因为黑桃皇后这一表情动作酷似躺在灵柩中老夫人的表情，这一表情曾让格尔曼在老夫人葬礼上吓昏过去。那么究竟是格尔曼抽错了牌，还是老夫人的亡魂在暗中起作用呢？小说并未说明，从而给读者留下无尽的猜测和回味无穷的艺术魅力，这正是小说的叙事策略之所在，即叙事的省略。

普希金把叙事省略当成小说创作的一个重要手段。

其一，通过叙事省略造成情节曲折、故事神秘的艺术效果。

如在《打扮成乡下姑娘的小姐》中，中心内容是假扮成乡下姑娘的贵族小姐丽莎同一个庄园主的儿子阿莱克赛多次约会和恋爱的故事。但小说只叙述了两次约会，此后的多次约会被作者省略，读者只能凭自由的想象延续他们的恋爱过程。其中阿莱克赛随父拜访丽莎父亲，以及丽莎如何骗过阿莱克赛等前期情节铺垫也被省略，只是到了两家主人互见以后，读者方才明白原来丽莎装扮成一个丑丫头骗过了阿莱克赛。再比如，《暴风雪》中，小说开头就写玛丽娅夜里偷偷溜到邻村教堂和心爱的小伙符拉其米尔结婚，至于结婚细节、场景等只字未提。三年后，玛丽娅又爱上布尔明，但因为两人都曾结过婚以至于不敢再向对方求婚。小说临近结束时，通过两人之间的对话，读者才明白了他们的身世：原来，布尔明和符拉其米尔一样，在四年前的那个大风雪之夜都迷了路，布尔明先一步到达教堂，在昏暗中阴差阳错地和玛丽娅结了婚。因为叙事的省略，小说结尾才使故事真相大白，这样设置和布局致使小说产生一种无形的张力，激发读者的阅读兴趣。

其二，通过叙事省略，强化小说人物的悲惨处境。

在《驿站长》中小人物维林忠实于自己的工作，酷爱自己的女儿，虽然生活艰苦，却也其乐融融。然而女儿冬妮娅被人拐骗了，维林的生活发生了逆转。但是女儿是如何被骗走的，她的日子过得如何？她为什么一去就杳无音信？这些既是读者的疑惑，也是父亲维林的疑惑和难言之隐，小说通过维林背后的大量省略衬托维林的孤单、凄苦、思念。维林找到女儿后，发现女儿只是被丈夫明斯基当做玩偶和花瓶，自己没有任何自主权利，明斯基对岳父大人也很不恭敬。那么，冬妮娅的态度是什么？她愿不愿意跟父亲回去？今后打算是什么？小说又一次出现大量省略，以此进一步加深和强化维林内心深处的痛苦，它意味着维林永远失去了自己的女儿，失去了心灵上的依附，小说通过对女儿境况的省略加强对父亲境况的叙述，揭示小人物生活的无望和悲苦。

其三，用相关叙述补充叙事的省略，达到语言精练、内涵丰富的目的。

《驿站长》没有交代明斯基如何骗走了冬妮娅，但是驿站车夫却在议论这件事："虽然冬妮娅一路上都在哭，可是看起来她是心甘情愿的。"这一句简单的议论，不但使我们看到冬妮娅的幼稚单纯，也暗示了冬妮娅既舍不得年迈的慈父又不愿离开眼前这个风流倜傥的青年军官的矛盾心理，由此读者可以展开联想：明斯基在两天装病的时间里是如何使尽花言巧语骗取了冬妮娅的爱情！《上尉的女儿》创作主旨是普加乔夫起义。但是小说并不着重写普加乔夫如何组织暴动、如何迅速扩大队伍、如何攻下下湖要塞等等情节，读者只能通过普加乔夫在风雪中赶路和在旅馆里的暗语对话、白山要塞中士兵倒戈、要塞迅速陷落等的叙述，填补上面叙述留下的省略。果戈理对普希金语言的精练有过高度评价，所谓"一句话，可以代替整段描写"。

的确，普希金在俄罗斯语言文学上的贡献是无人能比的。他的创作奠定了近代俄罗斯文学的基础，宣告了它的黄金时代的到来，并哺育了一代又一代俄罗斯优秀作家，因此被称为"近代俄国文学之父"。果戈理说："他的作品，像一部辞典，包含了我们语言全部的丰富、力量和灵魂。"高尔基称他为"集前人之大成，囊括一切新奇和机智"的"一代诗宗"。

今天，俄国人对普希金的感情已远远超过热爱而达到了崇拜的程度。普希金的地位甚至超过了俄罗斯所有的经典艺术家和思想界的伟人。人们认为只有普希金才有资格被称为"俄罗斯的象征"和"俄罗斯的一切。"

对于俄罗斯文化来说，普希金是独一无二的。他的生活、死亡、创作是有机统一的"文化文本"，它们不可分割，也不能分开来理解。普希金不是生活的导师，也不是生活的仲裁。但他永远不会过时，就象爱、恨、春和秋永远不会过时一样。文学是人生活动的一个领域，这种认识与普希金一起进入俄罗斯的生活。普希金是把文学作为职业创作的奠基人。

我国早在1903年就译介了普希金《上尉的女儿》。1937年在普希金逝世100周年的纪念日之后，同时也是其诗歌中反专制、渴望自由的思想深深地吸引了中国的激进分子，普希金在中国的地位迅速上升，之后由于受中苏关系破裂和文化大革命的影响，普希金一度被冷落，20世纪80年代以后，对这位俄罗斯天才的热情重又燃烧起来。

二、"十全十美"的"白痴"

有人曾让米兰·昆德拉把《白痴》改编成剧本，但当他重读一遍这部作品后，给他最深的印象是费奥多尔·米哈依洛维奇·陀思妥耶夫斯基夸张的姿态、黑暗的深刻、富有侵略性的伤感的世界，而这一切都使他很不舒服。于是他拒绝了对《白痴》的改编。一向以拒绝误读著称的米兰·昆德拉曾经在他的《一个变奏的导言》（刊载于1985年1月6日的《纽约时报书评》）的文章里，明确说他不喜欢陀思妥耶夫斯基。不是其作品的美学价值，而是他小说中的"氛围"——那是一个一切都变成了情感的世界。情感在《白痴》里被拔高到了价值和真理的地位。他由此得出结论："人不能没有感情，但是当感情本身被视作价值、真理的标准，以及各种行为的正当理由时，它们就会变得令人恐惧。最高尚的民族情感随时可以为最恐怖的东西辩护，而心中充满抒情激情的人会以爱的神圣名义犯下种种暴行。"对一个崇尚理性的人来说，昆德拉就像他自己的小说篇目，或许是生命不能承受感情之重成了他惧怕陀思妥耶夫斯基的理由，可是《白痴》的魅力正是在于它表达了不可替代的俄罗斯人的感情。

陀思妥耶夫斯基
(blog.sina.com.cn)

陀思妥耶夫斯基一生创作丰富，几十万字甚至几百万字的长篇小说十几种，此外还有大量中短篇小说和政论特写、回忆录。他对俄国文学史以及世界文学史的贡献概括起来有两点：第一，同情被压迫的下层人民的苦难。第二，着力刻画人类灵魂深处的痛苦和矛盾，揭示内心世界中天使与魔鬼、伟大与卑劣、善与恶之间的搏斗，尤其是病态犯罪心理的思想纠葛。鲁迅曾说："他把小说中的男男女女，放在难忍的境遇里，来试炼他们，不但剥去了表面的洁白，拷问出藏在底下的罪恶，而且还要拷问出藏在罪恶之下的真正洁白来。"因此被誉为"残酷的天才"。

其实人类很早就认识到自身的复杂性，而俄狄浦斯破译了斯芬克斯之迷以后，人对自身的认识便成了文学中永恒的母题。对人性世界的理解，对心灵奥秘的探索，吸引了一代又一代不倦的文学家，在这一方面，陀思妥耶夫斯基当为最杰出的先驱和大师之一。

陀思妥耶夫斯基的人生同样是丰富的，他的经历和文学上的贡献有着惊人的相似：一生饱尝了人间各种苦难；贫穷、疾病、坐牢、流放、苦役、甚至濒临死亡的惊恐。他和他的作品主人公一样，是个"全身心都在斗争着"的人，从革命精神到中立态度到基督精神，是"在善与恶于内心炽热的斗争过程中死去的人"。

1821年11月11日，陀思妥耶夫斯基出生在莫斯科近郊一所平民医院里。父亲米哈依尔·安德烈耶维奇毕业于皇家医学院，曾是俄法战争时期的军医，退伍后来到这所医院当医生，当时没有任何积蓄，属于平民阶层。他有8个孩子,陀思妥耶夫斯基排行第二。贫苦的生活,卑贱的地位,对孩子们前途的牵挂以及对贵族生活和特权的向往,使得父亲一心想挤进上流社会,他终于在1828年把全家注册为莫斯科贵族。1831年在图拉省购置了自己的庄园。陀思妥耶夫斯基在这里目睹了农奴的辛苦,为日后的创作奠定了基调。1838年,陀思妥耶夫斯基被送到军事工程学校学习,与那些夸夸其谈、挥金如土的富家子弟相比,陀思妥耶夫斯基显示了与众不同的性格:拘谨、离群、孤僻、喜欢沉思、独来独往;在学习上,专业知识一般,酷爱文学,阅读了大量名著,尤其是普希金和果戈里的作品。1839年,陀思妥耶夫斯基的父亲因傲慢和粗暴在自己的庄园被农奴活活打死。这给陀思妥耶夫斯基精神上打击很大,从此他染下了癫痫症,同时家境也随之衰落了。1843年军校毕业后,为了赚钱,他一边工作,一边翻译外国小说。1844年,他辞去了工作,专门从事创作。

1845年,他完成了处女作中篇书信体小说《穷人》。小说继承了俄国文学史上普希金和果戈里描写"小人物"的传统,刻画了处于社会底层的穷苦人的悲惨生活,从他们身上发掘出人性的尊严,从灵魂深处为他们发出绝叫。这篇小说已初步显示了作家的创作天才,同时也为后来创作奠定了基调。主人公马卡尔·阿列克谢维奇·杰弗施金是彼得堡的一个小抄写员,生活安分、处世谨慎。他深爱着一个身世不幸、几乎堕落风尘的姑娘瓦莲卡。因为都是社会底层的小人物,他们同病相怜,但却难以改变自身的命运。杰弗施金的性格是极为矛盾的:他竭尽全力要使瓦莲卡得到幸福,又怕人言可畏,他自奉节俭,但为了维持体面,也和别人一样喝茶、穿外套和皮靴。他深感生活不公,但既不能改变自己,又无力抗争。他秉性软弱,稍受打击,就失去自信。陀思妥耶夫斯基详尽细致地描写了一个人的屈辱心理。正像别林斯基所说,他甚至不敢承认自己是个不幸的人。在对瓦莲卡的爱情里杰弗施金找到了他的人生价值。他不再感到自己仅仅是一块可怜的破布,是一个没有任何用处、不被全世界任何人所需要的不折不扣的渺小人物。他第一次觉得被一个人所需要,在一个人的实际生活里,成为不可缺少的因素。他在自己身上发现了价值连城的宝物:爱情的能力——真正无私忘我的爱情能力。在杰弗施金眼里,爱瓦莲卡不是为了自己,而是为了她。于是他自觉地认识到自己是个人，在心灵和思想上是一个人，这是杰弗施金以前的"小人物"思想所不具备的。他有一颗善于容纳的心，他把在周围看到的一切人类苦难容纳在自己的灵魂里。陀思妥耶夫斯基通过这个人物告诉我们，在最浅薄的人类天性中蕴藏着多少美好的、高尚的和神圣的东西。小说采用书信体形式，在信里主人公杰弗施金在吐露内心的同时，也述说了他周围的"穷人们"，如大学生伯克劳斯基、小公务员高尔希科夫一家的痛苦生活，通过女主人公的身世还刻画了地主贝可夫、老鸨非脱罗芙娜等代表社会罪恶的一方。小说的结尾是悲剧性的，为了不连累杰弗施金，瓦莲卡最后还是答应嫁给地主贝可夫——一个曾经毁灭她青春的恶棍，杰弗施金只能面对冷冰冰的荒漠的世界发出绝叫。

1846年，陀思妥耶夫斯基发表了中篇小说《双重人格》。写一个彼得堡小公务员高略德金的内心世界。主人公性格怯懦，胆小怕事。他总感到整个现实对他怀着敌意，大家轻蔑地谈论他，陷害他，对他放冷箭，企图剥夺他所占有的非常低的地位，甚至还要剥夺他的生命。整个世界都在对抗他，对抗渺小的高略德金。于是他羡慕那些用阴谋权势得势的灵巧的人们。他想出人头地——不是由于虚荣心，而是由于对生活的畏惧以及与这畏惧有关的想得到某种独立、得到某种巩固的生存地位的愿望。他产生了一种梦想，也要成为一个同样的成功者，正向所有那些非常善于安排自己事务的、胸有成竹的、随机应变的、厚颜无耻的、没有良心的、薄情残忍的、阴险狡猾的先生们一样。然后在自己的想象里，他看到自己也是同样一个刁滑乖巧的人，善于适时的溜开，哈腰鞠躬，对必要的人说必要的话，面面周到。他在孤独的梦想中，开始过二重的生活，在自己的意识里产生了分裂，他的幻想给他创造了"孪生兄弟"，他看见自己成了双重的人：小高略德金乖巧伶俐又恬不知耻，他向茫然不知所措的老高略德金侃侃而谈自己的丰功伟绩；老高略德金思量着："我为什么不能也这样做呢"？做一个为所欲为的人还是做一个任人所为的人？这是陀思妥耶夫斯基通过双重人格身份第一次在小说中表达的主题，也显示了作家擅长揭示人物精神状态尤其是病态心理和性格分裂的艺术才能。当时批评家指出：每一个懂得艺术秘密的人，一眼就可以看出，《双重人格》比《穷人》有着更多的创作才能和思想深度。1847年发表的

《女房东》是这一艺术主题的延续。三部小说初步奠定了作家的创作风格。

1848年作家发表了富于浓重传奇和浪漫色彩的《白夜》。它以回忆录的形式,描写了发生在小人物之间的短促而绵长的一段缠绵悱恻的感情体验。男主人公是一个被遗忘在城市里的"幻想家",委琐内向,不善言辞。在彼得堡住了八年,还没有结交下一个熟人,他经常做的事情就是在人群之外观察别人发生的事情,一旦别人试图接近,他便不自觉地关闭了心灵的大门。他的乐趣是沉醉在幻想世界中,他每时每刻都在按新的奇想为自己创造生活,他是想象国度的主宰者,是绘制自己生活的画家。他曾自我定义:"幻想家并不是人,而是某种中性的生物。幻想家多半住在无路可入的角落里,好像躲在里边连日光也不愿见,只要钻进自己的角落,便会像蜗牛那样缩在里边。"他在河边邂逅并搭救了17岁姑娘娜斯简卡,相互一见倾心,这是让他走出自我封闭、从枯竭的幻想来到丰富的现实世界的极其可贵的机遇,凭借它就有可能开始脚踏实地的人生,幻想家和娜斯简卡一道度过的白夜,使他首次从阴暗的蛰伏中走了出来,在他一生中可谓空前绝后。然而短短的四个白夜之后他们便闪电般结束,幻想家无怨无悔。

在俄罗斯作家普遍关注社会现实的40年代,陀思妥耶夫斯基已经开始注意对"人"的关注,对人性的探索。他小说中的主人公从"穷人"、"被侮辱与被损害的"、"双重人格"到"幻想家",关注了一系列处于社会下层的弱势群体渴望由边缘走向中心而不得的痛苦以至变态心理。在幻想家身上,已依稀可见作家后来创作的《地下室手记》里"地下人"的身影。

作家致力于人物内心感受的开掘,直接影响了20世纪现代派文学的创作。在小说形式上,陀思妥耶夫斯基也开始尝试突破传统的由作家精心编排的独白小说,他不以自己单一的思维、情感、观念去代替主人公,他让笔下的人物真正保持他们的独立性与具体性,让他们发出自己富于特征的声音,构成多声部的复调。

《白痴》中译本
(www.21wuxia.com)

写于1867—1868年的《白痴》从一开始便显

示了这样的特征。小说在人生道路的一个"十字路口"拉开序幕:一文不名的穷小子梅什金公爵、富商之子罗戈任以及万事通似的官员列别杰夫,他们在一列火车的三等车厢上不期而遇,从此便开始了他们"全部过去"和今后的曲折生活。正是他们的对话分别道出了梅什金、罗戈任与纳斯塔西娅的过去与现在。从异国归来的梅什金是"正面的、美好的"形象的代言人,他的谈话中所袒露的是孩子般的纯洁与坦率,而他的现状又是一贫如洗,是一个"孩子气"十足到不愁自己在陌生的彼得堡如何生存的人,是一个全部家当"都在这小包里"的主儿,他对自己在瑞士生活的自述,正是他单纯善良天性的背景。罗戈任是个继承百万遗产的巨富之子,他与公爵的对话不仅展示出他那些"不登大雅之堂"的性格的一面,而且也展示出非他莫属的豪爽的天性和被商人阶层粗野的风俗所扭曲的全部性格。梅什金、罗戈任的交谈,以及万事通似的列别杰夫的插话,又道出了纳斯塔西娅的性格与生活背景,以及这位绝色佳人对罗戈任所产生的魔力。于是在相互平等对话的复调声中,小说建构了梅什金、罗戈任、纳斯塔西娅三者之间的情感关系:梅什金与罗戈任从朋友到情敌,纳斯塔西娅对公爵的精神上之恋以及与罗戈任的肉欲之爱交织于三角关系之中发展至终;这种三角关系又引出梅什金与叶潘钦将军、将军的女儿阿格拉娅的情爱关系,引出纳斯塔西娅与阿格拉娅的情敌关系、与托茨基的侮辱亵渎的关系……陀思妥耶夫斯基超越传统,用各种人物富有个性的声音,调和出一部充满情感纠葛、复杂矛盾的复调小说。

被称为"白痴"的梅什金公爵出生于古老的贵族之家,但他已是家族中的末代公爵,患有癫痫病,类似于白痴,从小就被父亲的好友送到瑞士去接受治疗。他长期生活在瑞士阿尔卑斯山下的农村里,不谙人情世故,一味信任别人,对别人加诸于他的侮辱,也仍然是忍让和逆来顺受。即使是普通的仆人,他也能一视同仁,真诚地和他们交往;对杀害美的化身——纳斯塔西娅的凶手罗戈任他也一样充满了同情。梅什金全心全意对待每个人,不在乎上当受骗,受讥讽,力图用自己的爱心去拯救他们的灵魂。爱、同情、宽恕是他对人类的唯一态度,也是他维护美,使美得到重生的惟一手段。为此,他抗争西欧传来的虚无主义、无神论、天主教。"白痴"的绰号既指明他身体的疾病,也暗指他对这个世界付出的珍贵感情。

在对这个被恶充斥的社会里，俄罗斯圣徒般的"白痴"无疑是陀思妥耶夫斯基的理想，作家把他作为"绝对美好的人"、作为基督式的"十全十美"的人进行描写，虽然这种描写不无乌托邦色彩，但是它是一个处于苦难和黑暗中的作家心中的明灯。如果我们借用下面这段话来理解陀思妥耶夫斯基的《白痴》，或许可以更清楚地认识到作家的用意所在："他为我们讲述了一则绝望的故事，然而，在这绝望中，我们又分明感觉到了某种希望——陀思妥耶夫斯基把福音书说的盐撒进了这个世界，如果没有盐，一切都会淡而无味；他激发了美，如果没有美，在这大地上就无所作为。"① 作者在展示现实生活广阔画面的同时，还提出和探讨了人和人生哲学的其他问题（如人生的意义，面包与自由，理智与感情等），以及伦理道德问题（善与恶，同情、怜悯与爱人等）、政治问题问题等。即便这些问题至今也没有得到解答，但他的问题仍然是永恒的、至今犹激动人心。

三、道德自我完善的范本：《战争与和平》

列夫·托尔斯泰（1828～1910）是19世纪俄国最杰出的现实主义作家，他以《战争与和平》《安娜·卡列尼娜》《复活》三大代表作跻身世界伟大的小说家之列。

1828年9月9日（俄历8月28日），托尔斯泰出生于莫斯科以南图拉省附近的雅斯纳雅·波良纳庄园。2岁时母亲去世，9岁时父亲去世，他有三位哥哥都时运不济，生活放浪。托尔斯泰在远房姑母的监护下长大。生活环境培养了他坚强

托尔斯泰（big5.ce.cn）

的意志力和沉思默想的个性。出于未来工作的需要，托尔斯泰16岁时考入喀山大学东方语文系，后又转入法律系。然而，他对文学与道德哲学更感兴

---

① 汪剑钊：《美将拯救世界》，《外国文学评论》2002年第2期。

趣。由于对学校教育的不满，19岁时他自动退学回到雅斯纳雅·波良纳。这个母亲陪嫁的庄园，后来被托尔斯泰继承，作家除了短暂的外出旅行，一生的大部分时间都是在自己的庄园里度过的。在这里，他自修文学，阅读笛卡尔、卢梭的著作，他发现自己有许多和卢梭精神相似的地方，他发现推动社会进步的动力是最高的善，在他看来，"人类的进步，社会的法则，不在于什么外在的变革，而在于人的自我完善，在于上帝永驻自己的心中，只要人人完善自我，那么社会的一切邪恶将不复存在"。在进行专业写作之前，托尔斯泰也像卢梭一样，尝试过很多工作——外交、法律、农业、服兵役、教育改革等等。卢梭的思想对托尔斯泰世界观的形成产生了很大影响。

1851年，22岁的托尔斯泰追随哥哥到高加索服军役，在高加索的6年生活中，他曾在克里米亚参加保卫塞瓦斯托波尔的战争，因为坚强的意志力和英勇的作战精神，被提升为准尉。在军务之余，他大量阅读文学作品和历史著作，并开始文学创作，在《现代人》杂志上发表了《童年》、《少年》和《塞瓦斯托波尔故事》等小说。这段军旅生涯为后来写《战争与和平》积累了生活经验。1856年退伍回到庄园从事农事改革，以失败告终。

1863年，他的中篇小说《哥萨克》发表。主人公奥列宁是一个自传性的精神探索者形象，作者通过他表达了自己对俄国社会问题和贵族出路问题的苦苦探索。初露托尔斯泰史诗性的风格，为创作《战争与和平》作了铺垫。这段时期，他潜心研究历史和从事文学创作，企图在历史和道德的研究中找到解决俄国社会问题的答案。《战争与和平》（1863—1869）和《安娜·卡列尼娜》（1873—1877）记录了这段时期作家思想上的矛盾。

19世纪70年代末80年代初，在剧烈的社会变革的冲击下，托尔斯泰的内心矛盾更趋尖锐。为了找到民族出路和答案，他广泛接触、考察现实生活，阅读了大量有关社会、哲学、道德和宗教方面的书籍，这是他一生最艰苦的精神探索阶段。经过紧张激烈的思想斗争，他的世界观发生了根本性的转变，彻底地与贵族阶级决裂，站到宗法制农民的立场上。他的建立在宗教道德基础上的为上帝、为灵魂而活着，爱一切人，"勿以暴力抗恶"，通过"道德自我完善"摆脱罪恶，使人类达到"最后的幸福"的"托尔斯泰主义"思想，此时发展到了顶峰。他思想转变过程中的许多观点，在《忏悔录》

(1879~1880)、《我的信仰是什么?》(1882~1884)、《那么我们应该怎么办?》(1886)等论文中得到了阐述。

19世纪80、90年代,托尔斯泰进入晚年创作阶段,创作了许多小说、戏剧、民间故事、传说、寓言、政论和艺术论文等。这一时期的创作一方面表达和宣扬了作者世界观转变后的思想观点,另一方面对社会的种种罪恶作了尖锐批判。长篇小说《复活》(1889~1899)是晚年的代表作。

托尔斯泰晚年致力于"平民化"工作,生活简朴,希望放弃私有财产和贵族特权。他的想法遭到家庭的反对,托尔斯泰于1910年离家出走,途中得了肺炎,于11月20日病逝于阿斯塔波火车站,终年82岁。

长篇历史小说《战争与和平》是作家创作中的鸿篇巨制,也是作家艺术成就的集中体现,这些艺术成就在俄罗斯文学艺术独创性方面具有开创之功。

首先,在表现人物行动方面,形成以事件为中心的圆形结构。

《战争与和平》以战争与和平两大事件为圆心,向四周辐射了包尔康斯基、别索号夫、罗斯托夫、库拉金四个贵族家庭及其众多的人物关系,构成史诗性的重心向四周扩散的圆形结构。小说以事件串联人物,推动多条情节线索交叉发展。以俄法战争为背景,着重通过对安德烈·包尔康斯基、彼埃尔·别祖霍夫和娜塔莎·罗斯托娃这三个中

电影《战争与和平》剧照(www.sungangedu.net)

心人物的描写,回答贵族的命运与前途的问题。小说从表现俄罗斯民族同拿破仑侵略者、俄国社会制度同人民意愿间的矛盾着手,肯定了俄国人民在战争中的伟大历史作用。他努力写人民的历史,把卫国战争写成是正义之战,高度赞扬了人民群众高涨的爱国热情和乐观主义精神。

其次,在描写人物心理方面运用独创的"心灵辩证法"。

心理描写是一种基本的、古老的艺术表现手法,古希腊时期的戏剧家欧

里庇德斯在刻画女性性格时就已经注意到女性心理描写对人物形象塑造的作用，到了19世纪，司汤达、屠格涅夫、陀思妥耶夫斯基等作家更是把心理描写作为一种很常见的刻画人物的手段。与古人、与同时代人不同的是，托尔斯泰并不单纯地描写人物心理，而是通过描写心理变化过程展示人物的思想性格的演变；他最感兴趣的是人物的心理变化过程本身，是这种过程的形态和规律；他能描述出一些情感和心理，展示心理流动形态的多样性和内在联系。车尔尼雪夫斯基把托尔斯泰的这种独创概括为"心灵辩证法"。

《战争与和平》中的安德烈濒临死亡时的心理活动就是通过"心灵辩证法"表现的：安德烈梦见许多人在身边进行无谓的谈话，渐渐地，这些人物全部开始消逝。他起身朝房门走去，他觉得一切都有赖于他是否来得及紧闭房门。但他的脚无法迈动，于是，他知道来不及关门，但仍然徒劳地鼓足全身力量。他陷入痛苦的恐怖之中。这恐怖是死亡的恐怖："它"就站在门外，但就在他无力地、笨拙地、朝房门爬去的时候，这一可怕之物已从另一边压过来，冲破了房门，某种非人之物——死亡——破门而入，于是，安德烈公爵死去。但，就在死去的一刹那，安德烈公爵想起他是睡着的，同时，在死的那一瞬间，他一努力，于是又醒了："是的，这就是死。我死了——我醒了。是的，死——便是觉醒。"突然间，他的心里亮了起来，他感到好像挣脱了以前捆住他的力量，感到了再没有离开过他的那奇怪的轻松。这是作者对安德烈内心世界变化过程的描写，而且是安德烈正在走向死亡之前的心理过程，这种"心灵辩证法"的运用，展示了作者非凡的想象力，作者借此很好地展示了安德烈对道德的体悟、安德烈找到精神归宿以后所获得的来自灵魂的升华。

小说中的娜塔莎·罗斯托娃是一个突出的女性形象。她是作者竭力讴歌的对象。婚前的娜塔莎是一个天真烂漫、活泼可爱的少女，她的嗓音、微笑、目光中都充满着情意。无论她在哪里出现，人们都会立即听到她的欢声笑语。安德烈·包尔康斯基由神情忧愁沮丧、闭门谢客两年而变得精神焕发，很大程度上是受了娜塔莎的感染。她是爱的化身——爱父母，爱兄弟姐妹，她也爱为国家负伤的军人；她和下人、使女相处没有伯爵小姐的架子。尤其在关键时刻，她的表现非常出色：她勇敢地纠正母亲的错误；匀出车队中几辆大车运送伤员到安全的乡下去；宁肯放弃自家的财产；对负伤后的安德烈悉心护理，无微不至地照顾和爱使得安得烈在生命的最后时刻享受到幸福的感情……小说的尾声中，娜塔莎嫁给了彼埃尔。结婚7年间生育了四个孩子。她不讲究唱歌，不注意梳妆打扮，不斟酌词句，主要是因为她根本没有时间去那么做。娜塔莎所专心致志的，就是她的家庭，也就是她的丈夫。西蒙·波伏娃评述道："托尔斯泰非常欣赏娜塔莎对彼埃尔的盲目的信仰。"小说通过人物心理过程的变化呈现了娜塔莎婚前、婚后截然不同的性格，通过这种前后性格的反差，托尔斯泰把娜塔莎塑造成心目中理想的女性。表明了作家那"妇女的解放，不在学校里，而在卧室"的大男子主义立场。

在《战争与和平》以后的创作中，这种艺术手法运用的更为成熟。《安娜·卡列尼娜》是"心灵辩证法"运用得最充分的小说。安娜的心理过程在小说中表现为情感与心理矛盾的多重性和复杂性。她一方面厌恶丈夫，另一方面又时有内疚与负罪感产生；一方面憎恨伪善的上流社会，另一方面又依恋这种生活环境；一方面不顾一切地追求爱情，另一方面又感到恐惧不安。作者把她内心的爱与恨、希望与绝望、欢乐与痛苦、信任与猜疑、坚定与软弱等矛盾而复杂的情感与心理嬗变非常详细地描摹出来，从而使这一形象具有无穷的艺术感染力。这种方法不仅运用在人物整体塑造上，而且体现在很多场景或细节上。小说第一部第十八章中写到安娜与渥伦斯基在火车车厢邂逅，两人不约而同地回过头来看对方。接着，作者从渥伦斯基的视角描写了安娜。这段描写中，作者重点抓住了安娜的脸部表情和眼神，发掘出女主人公潜在的心灵世界。这种方法不仅运用在对女主人公形象刻画上，对其他人物如列文、吉蒂的塑造，也是通过记录心理过程变化来实现的。

第三，在描写人物精神方面，运用"托尔斯泰主义"，塑造一系列"道德自我完善"的典型。

托尔斯泰认为人身上存在着灵魂与肉体的矛盾，他把物质的、肉体的欲望同利己主义联系起来，主张人应该让灵魂主宰肉体从而走向道德自我完善。他认为私有财产是诱发人的私欲、滋生人类恶的外在根据，主张彻底废除私有制。他通过文学创作对现存制度和现实生活中一切虚伪、荒谬与不人道、不道德的东西进行了无情的、毁灭性的揭露和批判。但他反对一切形式的社会斗争，主张"勿以暴力抗恶"，借助宗教求得仁爱、宽恕、"自我完善"，以此达到改造社会的目的。

在《战争与和平》、《安娜·卡列尼娜》和《复活》中，在安德烈、彼埃尔、列文以及聂赫留朵夫等主人公的身上，托尔斯泰的以仁爱、宽恕、道德自我完善为主要内容的宗教思想有了更明确的体现。

《战争与和平》中的安德烈原本是个矜持、傲慢、荣誉感很强的青年贵族，和年轻貌美的娜塔莎订了婚。可是在他出国期间，纨绔子弟阿纳托利·库拉金勾引了娜塔莎。回国以后，安德烈一心想找阿纳托利复仇，但1812年卫国战争的爆发打断了他的复仇行动。在波罗金诺战场的包扎所里，受了重伤的安德烈看到刚被锯断腿的阿纳托利，一种怜悯和爱的情绪充满了他的心："同情，对于兄弟们的爱，对于爱我们的人的爱，对于恨我们的人的爱，对于仇人的爱，是的，上帝在世界上所宣传的，玛丽亚公爵小姐所教我的，我没有了解的那种爱……"安德烈完全宽恕了阿纳托利，并且，他感到因宽恕而带来的无限幸福。在战争中，安德烈见到和亲身经历了许多苦难，他变了，他理解了只有爱和宽恕才能给人带来幸福。安德烈在临死前的那段时间里，就一直处在爱和宽恕的心境之中。当他重新见到娜塔莎，他不仅宽恕了她，而且觉得比从前更爱她了。安德烈弥留时的一段思想集中地反映了托尔斯泰的"爱的宗教"："一切，我所了解的一切，我了解，只是因为我爱。一切现有的，一切存在的，都只是因为我爱。一切都只是由爱结合起来的。爱是上帝……"在主张顺从和博爱的农民卡达拉耶夫的精神启发下，彼埃尔虔信上帝，宣扬"爱"和"互助"，最终找到了人生的真谛，通过道德完善以改造社会。

其实，从早期创作的自传体三部曲、《哥萨克》等开始，作家已经把精神探索作为主人公思想性格的主导方面；《安娜·卡列尼娜》中的列文形象继续了作家对这一问题的思考，列文始终被这样的问题困惑着：人为什么而活？如何才能当一个好地主？列文的精神探索在小说结尾处有了答案：为上帝而活，为最高的善而活。《复活》是托尔斯泰世界观转变后创作最重要的作品，也是"道德自我完善"的思想体现得最完整的作品。在这部小说中，托尔斯泰把人的精神复活看作社会根本转变的起点，男女主人公精神复活的过程成了小说的主要内容。

男主人公聂赫留朵夫思想和性格的发展先后历经三个阶段。首先是善良、真诚、追求理想的阶段。此时，他对卡秋莎怀有纯洁的爱情。然后，他坠入声色犬马、虚伪应酬的贵族生活中，这是"动物的人"压倒"精神的人"的阶段。纯情的卡秋莎早已被他忘在了九霄云外；最后是从忏悔走向复活的阶段。在法庭上，聂赫留朵夫认出了妓女玛丝洛娃就是曾经的卡秋莎后，他的心灵受到了强烈的震撼，当年清纯的少女怎么变成了眼前寡廉鲜耻的妓女？这些年，卡秋莎经受了怎样的人生磨难？谁是推手？聂赫留朵夫不停地拷问自己。他决心悔过自新，为玛丝洛娃四处奔走，真心诚意地想娶玛丝洛娃为妻，最后，他在上帝那里找到了灵魂的归宿。这时，"精神的人"战胜了"动物的人"，聂赫留朵夫走向了灵魂的"复活"。聂赫留朵夫由忏悔走向复活的过程，就是人性由失落到复归的过程，也即改恶从善，善战胜恶，道德自我完善的过程。相应地，女主人公卡秋莎从一个怀着美好感情的天真少女，到恬不知耻的妓女玛丝洛娃，她的心灵和思想都经受了重创，她不再相信美好和善良；后来，她在聂赫留朵夫的行为中重新看到了人身上的善，并原谅和宽恕了他，为了不影响聂赫留朵夫的前途，玛丝洛娃拒绝了他的求婚。作者认为，这种富于自我牺牲的爱是人类感情的最高形式。在去西伯利亚的路上，受到革命者精神的感染，玛丝洛娃又产生了对新生活的热望，她的精神最终彻底复活了。

托尔斯泰通过男女主人公"复活"的描写，强调了"道德自我完善"在改造人与社会中的重要作用。托尔斯泰所制定的这种拯救人类的宗教道德药方是其"托尔斯泰主义"的核心内容，它根植于基督教，又在很大程度上改造了基督教教义。他以爱的力量消解了基督教的罪恶和苦难的绝望感，以宽恕和爱代替了基督教神秘莫测的宗教感情，以对现实人生的关注和执著改变了基督教否定现世的精神取向。但另一方面，在俄国民主主义革命日益高涨、人民日益觉醒的时代，托尔斯泰"勿以暴力抗恶"的"托尔斯泰主义"思想又显得荒唐可笑。

四、布尔加科夫的空间:《大师与马格丽特》

米哈伊尔·布尔加科夫是 20 世纪颇受争议的俄国作家。虽然生前创作颇丰,然而公开出版的却很寥寥。他短暂的一生历经多次政权更迭,遭遇坎坷,命运多舛。

布尔加科夫于 1891 年出生于神学教授家庭,1940 年死于家族遗传的肾病。布尔加科夫从小就熟读了果戈理等俄罗斯文学经典,受过良好的教育。1916 年,他从基辅大学医疗系毕业后作为红十字志愿者奔赴西南前线,1918 年回基辅开业行医,后被邓尼金分子裹胁到北高加索,参加了白军。1920 年布尔加科夫弃医从文,1923 年至 1928 年间,先后发表短篇小说《魔障》、《不祥的鸡蛋》和《狗心》,长篇小说《白卫军》,剧本《佐伊卡的住宅》、《紫红色的岛屿》等,揭露并讽刺不良社会现象,显示了作家幽默和辛辣的文风。

布尔加科夫
(http://www.artx.cn/artx/huihua/22434.html)

但是,在 20 世纪 20、30 年代,正值苏联政治思想斗争异常激烈的时期,主流文学创作以歌颂社会主义革命和社会主义建设为主题,任何写作思想和艺术方法上的创新都会和政治问题挂上钩,讽刺现实的文学会被指责成"给苏维埃社会抹黑"。《白卫军》以编年史的形式讲述了一个白军军官的家庭,这个家庭的成员们都加入了白军,但他们最后不是死去,就是改变初衷。很多人谴责这部小说"为白卫军辩护"、"仇视革命",小说还没有连载完就遭到查禁,直到 1966 年才第一次以删节本的形式在苏联公开出版。但根据这部小说改编的话剧《图尔宾一家的命运》(1926 年)曾获得斯大林的好评,称该剧"显示了布尔什维克无坚不摧的力量"。《不祥的鸡蛋》是一部科幻小说。叙述佩西科夫教授发现了一种可以加快生物成长的红色射线并由此铸成大祸的故事。当时,莫斯科正流行鸡瘟,鸡濒临灭绝,苏联当局便在一家国营农场试用这种射线。但鸡蛋在运输过程中与佩西科夫教授的实验用蛋相混,结果运到农场的是鸵鸟蛋、蛇蛋和鳄鱼蛋,经红色射线的照射,都变成了怪物,致使莫斯科人大为恐慌。政府却利用媒体,嫁祸于佩西科夫教授。这篇小说被认为有攻击政府之嫌,布尔加科夫被认为是"敌对势力在文学界的代表"。而1925年完成、1987年才在苏联公开发表的《狗心》,叙述的是一位医生用狗做实验的故事。医生把人的大脑细胞和主要器官移植到一条狗身上。这条狗便具有了人的特点和思想,但性格却十分狂暴可恶。最后医生只好又给它动了一次手术,使它变回狗。这篇小说被认为是对苏联的讽刺。

　　布尔加科夫在20年代的创作中,虽然笔耕不辍,但这些和主流文化意识形态格格不入的作品所获得的只是一片谩骂声,在其创作的10年间,文论界对他格外关注,关于他的评论文章有301篇,其中298篇是仇恨和非议之作,只有3篇是赞扬性的。他的作品被查封、没收;本人被传讯、抄家。1927年以后,他的几乎所有作品在苏联被禁止发表。对于一个充满自由思想的、正直的知识分子来说,这种处境无异于被判处精神死亡。1930年,陷于绝望中的布尔加科夫给斯大林写了一封信,希望得到莫斯科艺术剧院一个助理导演的职位,"如果不能任命我为助理导演,我请求当个在编的普通配角演员。如果当普通配角也不行,我就请求当个管剧务的工人;如果连工人也不能当,那就请求苏联政府以它认为必要的任何方式尽快处置我,只要处置就行……"这封既谦虚又高傲的信充分展示了布尔加科夫的勇敢精神:身处绝境不祈求,不媚俗,不逐流,坚守心中的道德观念。或许被这种坚贞不屈的勇者精神所打动,身为苏维埃领袖的斯大林亲自出面干预,布尔加科夫被莫斯科艺术剧院录用为助理导演。他在余生寂寞的时光里,仍然坚持文学创作,一生最重要的长篇小说《大师和玛格丽特》就是此后完成的,其它还有剧本《莫里哀》(1936)、传记体小说《莫里哀》(1962)等。

　　今天,俄罗斯人民给了这位作家应有的尊敬。1993年至1995年间,俄罗斯图拉州的两位作者为《大师和玛加丽塔》写续集。1998年鲍里斯·索科洛夫写作的《布尔加科夫百科全书》一版再版。亚历山大·泽尔卡洛夫的专著《米哈伊尔·布尔加科夫的福音书》,从哲学幻想的角度对《大师与玛格丽特》进行了深入分析,着重探讨了布尔加科夫内心的睿智与天真。作为俄罗斯文

学史上的大师级人物，布尔加科夫已经成为文学界研究的重点方向之一。

《大师与玛格丽特》被认为是20世纪俄语世界中最优秀的小说之一。它是作者花费十余年心血，八易其稿写成的。布尔加科夫从1928年开始写这部小说，1930年3月，他焚毁了正在写作中的手稿，1931年，重新写作，至1936年基本写完。此后，作家一直在精心修改，直到1940年逝世前一个月。1966年，本书的删节本在苏联第一次出版。被删改的章节以手抄本的形式在地下流传。1973年苏联出版了第一个完全版。

《大师与玛格丽特》是一部无论在思想内容上还是艺术手法上都非常复杂的作品。传统的长篇小说有注重史诗般的规模，但缺乏编排复杂故事结构的能力，如巴尔扎克的《人间喜剧》；或者有史诗般的规模但忽视文体的独创性，如陀思妥耶夫斯基的《罪与罚》、托尔斯泰的《战争与和平》；海明威、普鲁斯特注意到了文体结构的重要性，却又少了史诗性的厚重；而能兼顾这两者的要数布尔加科夫了，他的《大师与玛格丽特》以其史诗般的规模、全景式的描述方法、井然有序的文体结构、多条线索并行交错的情节等综合的艺术魅力，令读者倾倒。小说把宗教故事、历史传说、梦幻世界和现实生活编织在一起，用魔幻的方式把不同时空中的人、兽、魔、妖、神融合在一起，或暴露其贪生怕死的怯懦、寡廉鲜耻的贪欲、蝇营狗苟的勾当和愚妄且恶的嘴脸，或显示其对正义、自由、爱情的执着追求，或赞扬其对至善、宽恕、爱的信仰，对人生价值的理性思考，从而表现了善与恶、美与丑、崇高与卑劣之间的永恒冲突。

小说由三个时空故事穿插切换而成。

首先，沃兰德及其随从构成的神话时空。外国魔术师身份出现的沃兰德其实是群魔之首的撒旦，他带着四个随从来到莫斯科。考察表面变化了的城市居民"内心是否发生了变化"，神话时空融入莫斯科的现实时空。沃兰德发现一个非常重要的情况："大部分居民早已自觉地不再相信有关上帝的神话。"他们首先遇到的是"莫文协"主席、杂志主编柏辽兹，他正在向流浪诗人伊凡宣讲"世上没有上帝"、"魔鬼也不存在"。沃兰德暴怒地预言柏辽兹将身首两地，旋即预言应验。亲眼目睹柏辽兹身首异处的伊凡把魔王当作杀人犯，穷追不舍，结果被当成精神病患者，送进了精神病院。接着，沃兰德及其仆从在莫斯科施行种种魔法，展示理性崩溃、信仰缺失，不信上帝和魔鬼的莫斯科人的丑恶面目：为了争抢时装和卢布他们不顾廉耻，大打出手。柏辽兹刚刚人头落地，就有 32 份用祈求、威胁、中伤、告密等手段占用住房的申请交到房管主任手上，而他的姑父波普拉夫斯基从基辅远道赶来，不是为了参加葬礼，目的是争得侄子住房的继承权；房管所主任博索伊以权谋私，收受贿赂；寡廉鲜耻的新闻记者莫加雷奇为了抢占大师的两间地下室，骗取大师的信任和友情，然后写信告密落井下石，终于剥夺了大师在现世最后的存身之地；外表可怜的餐厅管理员骨子里却贪得无厌，以次充好、欺骗顾客；文学批评家们抛弃良知，言不由衷，对大师口诛笔伐，欲置大师于死地而后快。办公楼里失去个人意志的职员们被卡车集体送往疯人院……这个看似魔王沃兰德导演的荒诞世界，实是俄罗斯现实的真实图景：这是一个充满了自私、贪婪、伪善、欺骗和谎言的世界，失去了道德约束的人们为所欲为，整个社会已经陷入疯狂无序之中。

作者借用《圣经》故事中的魔鬼形象虚构了小说中的沃兰德，但他已不再是"邪恶"和"恶魔"的化身，也非《浮士德》中作恶造善的靡非斯特，布尔加可夫颠覆了并重构了传统观念里魔鬼形象的内涵：他并非信徒的仇敌，而是他们的朋友；他不是光明世界的敌人，而是世人进入安宁永乐世界的引领者。他来到莫斯科后，严惩不信神的柏辽兹；让半信半疑上帝的伊凡住进精神病院医治；对做尽坏事的市民予以无情的戏谑和责罚；对于胆怯的彼拉多，则让他遭受将近两千年的折磨后解脱痛苦，来到耶稣基督面前。他让才华横溢的大师获得了永恒的宁静；痴心的玛格丽特获得了永恒的爱情。他张扬善、挞伐恶，知识分子的理想王国在魔王的法力之下转换为现实。沃兰德在某种程度上就是作者本人，他体现了作者对俄罗斯现实的困惑和人类价值观念的思考。

其次，大师与玛格丽特缠绵悱恻的爱情故事构成的现实时空。

已为人妻的玛格丽特在阿尔巴特街的胡同里与作家"大师"邂逅便一见钟情，成为知音。从此陪伴大师在阴暗、潮湿的地下室写作。大师大学历史系毕业，才华横溢、充满创作激情，潜心研究历史后，写了一部历史小说《彼拉多传》，讲述了流浪哲人耶稣（耶舒阿）被罗马总督彼拉多以叛乱罪处死前前后后的故事。然而当作者把小说稿送到编辑部后，不但没能发表，作

者还受到莫文协主席柏辽兹为首的文霸们的迫害和攻击，又被企图霸占他房产的人告密出卖，被逼焚毁书稿，躲进了精神病院。玛格丽特为了找到大师和魔鬼沃兰德订约，被选为魔鬼宴会上的王后，获得超自然的力量。最后，沃兰德帮她唤来大师，使小说的手稿复原，小说中的人物彼拉多和耶舒阿、马太等人都出现在现实时空中。沃兰德根据耶舒阿的意愿，把大师和玛格丽特带离人间，使他们（死后）获得一个安宁美妙、没有纷扰的归宿。

大师和玛格丽特的故事耐人寻味。它作为小说篇名，人物却并未在开场出现。直到第十三章，小说的主人公——大师，才第一次在小说中露面。在道德沦丧的莫斯科，在那个大唱赞歌、说假话的年代，说真话的大师惨遭迫害，躲在疯人院；趋附于某种官方言论的御用文人却大行其道，这便是30年代俄罗斯文艺界的状况。当大师和玛格丽特的情节线索和沃兰德情节以及彼拉多和耶舒阿的情节相汇合时，大师因恪守职业操守，坚持真和善的道德准则，而得到美好结局。大师很容易使人联想到布尔加可夫的人生经历，大师的遭遇何尝不是作家遭遇的隐喻？当然，大师的结局也是作家的美好愿望。

玛格丽特是作家的理想人物。现实时空里的她串联起小说的各个时空层面，在各个层面都与男主人公形成对应关系：在现实时空里，玛格丽特是大师的情人和知音，她以全部的柔情帮助大师成就事业；为了见到大师而答应听从沃兰德一伙人使唤的情节，这在形式上颇类似于歌德笔下的浮士德把灵魂出卖给魔鬼的情节；然而，浮士德出卖灵魂是为自己，玛格丽特获得魔力却是为了拯救大师。她是真、善、美的象征，永恒的爱的化身。

第三，彼拉多和耶舒阿构成的历史时空。它始于开篇时魔鬼沃兰德与柏辽兹的对话，时隐时现于大师的手稿，并穿插在大段的直接描写和复杂的对哲学、神学、人性的讨论中。

《圣经》故事里的彼拉多是一位冷酷凶残的总督，为了讨犹太人欢喜，他把耶稣交给他们处置，最终耶稣被钉十字架。而小说中的彼拉多与《圣经》里的彼拉多迥然不同。他于万般无奈下判了耶舒阿（耶稣）死罪，案情审结后，他又为自己的怯懦痛苦万分，决定为耶舒阿报仇，派人偷偷杀了出卖耶舒阿的犹大，但他的灵魂并没有因此而解脱。于是，他开始真诚地为自己沾了杀人的血而忏悔，就这样忏悔了一万两千个月夜；最终，他悔过自新的诚心感动了魔王，沃兰德宽恕了彼拉多，大师让他重新获得了自由。作者笔下的彼拉多与大师是统一的：他们都在邪恶的世界里坚守着对上帝——善与爱的主宰的信心，坚定着对正义的信心，同时也都在竭尽全力维护善和正义的力量。由此，我们也就不难理解大师为什么会饱含深情地写关于彼拉多的故事。

《圣经》中的耶稣在布尔加可夫笔下成了流浪的哲人耶舒阿。他在凶残的彼拉多面前显得过于柔弱，然而在柔弱的外表下，这位耶舒阿又有足以让彼拉多震撼的坚定的信念。他坚信：世上并无恶人，人人都是善良的，包括出卖他的犹大，鞭打他的小队长马克，判他死刑的彼拉多。从小说中可知，正是他启迪和激活了彼拉多灵魂深处的"善"，应该说，在布尔加科夫笔下，彼拉多的本性是善的，不然，他就不会为耶稣关于"善"的布道暗自震惊，也不会因为处死这个义人而永世追悔直到被宽恕。世人本性皆善良，他只需要把这种善良挖掘出来。这是耶舒阿的信念，也是作家的期望。作家通过耶舒阿形象，对社会制度和伦理道德问题进行探索，试图找出治理莫斯科人道德堕落的答案：不是通过暴力政权，而是坚信人心向善，用善的力量来征服恶，最终建立起理想的社会。这与魔王对莫斯科人的超自然拯救遥相呼应。

沃兰德、大师和玛格丽特、彼拉多和耶舒阿都是人们战胜邪恶与堕落的希望之所在。他们的精神及行为都在昭示着人们恢复信仰，重建价值理念——至善、宽恕与爱的精神。

总之，三个交错穿行的不同时空演绎了三个并行穿插的故事情节，它既是众多历史形象、现实人物的活动舞台，也是作家借以对人类生活的某些本质问题思考的手段。小说的内涵博大精深，非一般意义上的文学著作，是一部人世启示录。

第八章 比较视野下的作家及其作品

一、汤亭亭笔下的"他者":"中国形象"

在日常生活中,我们在公共场合经常会注意"个人形象",我们也常常听说"企业形象"、"城市形象"等等,阅读文艺作品时还会碰到文艺形象。现代汉语词典对形象作了科学的阐释。按照词典上的解释,形象包含两层意思,一层是普通形象,一层是文艺形象。普通形象指的是能引起人的思想或感情活动的具体形状或姿态;文艺形象指的是文艺作品中创作出来的、生动具体的、激发人们思想感情的生活图景,通常指文学作品中人物的神情面貌和性格特征。

不过,我们在这里所谈的"形象"并不是上述意义上的"形象"。它是比较文学形象学(imagologie)中的一个专门术语,所以它不是我们平时所熟悉的"形象",也不是我们身边的"形象"。一句话,它研究的是某国某民族文学作品中所塑造或描述的异国异族形象。这里需要注意的是,比较文学形象学并不关注和追究这种塑造或描述的真实性、可靠性,不在乎原形象和重塑形象之间存在多大的差异,甚至认可这之间存在必然的变异,形象学关心的是作家塑造异国异民族形象时的个体和社会心理因素、文化背景因素。

它关注的是什么原因导致了作家塑造的变异,探索和挖掘变异现象产生的过程和规律。

形象学在当代的发展当推法国学者 D. H. 巴柔。他的《从文化形象到集体想象物》(1989 年)被认为是当代比较文学形象学的里程碑。如果说比较文学第一次飞跃从卡雷和基亚开始,那么第二次飞跃是从巴柔开始。从此,传统的比较文学形象学的时代结束了,当代比较文学形象学的时代开始了。形象学在当代的发展是与巴柔分不开的,他在文中真正明确提出了当代形象学的基本原则,其核心是对"他者形象"的定义,并将研究重点从"他者"转向形象接受主体,以此为契机,形象学研究进入全新的阶段。巴柔对形象所下的定义是:"在文学化同时也是社会化的过程中得到对异国认识的总和。"[①] 然后,他又对该定义作了补充,指出:"一切形象都源于'自我'与'他者',本土与'异域'关系的自觉意识之中,即使这种意识是十分微弱的,因此形象即为对两种类型文化现实间的差距所作的文学或非文学的,且能说明符指关系的表述。"[②]

建立在比较文学形象学的视角基础上,我们可以更清楚地考察华裔美国文学。

20 世纪 70 年代以来,出现了华裔美国文学的繁荣。由于作家的华人血统和美国生活经历所构成的双重文化身份,使得华裔美国文学创作具有一种天然的跨文化和综合性特征。

华裔美国文学又分为英语写作和华文写作两类。美国华人文学中的英文文学相对比较单纯,界定起来也比较容易:作家基本上都是华裔美国公民,长期居住在美国,用英文写作,作品在美国发表或出版,读者也都是美国英语人口。比较而言,美国华人文学中的华文文学情况比较复杂,本文不作讨论。本文主要考察用英语写作、塑造"中国形象"的华裔美国作家,他们或者父辈谙熟中国文化,如汤亭亭(1940 年出生于美国)、谭恩美(1952 年出生于美国);或者本人在中美两种文化环境都生活过,如哈金(1985 年从大

---

① 孟华主编:《比较文学形象学》,北京大学出版社 2001 年版,第 154 页。
② 同上,第 155 页。

陆赴美），这种中美不同文化熔炉中冶炼出的作家制作出来的"中国形象"，无疑是一个异于中国形象的"他者"，那么这个"他者"产生了多大程度的变异？这已经不是当代形象学研究的重心，我们只要明白变异是必然的即可。那么，"他者"是如何创造出来的呢？也就是说作家制作"他者"时受制于哪些因素呢？下面从文本中的"中国形象"、社会集体象物、作家自我三个方面阐释。

汤亭亭
(news.xinhuanet.com)

1976年，汤亭亭的第一部作品《女勇士——一段鬼影憧憧下的少女回忆》（《The Woman Warrior: memoirs of a girlhood among ghosts》）（简称《女勇士》）问世，立刻在美国主流社会引起空前反响。因其传记文体又不同传统自传类别而获得当年的美国国家书评最佳非小说奖。四年后她再度以《中国佬》（China Men）获同一奖项。现在，她的作品被选入美国权威文学选集（如《诺顿美国妇女文学》、《希斯美国文学选集》等），被很多美国大学课程列为必读书。汤亭亭也成为美国主流亚裔作家。可以毫不夸张的说，华裔文学近年来在美国声誉日隆，与汤亭亭取得的文学成就密不可分。随后，谭恩美、哈金等一批华裔作家声名鹊起。

华裔美国文学一个基本相同点是善于用中国传统文化建构故事。

《女勇士》由五个部分组成。在题为"无名女人"的第一部分里，通过第一人称叙述者"我"听母亲讲家族的惨剧。"我"的中国姑父离开家，离开姑姑，只身去美国淘金，姑姑在家乡与人私通。于是在姑姑分娩的当晚，全村人抄了她的家，以惩罚这个道德沦丧、不守贞节的女人，姑姑忍辱在猪圈里生下孩子，然后

《女勇士》
(mypaper.pchome.com.tw)

抱着婴儿投井自杀。从此以后，家人谁也不许提她的名字，好像她根本就没有存在过。母亲把姑姑的故事作为沉痛的前车之鉴来教育"我"，希望"我"不要像美国一般的女孩子那样随意放纵自己，否则后果不堪设想。在题为"白虎山"的第二部分，讲述"我"听母亲讲过中国古代花木兰的故事，想象自己变成了"花木兰"。"我"在7岁时被鸟儿召唤，进山修炼，师从一对神秘老人，刻苦练功十五载，学成后下山与丈夫一起英勇杀敌。军队所向披靡，一路杀进京城，推翻了皇帝。凯旋归来，"花木兰"带领乡亲们锄强扶弱，伸张正义。最后，"花木兰"脱去战袍，跪在公婆面前许诺要操持家务，担当起妻子和媳妇的责任。第三部分"巫医"，写母亲"勇兰"在中国行医的经历，母亲有捉鬼和招魂的本领。第四部分"西宫"，写姨妈"月兰"婚姻不幸，忧郁疯狂而死。第五部分"胡笳颂"，讲述蔡琰的故事，回忆"我"的成长经历。

从姑姑的故事、母亲的故事、姨妈的故事再到"我"的故事，全书五个部分按照"我"的成长这一时间顺序，以家族故事为线索，插入并重构了民间传说"花木兰的故事"和历史人物"蔡琰的故事"，表面看似传记体例，但因历史和传说的拼贴、真实和虚构的碎片、现实和想象的混合使得文本超出了传记的规范，以至于现在的《美国文学史》把它纳入小说类。作家以其深厚的中国传统文化功底为我们讲述一个中国家族的故事，塑造了一系列"中国形象"——

"伤风败俗"的姑姑——无名女人

母亲讲述姑姑的目的是警告"我"："你不要把我要给你讲的话告诉任何人。在中国，你爸爸有个自杀身亡的妹妹，她跳进了我家的水井里。""不要让你父亲知道，我把这件事告诉了你。他否认有她这么个人。既然你已经开始来月经了，在她身上发生的事情也有可能在你身上发生。不要让我们丢脸。你总不希望让人忘记有你这么个人曾经来到过这个世界吧。"[①] 因为失节，姑姑所受的惩罚不仅以生命为代价，而且连姓名也从家谱中、从家族人的记忆中被抹去。不仅古代中国女人是这样，现在的中国女人仍然没有地

---

① 汤亭亭：《女勇士》，李剑波、陆承毅译，漓江出版社1998年版，第1—3页。

位,"女娃好比饭里蛆","宁养呆鹅不养女仔"。今天的唐人街还能看到重男轻女的现象,华侨邻居对"我"和"我"姐姐摇头,父母则不愿带"我"和"我"姐姐出去,因为他们自己也为这个而自惭形秽。就算在自己家中,"我们姐妹吃饭的时候,就会有六个女孩子在一起吃饭。那老头儿瞪着双大眼盯着我们,绕着我们走一圈,他脖子上的青筋都跳起来了。'蛆虫!'他吼道,'全是些蛆虫!我的孙子在哪里?我要孙子!给我孙子!全是蛆虫!'他逐个指着我们:'蛆!蛆!蛆!蛆!蛆!蛆!'然后他埋头吃他的饭,吃得很快,吃完又添。'吃吧,蛆,'他说,'瞧瞧这些蛆怎么嚼饭。'"① 这说明,女人不仅仅地位低下,连做人的资格都没有了。而这种歧视态度能在唐人街大行其道,足见它背后的传统文化是多么深厚,中国传统的伦理纲常已经积淀为集体无意识渗透在民族心理、男性心理中。

"替父从军"的女勇士——花木兰

花木兰先是白虎山学道、女扮男装、替父从军、英勇杀敌,然后荣归故里,重着女装,跪拜公婆,伺候双亲。这个花木兰故事戏仿了中国古代乐府民歌中传唱的故事,又改写了这个故事。

华裔美国女性——"我"

在中国与美国文化世界之间游移徘徊、无所适从的叙事者:"我不断地想理出个头绪来:什么是我的童年、我的想象、我的家庭、村庄、什么是电影、什么是生活。"当"我"听母亲讲家的故事,讲中国故事时,我对身处美国的自身身份就会困惑,产生强烈认证自己的渴望。"如果我能使自己具有美国人的美丽,那么,班上五六个中国男生就会爱上我,其他每个人——纯白种人、黑人和日本人也会爱我的。"

这些"中国形象"以迥异于西方人的性格特征和思维方式吸引了美国人的眼球,他们惊奇,诧异,尤其是对那些没有接触过中国的美国人来说,更是认识和了解中国的一个蓝本。

稍微有点中国文化常识的人都明白汤亭亭塑造的"中国形象"偏离了原型,是对原型的改写,汤亭亭创造的是"他者"。以至小说一发表就引起中

---

① 汤亭亭:《女勇士》,李剑波、陆承毅译,漓江出版社1998年版,第174页。

国文化圈内受正统教育人士的心理抗拒和反感。1980年美国华裔文学界几位男性作家陈耀光、赵健秀、黄忠雄等在《三种美国文学》一书中谈到，汤亭亭"胡编乱造"，对中国古籍的改写是有意讨好白人而对中国文化遗产的亵渎。

殊不知，从19世纪以来，西方文学中的中国形象就是低于白人的劣等人，被称作"黄祸"（危害人类的黄种人）。一直以来，中国人与引起西方社会不安的诸因素联系在了一起，像罪犯、精神病人、妇女和穷人等，他们成为"令人悲哀的异类"①，将要被解决、被限定……他们放纵、懒散、残忍、堕落、愚昧、落后，是未开化的民族。西方文学中建构的这一"中国形象"是西方人的"集体想象物"：它一方面是对经济等原因差距形成的对中国的歧视和否定，另一方面也是对不甘示弱的中国人的恐惧和戒备，以幻想出如此的"集体想象物"警戒族类便于提防。

那么，汤亭亭小说中呈现出的中国文化特征究竟如何看待呢？在她的中国故事里：姑姑私通投井自杀，母亲挑舌割筋，剑客相互残杀，鬼怪恣意横行，女孩不如呆鹅仔……无数个不可理喻、匪夷所思的事情。汤亭亭展现在异国读者面前的中国，正好印证了西方人头脑中固有的中国人形象，或者说强化了西方人的"集体想象物"，尽管汤亭亭本人认为这是读者的误读，但是确切地说，她的创作态度与其生活于美国特殊的文化语境分不开。受美国人对中国认知的诱导，作为出生在美国的华裔汤亭亭，她创造出来的"他者"不自觉地带有美国文化、历史形成的对中国的偏见。也就是说，美国的"社会集体想象物"通过文化、教育、社会生活等对作家创作起着一定的渗透作用，反过来，汤亭亭制造"看点"的目的又是满足美国人对"中国形象"的心理期待，作家和她的社会集体想象物是互动、双向交流的关系。

这种现象在华裔美国作家中普遍存在。在《喜福会》（1989）中，谭恩美演绎了中国古代"割股疗亲"的典故。安梅的母亲为了救婆婆一命而从自己的膀子上割下一块肉，放在药罐里，熬汤给病入膏肓的婆婆喝。在此，西

---

① 爱德华·赛义德：《赛义德自选集》，谢少波等译，中国社会科学出版社1999年版，第36页。

方人常说的中国人残忍、愚昧、非理性等特性得到了印证。哈金在《等待》（1999）中，描述20世纪60年代的中国农村居然还有裹足女人，婚姻还由父母包办，中国人的这些弱点和缺陷，传统文化中的落后和愚昧，似乎成了这些作家的私有财产，可以随时拿出来"秀"。

当然，这种现象背后还有一个因素我们不能忽视，那就是作家的双重身份的族裔经验。虽然，在某种意义上来说华裔作家向西方展示了中国人/中国文化传统的落后现象，有迎合白人读者之嫌，但是，他们以敏锐的目光与深邃的洞察力表达了对华人移民及其后代生活境遇的同情与关注，一些形象还是"自我"族裔经验的幻象和投射。

华裔美国作家是一个特殊的群体。在美国人眼里，他们是华人，是"他者"；在华人眼中，他们又不是正宗的华人，也是"他者"。他们在两种文化背景下，都处于边缘地位，这种特殊的双重身份呈现在创作中，就是寻求身份认证的焦虑，对受歧视的反抗。

华裔美国作家通过形象表达独特的族裔经验。呈现在他们的"自我"意识里，就是，一方面，他们渴望被美国文化同化，融入其中；《女勇士》中的"我"一直希望改变自己，"我"希望自己成为地道的美国女性。

我所认识的移民嗓门都很响，即使离开他们过去隔着田野打招呼的村子好多年，也还是没有变成美国腔。我一直没有能够制止住我母亲在公共图书馆和电话里大嚷大叫的习惯。"走路正（膝盖要正，脚尖朝前，而不是中国妇女那种内八字步），说话轻，我一直想把自己转成美国女性。""正常华人妇女的声音粗壮有威。我们华裔美国女孩子只好细声细气，显出我们的美国女性气。很显然，我们比美国人还要低声细气。"①所以对于上一辈的华裔来说，"他们不会告诉孩子的，因为我们出生在洋鬼子们中间，受洋鬼子的教育，自己也有点洋鬼子气。他们也称我们为鬼子。②"

---

① 汤亭亭：《女勇士》，李剑波、陆承毅译，漓江出版社1998年版，第155页。
② 同上，第167页，第143页，第169页。

在"自我"意识里,华裔作家首先是认同他所生活的文化背景,他才有融入其中的渴望。不仅如此,从小就接受了美国教育的"我",也接受了美国对中国的固有看法。"中国人真古怪"、"我真不明白他们是怎样继承和发展五千年文化的"。那么,这些固定看法也会直接影响到作家形象的创造,这就是"中国形象"带有美国意识形态的痕迹的原因。

另一方面,华裔美国作家也表达了对偏见、歧视的抗拒和不满。

《女勇士》讲述了身为华裔女性"我"在成长中遭遇到种种排斥:中国传统的男权文化,美国的种族主义……为此,作者创造出"花木兰"暗示生活在美国的女勇士,从某种意义上说,也是作者自况。

透过汤亭亭的《中国佬》,我们看到的中国劳工是顶天立地的男子汉,他们用自己结实的臂膀支撑起钢筋铁骨,用勤劳、有力的双手铺建了横贯东西、连接南北的一条条铁路和桥梁。汤亭亭通过力量的展示来歌颂华人的英雄气概,解构白人心目中的"东亚病夫"的刻板形象。

二、海勒笔下的"上帝":《上帝知道》

约瑟夫·海勒

《上帝知道》是约瑟夫·海勒在 1984 年出版的一部长篇小说。小说取材于西方文化经典——《圣经·旧约》。海勒自称其情节以《撒母耳记》上、下两章和《列王记》开篇为基础,①文本从圣经的某些经典细节出发,在因循传统经典的同时对经典提出了诘问和修正;《上帝知道》既立足于大卫王的故事,又改写了这个故事。小说人物相对于圣经人物来说,已作了变形和扭曲,对经典有明显的解构之势。与其他作家对经典戏仿和改写有所不同,海

---

① [美]查尔斯·鲁亚斯著、粟旺,李文俊等译:《美国作家访谈录》,中国对外翻译出版公司 1995 版。第 151 页。

勒在戏仿之后更多是对人间正义和权力的思考。

小说问世时,也许是它新的艺术形式同传统艺术和生活领域内的陈规陋习所作的令人耳目一新的决裂还不被人所认同吧,批评界的最初反映是"这是一本垃圾"、"俏皮话和时代错置"的拼凑。可是两年后,人们对它的认识产生了巨大变化,1986年,《上帝知道》获得了"美第奇"最佳小说奖。小说写晚年的大卫王形容枯槁全身发抖。尽管有少女亚比煞暖身也无济于事,不过少女亚比煞的抚慰却唤起大卫一系列亢奋的回忆。小说解构了《圣经》的神圣面貌和简约的风格。同时建构了一种神圣与不恭交织;严肃与滑稽并置;原文和戏仿融合;圣洁和通俗同在;古今时代错置、世界各地空间交替;人物语言啰嗦、重复;叙述语言幽默、荒诞的后现代新文本。

(一) 经典概念以及《圣经·萨母耳记》故事的寓意

对经典的怀疑直至解构,是需要勇气的。但更多的人们实际上是借戏仿经典传达一种自身的重构,戏仿似乎是否定的、嘲弄的,但似乎又不是,戏仿同时表达了对经典的敬意,成为一种"致敬"或"致意"。

无论中外,经典文本形成都经历了一个相当长的过程。从汉语语义学的观点看,"经"的原始意义与帛织相关。《说文解字·卷十三》:"经织从丝也。"[①] 但"经"表示丝织的原始意义的用法在周代已不多见。春秋战国时,"经"的意义最为常见的当为"常"、"法"等引申之义。真正把"经"当作经典,当作《诗》、《书》代称是从荀子开始的。荀子虽然以"经"来指称经书,但他并没有把"经"提升到崇高的境界。到了西汉,一方面汉人继承荀子的看法,把"经"当作经典来解释,另一方面,汉人对经书的看法已不单指典籍的意义,而且还有另外一个意思:神圣经典。神圣经典是"神启"下的古代典籍,因而具备了文化崇拜的意味。也就是说经典意识在汉代开始形成。在西汉,经典有两方面的内涵:一是它揭示了事物的普遍规律,一是它的意义是被人们所取法。

英语中"经典"(canon)一词译自希腊文和拉丁文,其词源是闪语中的

[①] 转引自邵积意著:《经典的批判——西汉文学思想研究》,东方出版社2000版。第2页。

第八章　比较视野下的作家及其作品

"芦苇"（希伯来语 kaneh）。因芦苇修长、纤细、笔直，可用于测量（犹如今天的尺码），故该词渐指"测量用的杆子"，后来进一步引申为"尺度"、"标准"、"规范"。用来指测量标准或"衡量事物的器具"。渐渐地它被用于衡量古代书卷的真实性和权威性。"圣经"（bible）一词源于希腊语 ta biblia，意思是"若干卷书"。圣经作为经典，其经历了漫长的时间和舆论标准。而且作为经典形成的背后一定还有着多重的权力关系。这些不属本文考察的范围，在此不多赘述。传统神学把《圣经》当做上帝启示的记录而给人世间以行为及价值判断的准绳，因此，《圣经》是与上帝之道联系在一起的。这样，《圣经》就很自然地被赋予了神圣的地位并在人的内心深处树立起牢不可破的观念。

虽然圣经有多重阐释和多重意义，释经的人明明也知道圣经是后人编撰的，但他们仍宁肯相信圣经是上帝的启示。圣经已经作为一种特定象征意义的对象。"在西方社会的正式场合，圣经就意味着上帝，对非宗教界人士来说，则代表绝对权威或人们信奉的原则，有时，圣经可被视为一种'圣像'。在此圣像前，法庭上的证人手按其上，宣誓讲真话；激烈的福音传教士们挥舞着圣像式圣经（而非用来引经据典的圣经），或用它击打讲坛，以强调讲道的重点。圣像式圣经还被进一步当成辟邪的法宝，即某种护身符，某种带有魔力的东西。"[①] 也就是说，圣经除了具有经典本身的权威性、典范性以外，还具有不同于一般经典的神圣性、规约性和不可动摇性。

然而到了后现代时期，经典的权威性、典范性遭到了前所未有的质疑。正如 David Clippinger 在《后现代主义百科全书》里，对经典性（canonicity）所作的描述："经典性"是指那些被认为对于某种话语，或者某个特定人群的趣味和价值观。它所涉及的，是与诸如大众电影、通俗音乐、低级趣味小说等低俗娱乐样式相对的诸如文学、美术、和古典音乐等"高雅"艺术。自后现代主义以来，单一的包罗万象的经典就受到了质疑，经典从而碎裂成了多元经典，反映着一系列不同人群的趣味和特性。对于特定作者或者

---

① J. B. 加百尔、C. B. 威勒著，梁工、莫卫生、梁鸿鹰译：《圣经中的犹太形迹——圣经文学概论》，上海三联书店 1991 版，第 258 页。

多维视域中的西方文学

文本的"经典性"的拷问，于是变得异常困难，（作为"高雅"艺术的）"文学"和文本性的其它样式之间的界线也随之消失。海勒对《旧约·萨母耳记》的改写便是解构经典的后现代怀疑精神在文学里的典型呈现。

《圣经·旧约·萨母耳记》和《列王记》分别记载的是上帝膏立扫罗、大卫、所罗门为以色列的王，在他们的相继统治之下，以色列如何歼灭敌人、维护稳定，以色列和犹大的统一过程及其兴衰史。需要指出的是，《萨母耳记》记载的是以色列人由士师时代进入统一王国时代的历史，撒母耳是这一历史阶段的关键人物，他既是最末一位士师，又以先知的身份代表上帝为以色列人膏立了两位开国君王（扫罗和大卫），所以称为《撒母耳记》。这段内容大约指公元前1095～公元前970年间的以色列历史。它的主要神学思想是：通过历史事实来阐述上帝的旨意，使以色列人知道上帝已开始实践他昔日对圣祖们的许诺，赐给他们一个君王——大卫，大卫王朝要永世不替。《圣经》作者再三推崇大卫为理想的君王，圣经中的大卫王不仅是以色列的英雄，建立了统一的以色列王国，执政40年；而且对上帝顺从、诚实、正直，谨守上帝的律例和典章，① 经常以上帝的仆人自居，听从先知的指教。备受上帝恩宠。在希伯来《圣经》的文集部分，大卫王已经被记载成是个完美无缺的国王，甚至他的通奸和谋杀行为也被一笔勾销。

(二)《上帝知道》的寓意及对《圣经》的解构

海勒的小说《上帝知道》以圣经中经典人物——大卫为主人公，但无意再去讴歌英雄的大卫，小说中的大卫是从圣经中来的当代人，长生不死却已形同朽木，气息奄奄。以大卫为基点，小说建立了大卫与上帝、大卫与扫罗、大卫与押沙龙、大卫与所罗门、大卫与暗嫩、大卫与他玛、大卫与拔示巴、大卫与亚比煞、大卫与亚比该等一系列人物关系的网络。这个人物关系网络隐喻了上帝/选民、国王/臣民、父/子、夫/妻、男/女、权威/顺从、力量/衰弱、正义/邪恶、理性/非理性、主动/被动、中心/边缘等二元对立的统治秩序。小说通过大卫对这一等级秩序的质疑和反思，解构了经典树立的

---

① 《旧约·列王纪上·第九章》，中国基督教协会，南京爱德1988版，第430页。

既定模式和等级秩序，传达出后现代人们反叛传统、颠覆秩序后的精神焦虑。本文试从以下几方面阐释小说对经典的解构。

1. 去经典

小说嘲笑了一切权威和经典。《圣经》作为宗教经典，一直以来具有不可颠覆、毋庸置疑的绝对权威性和律章合法性，它建构了一种伟大、神圣、不可亵渎的绝对真理的标准。圣经对人类的启示甚至已逐渐演变成了某种现代性的标志：理性、自由、劳动力的解放，通过技术进步使整个人类富有，让灵魂皈依爱的基督导致人们的得救等。它以绝对真理的标准建构了统一所有话语的"元叙事"。

然而《圣经》能提供绝对真理吗？《圣经》是公正的范本吗？为什么如此伟大的以色列王大卫在圣经中没有专门设立一章？连以大卫名字命名的标题都没有呢（《上帝知道》）？[①] 大卫对此多次表示困惑和不满。表面看来好像是大卫斤斤计较或是滑稽搞笑，实际上小说用一种几乎繁复的叙述方式对这个神圣的经典提出了诘问。小说对圣经开篇就来了全盘颠覆："《创世记》吗？那种宇宙论不过是哄小孩儿的玩意儿，是摇头晃脑的老奶奶编造的离奇古怪的幻想故事，而这位老奶奶也在排解了无聊之后打起瞌睡。"（《上帝知道》）从文艺复兴直至20世纪初的人们都非常崇敬的《钦定本圣经》，"数百年其卓越地位仍无可动摇"[②]，但这个版本却遭到小说毫不留情的否定。大卫认为《钦定本圣经》的编写者"对希伯来语不甚了了，对英语也不怎么擅长"，下令编写《钦定本圣经》的英格兰詹姆士王一世只不过"是个搞同性恋的男人"（《上帝知道》），既然经典在其形成之时，就如同游戏，它岂能承载既定的规范和意识形态合法性的经典使命呢？小说对这种一体化"元叙事"的经典用一种轻松嘲讽、玩世不恭的方式彻底加以消解。如同利奥塔分析的那样：在后现代主义语境中，自由解放和追求真理的"两大合法性神话"或"或两套堂皇叙事"已被瓦解。历代文学经典也——遭到了大卫的戏

---

① 作品均引自约瑟夫·海勒著，史国强，王祥译：《上帝知道》，春风文艺出版社，1988版。
② J. B. 加百尔、C. B. 威勒著，梁工、莫卫生、梁鸿鹰译：《圣经中的犹太形迹——圣经文学概论》，上海三联书店1991版，第250页。

弄和批判。文学史上作为资产阶级坚强斗士的参孙在小说中是个毫无是非敌友观念,贪恋非利士妓女的傻瓜,"参孙这个呆子,这个软体动物四肢发达且不识丁的乡巴佬,刚愎自用,像傻子一样一次又一次地惹起非利士人的愤怒。……弥尔顿《力士参孙》的描述远不够准确"(《上帝知道》)。世界文豪莎士比亚在大卫眼中只不过是个"窃贼莎士比亚"(《上帝知道》)、"名不符实的劣等文人",大卫断言如果没有大卫与押沙龙的故事和扫罗的故事,莎士比亚这个"无耻的剽窃者"是写不出《李尔王》和《麦克白》的(《上帝知道》)。一代杰出浪漫主义诗人的代表雪莱为约翰·济慈写的挽歌,被斥之为"纯粹是拙劣之作,伤感的劣等品"(《上帝知道》)。这些人们世代传诵的文学经典,在小说中遭到了猛力抨击,而对经典的批驳,实际上是对传统经典阐释的否定,对经典既定价值的否定,它意味着对树立经典背后的规范、标准、确立经典背后的秩序、权力的嘲笑和批判。

2. 反权威

海勒借用《圣经》故事解构传统观念中的权威主义、中心主义,正是因为这个文本为我们树立了以上帝为中心的绝对权威和等级秩序。

尽管释经的意义千千万,但人对上帝的信仰从没有动摇过。在《圣经》里,上帝是至高无上的权威、正义的象征。万能的上帝之于他的子民,国王之于臣民,扫罗之于大卫,大卫之于押沙龙,父亲之于儿子,丈夫之于妻室……都是不可逾越的绝对权威。比如上帝要求亚伯拉罕把他的儿子拿来祭祀,亚伯拉罕便毫无怨言地向上帝献出自己的亲生儿子;儿子也毫无疑义地跟随父亲亚伯拉罕来到祭祀地点。《圣经》中的神学旨意就是子民对于上帝的旨意,要无条件顺从。儿子对于父亲要绝对服从,父亲之于儿子是绝对权威。因为上帝/父亲的言说最真。《圣经·约翰福音》中说:"太初有道,道与神同在,道就是神。这道太初与神同在。万物是藉着他造的;凡被他造的,没有一样不是藉着他造的。生命在他里头,这生命就是人的光。"这里"道"(word)即上帝言说和词语之意,也就是说是上帝的声音。象征最终的真实。"道"在希腊语中即"逻各斯"(logos),意即"语言"、"定义",引申为"圣言"、统一性、本质等。德里达的逻各斯中心主义(logocentrism)来源于此词。德里达的逻各斯中心主义也贯穿在神学对上帝无限性的理解中。

可是小说中上帝的所言所为已不再公正，那么他说的话如何能体现真理性？被剥去神圣外衣的上帝，还有点无赖的嘴脸："'谁说我是公平的？'如果我向上帝发问，我预先就知道他会这样回答的，'哪里说的我必须公平？'"（《上帝知道》）"喋喋不休地闲扯了 40 年"（《上帝知道》）的上帝因为不公平又与大卫吵架了，"谁需要这样的上帝？我是瞎子吗？50 多年前我自己就悟出了这样一个道理，赛跑的优胜者并不总是跑得快的人，战斗的胜利也并不总是属于强者，而是要看我们每个人的时间和机遇。太阳东升又西落，这些法则对善者恶者都一视同仁。面包不总是属于聪明的人，财富不总是属于智者，恩宠不总是属于乖巧的人，但是我们的结局却都一样。聪明的人不会比傻瓜结局更好或死得更聪明些。那么聪明人的聪明在哪里呢？因此，我开始憎恨生活，并得出这样的结论，对人来说，在地球上最好的事情就是吃呀、喝呀、玩乐呀"。显然大卫对象征着"公正"、"真理"的上帝已经失望（《上帝知道》）。上帝言而无信，"上帝赐给加利福尼亚人一条壮观的海岸线、电影工业和贝弗莉山，却只给了我们沙石"（《上帝知道》）。小说中的上帝不再是宇宙的主宰，统领万物的神，绝对正确的权威。相反，上帝自私、专横、不负责任。"上帝确实有这种自私自利的习性，因为自己的过错，就把责难发泄到别人头上。他选择人时刚愎武断，不管你是否愿意，也就是说，他给你来个猝不及防，把困难重重的使命强加在你头上。而对我们来说，每项任务几乎都难以胜任，于是他就因为自己择人不当而指控我们。"（《上帝知道》）小说从上帝所言所为入手，让其自我否定，自我毁灭，自行裂变，最终拆解上帝充当世界中心，扮演正义、真理的假面具，颠覆逻各斯中心主义。小说用"上帝死了"（《上帝知道》）来彻底打破真理存在的虚妄。正如解构主义者德里达所说，逻各斯中心主义者所孜孜追求的深藏于世界中的先天的一成不变的"逻格斯"、统一性根本就不存在，是一种理论幻想。既然上帝压根儿就不是什么真理和正义，而是像我们普通人一样，"我想上帝自己也愿意处处像个国王，否则他为什么要创造世界呢"？"上帝是个暗杀凶手，他迟早要把我们大家都暗算了，使我们复归于泥土之中。所以我再也不怕蔑视他了，他大不了把我给杀了。"（《上帝知道》）

大卫对上帝的蔑视体现了反抗一切权威、反对一切中心、本质、真理的后现代特征。从哈贝马斯和利奥塔的批判理论来看，小说对上帝的怀疑可以理解成是对当代资本主义社会中占支配地位的合法化原则提出的批判，是对父权制和资产阶级家庭的批判。① 这也是小说对经典解构的时代意义。

3. 非英雄

小说中的大卫原型来自《圣经》，读者却很难从海勒的小说中辨认他的真实身份，所处时代，大致年龄，相貌特点，性格特征。他有时优柔寡断、儿女情长；有时刚正不阿、威武果断。大卫有时自诩"是个比上帝好得多的人"(《上帝知道》)，有时又自卑地叹息自己的遭遇"形同灰姑娘辛德拉"(《上帝知道》)。小说中到处呈现的是大卫那零乱的、没有逻辑、不能指向稳定统一性的语言，它最终聚合给读者的也只能是不确定的、零散的、含混的、模糊的大卫，英雄和反英雄色彩混合涂抹的、滑稽的非英雄。在后现代作家看来，这正是他们所追求的效果。

大卫是上帝赐予以色列的君王，大卫是伟大英雄的代名词，被历代艺术家讴歌。直到 16 世纪米开朗基罗的雕塑艺术品——《大卫》，仍然表现了大卫的英雄精神。他用全裸体来塑造大卫：大卫左手紧握投石器，双目怒视前方，准备迎接战斗。这是把形象英雄化的最有力的艺术手段之一。"米开朗基罗所创造的大卫不是一般的人，而是人类英雄的象征。"② "雕塑充分体现出了一种顽强、坚定和正义的精神气质……后来人们把这尊历史名作视为保卫祖国，不放松警惕的象征。"③

然而小说中的大卫已经没有了圣经中的威风和气概。"头发稀疏，胡须花白，在反复发作的寒冷控制下，我的手指不住地颤抖；寒冷常常使我下颚打战。"(《上帝知道》)小说中的大卫不再是圣经中的英雄，他像一个饱经沧桑的哲人，更像一个超越时代的巨人，出身于《圣经》，却不屑于它的神圣；思维发散，无边无极；穿越《圣经》内外，评论时事古今，上至古希腊神

---

① [美]道格拉斯凯尔纳、斯蒂文贝斯特著，张志斌译：《后现代理论—批判性的质疑》，中央编译出版社 2004 版，第 318 页。
② 左庄伟著：《西方裸体艺术鉴赏》，湖南美术出版社 1988 版，第 7 页。
③ 朱伯雄编著：《外国美术名作欣赏》，上海人民出版社 1984 版，第 57—58 页。

话,下至巴勒斯坦解放组织;从讥笑摩西和亚伯拉罕的顺从到慨叹工业革命、资本主义、甚至共产主义的民主;从荷马史诗到弥尔顿的诗歌到莎士比亚的悲剧直至米开朗基罗的裸体雕塑;前半生因为争当王权被岳父扫罗穷追猛打,弄得焦头烂额;后半辈子因为王位继承被儿子们暗算、谋反,折磨得心力交瘁。因之,大卫对上帝不再是盲目顺从,戎马一生的大卫更多的是对上帝的困惑:"我们需要上帝,而他却给了我一群女人。""上帝知道"? 其实上帝什么也不知道!

与《圣经》中的亚伯拉罕和摩西的顺从、愚忠不同,大卫有自己的思想和见解;与历代人心目中的"英雄大卫"比,大卫是一个非英雄。海勒笔下的大卫,既是一个巨人,又是一个侏儒;既是宇宙的中心,又是边缘人物;既是成功者,又是失败者。海勒用多重叙事角度重构了大卫的过去和现在,使他成为一个具有多重性格和多重自我的人物。美国约瑟夫·海勒研究专家 Judith Ruderman 这样评价作家笔下的大卫:"在同一本书中,读者同时看到了年轻的大卫和年迈的大卫,公开的大卫和私下的大卫,军界的大卫和艺术界的大卫,政界的大卫和作为家庭成员的大卫,勇敢的大卫和胆怯的大卫,以及邪恶的大卫和善良的大卫。"①海勒用"多重性格和多重自我"熔铸了大卫的多元品性,与此同时大卫身份的确定性被模糊和消解。大卫究竟是什么样的人? 以色列王? 英雄? 非英雄? 现代人? 当代人? 犹太人? 大卫陷入失去身份的焦虑和困惑中。小说中三次重复大卫对米开朗基罗的雕塑"产生厌恶之情",其中主要原因是米开朗基罗让裸体的大卫没受割礼就站在大庭广众之下,"如果那个米开朗基罗对我们犹太人当时对赤身裸体有一点点了解的话,他也决不会让我身上垂着那个东西,也不会让我带着自尊的犹太人宁死不远要的那个亲切有趣的包皮,立在露天的像基上"(《上帝知道》)。割礼在犹太人意识中意味民族身份的确定,"割礼之俗是镶嵌在犹太民族心理深层的一个种族和身份的密码,它以独特的方式体现了犹太人的身份意识和身份感"②。居然这种民族身份的重大标记被米开朗基罗所忽视,造成大

---

① Judith Ruderman, *Joseph Heller*, New York: Continuum, 1991. p107.
② 刘洪一著:《走向文化诗学—美国犹太小说研究》,北京大学出版社 2002 版。第 72 页。

卫对自己身份不明和无我状态的惊恐和焦虑。大卫的焦虑更是人类的精神焦虑，在小说中可以有多种释义，它似乎还隐喻了海勒解构之后该往何处去的焦虑，毕竟，追问自我归属，寻求身份的认同，是很多现代人共同的愿望和隐痛。

4. 重复的语言

后现代主义小说中，传统的线性和因果叙述结构已被打破，情节脉络已经消失，语言成为作家关注的新宠，作家以此为游戏，而游戏的目的，是在揭示出语言的"霸道"：语言虚构世界虚构现实虚构真理。于是重复、蒙太奇、戏仿、拼贴成为作家们表现的主要手段。

与含蓄、简约的《圣经》文体相对立，小说设置了大量直白、重复的叙述：关键词语和句子的重复：如小说中多次问道"上帝是公平的吗？""扫罗杀敌千千，大卫杀敌万万"，"我需要上帝，可他们却给了我一个姑娘"（《上帝知道》）。重要场面的重复：如少年大卫弹竖琴的场面，扫罗追杀大卫的场面，大卫放生扫罗的场面；主要事件的重复：大卫多次提及如押沙龙的反叛，谋杀赫人乌利亚，婴儿之死等等。这些反复重复和直白的语言多得给人一种拖沓啰嗦之嫌，它一方面揭示了主人公的主要关注和偏执，另一方面给人造成一种文本书写的虚构性、零散性。

与《圣经》圣洁的语言相比，海勒在小说中采用多种语言的混合、拼贴运用，从高雅的詹姆斯国王版的圣经语言、牛津英语、意第绪语等到世俗语言、粗话、俚语，融滑稽于严肃之中。如"肥肉对我们的胆囊没有好处"（《上帝知道》）、"我是大卫王，不是奥斯卡·王尔德"。就这样海勒把《圣经》圣洁的语言与当代的大众语言，以及下流的脏话拼贴起来，小说使这些毫不相干的片段构成一个似乎有内在关联的整体，组成一个杂烩式的"范文本"，来颠覆和破坏既成的文学形式和规范。小说还运用电影蒙太奇手法，从巴赫的音乐到莎士比亚的悲剧再到多那太罗、米开朗基罗的雕塑，由扫罗之死联想到《裘力斯凯撒》里的勃鲁托斯，联想到《安东尼与克莉奥佩特拉》的安东尼，从诗人莎士比亚、柯勒律治、勃朗宁到哲人马基雅维利、尼采，从古老的以色列和犹大国联想到今天美国的佛蒙特和缅因州；把一些在内容形式上并无联系、处在不同时空层次的叙述衔接起来，以增强对读者的感官刺激。小说是在对经典戏仿的过程中对经典解构的。小说中的大卫是对《圣经》中大卫出色的戏仿，此外小说中还对大量文学名著的题材、内容、形式和风格进行夸张的、扭曲变形的、嘲弄的模仿，使其变得荒唐和滑稽可笑，从而颠覆固有的等级关系。不过碎片般的语言戏仿虽然使小说达到了局部的精彩，但是《上帝知道》中的碎片倾向忽视了整体的有机联系，局部的精彩便成了飘浮不定的"碎片"。

整部小说就是由《圣经》内容、大卫回忆、现实处境、精神焦虑粘合成的一个大拼贴，读者阅读小说时就像是在快速地切换电视频道，那些转瞬即逝的画面留给读者最直观的感受是强烈的不连贯性和随意性。这正是后现代作家反抗经典文本形式的一种手段。

（三）解构与建构

从经典《圣经》到万能的上帝到英雄大卫，从宗教信仰到文学经典，海勒摧毁了所有神圣的事物。

和海勒的其它长篇小说的主题基本一致，《上帝知道》所真正关注的焦点仍然是权威和正义的问题。《圣经》告诉我们：上帝是权威和正义的形象化体现，服从权威、相信正义能造福人类。小说还通过一连串的父子关系：上帝与扫罗、扫罗与大卫、大卫与押沙龙、大卫与所罗门等来阐释权威/父亲问题；上帝对扫罗的权威；扫罗对大卫的权威；大卫对押沙龙、所罗门的权威，……上帝对所有选民的权威。可是大卫王国的建立，暗嫩的乱伦，押沙龙的叛逆，所罗门为王……小说形象化地呈现了对权威（父亲）的质疑和否定，也是对西方文化之权力原型提出的根本解构。《上帝知道》用戏仿经典的形式向读者展现了一幅幅后现代世界令人忧虑的图景：一方面，掌管权力的权威人士为了维护自身的权利不惜血肉相残：扫罗对女婿大卫疯狂追杀，是因他担心大卫有朝一日会取代他成为以色列国王；

《上帝知道》中译本

多维视域中的西方文学

大卫的元帅约押杀死扫罗元帅押尼珥,是因约押担心押尼珥会受到重用排挤自己;大卫伺机欲杀外甥约押是因约押有僭越权位之嫌;所罗门王元帅比拿雅为了牢固稳坐元帅之位杀死约押。另一方面,行使权力的人不能真正地行使公正:暗嫩奸污自己的妹妹,大卫身为父亲和国王,对暗嫩的邪恶保持了沉默,沉默意味着对恶行的默许,大卫在恶行和正道面前并未明断是非、主持正义。就像上帝是我们需要信仰而虚构来的,正义和权威也是我们理想的需要而建构出来的,这也许就是海勒解构经典给我们的启示。

海勒小说的意义就在于他强调了后现代文化不再盲目地、不加怀疑地相信权威、正义、理性是创造福祉的力量和人性化的力量,因而导致了伦理的绝对性和确定性的丧失。那么创造人类福祉的力量是什么呢?大卫的焦虑也正是海勒的焦虑。

三、存在之"重":海勒和余华书写的主题

余华曾表示没有直接受到过海勒小说的影响①,也没有资料显示这两位作家有直接的渊源关系。但是他们共同的渊源之一——卡夫卡给两位作家提供了叙述存在的表现方法。卡夫卡是作为文学家存在的,文学家的敏感和责任使他成为用文学语言描述现代人生存状态的大师。作为文学家的海勒和余华都通过卡夫卡获得了对人生哲学化的认识,自觉运用哲学观念叙述生活的内在真实;海勒和余华的另一个契合点是两者都沿着卡夫卡展现人的生存状态为主题的文学观念,对自己的创作观念进行了一次革命。

与卡夫卡的先驱性不同,海勒和余华的小说

余 华

---

① 笔者在梳理资料的过程中曾就这个问题向《余华评传》的作者洪治纲以及余华本人进行了求证。

拥有后来者更深入的思考空间和更广泛的认识，因而，对于人存在的认识得以在更高的主题层面上展开——海勒迷恋于对"世界之荒诞"的残酷描叙，余华执着于"生存之苦难"①的冷静诉说，它们如同一对孪生兄弟，二者之间有着种种互动的关系。"世界之荒诞"导致"生存之苦难"，"生存之苦难"书写着"世界的荒诞"，它们像一枚硬币的正反面，共同折射出生命体验层面的"存在之重"，呈现了主题的同质性和多维度的特点。

（一）世界是荒诞的

荒诞的观念意味着违反逻辑顺序，否定因果关系。约塞连的"怕死"和富贵的"贪生"使他们成为人的存在之"重"的黄金搭档。按照正常逻辑推理，生命存在是一种自在行为，无须过分担心和忧虑，如果人到了"贪生"、"怕死"的地步，一定已经陷入了无法生存的荒诞之境。

海勒在其小说世界中展现了可怕却又司空见惯的一幕——丹尼卡医生：一个无辜的人被自己人判处死亡；邓巴中尉：一个说真话的人被自己人搞失踪（《第22条军规》）；鲍勃·斯诺克姆：一个惧怕上司的人拼命讨好上司，却不断遭到上司的凌辱（《出事了》）；大卫：一个《圣经》中的人物不仅能评判《圣经》，揶揄上帝，而且还能说古论今、评判时事（《上帝知道》）；塔普曼：一个虔诚的牧师被发现尿液里富含制造核武器的重金属（小说中称为"重水"），遭到政府各种机构的算计甚至拘禁；米洛：卖给总统的无声隐形飞机都是子虚乌有的招摇撞骗（《最后一幕》）；这就是海勒建构的小说世界——荒诞，是其最显著的特征。

查尔斯·B.哈里斯认为荒诞的概念由于它的"荒诞"而无法定义："我们在一个无意义的世界里陷入了困境、而且无论是上帝与人类、还是神学与哲学都不能解释人类的这种境况……"②但萨特还是从哲学的高度认定世界是荒诞的，人的存在是一种永无止境的苦难历程；海勒则从文学的角度

---

① 夏中义、富华：《苦难中的温情与温情地受难——论余华小说的母题演化》，南方文坛，2001，（4），第29页。
② 查尔斯·B.哈里斯：《美国当代荒诞派小说家》，仵从巨、高原译，陕西人民出版社1987版，第页。

阐释了世界的荒诞性。第二次世界大战以后,美国危机重重,希特勒的浩劫所造成的严重后果还没有消失,原子弹和冷战又在人们的心理投射了新的阴影,道德标准、价值标准完全动摇,理想破灭。存在主义所宣传的世界是荒诞的、人生是没有意义的思想,一方面迎合了人们对现实怀疑悲观的认识和他们消极苦闷的情绪,另一方面为作家们表现现实的混乱提供了新的思维方式。海勒在谈自己的创作意图时说道:"约塞连的感情并非我在作战时的感情,我是战后才体会到的。这本书在更大程度上是对50年代的反应,对麦卡锡时期的反应。在《第22条军规》中,我写下了自己对一个处于混乱中的国家的感受,我们至今仍在忍受这种混乱。"[1]

可见,《第22条军规》看似写军旅生活,实际上小说是"醉翁之意不在酒",作家的真正用意是借战争为媒介书写现实的荒诞和非理性。

存在主义强调"个人自由",但存在主义的"自由"却是一种否定的、被动性的概念,带有浓厚的非理性色彩。在萨特看来,"自由"不过是人处于荒诞的境地中被迫作出的进退两难的选择,它只意味着"选择的自由"而已。他说:"自由是一个人对他存在的选择。这种选择是荒诞的。"[2]约塞连清醒地意识到自己不能像同伴那样对生死麻木不仁,他不愿做一个被判处死刑的行尸走肉,因此他从不拿自己的生命开玩笑,从不掩饰自己求生的思想。然而人的力量是如此渺小,渺小到无法把握自己的生命。约塞连为了逃避飞行避免死在战斗中,想尽了各种办法,但是他最终还是控制不了自己的生杀大权。卡思卡特们从各自的政治利益出发,密谋以"英雄"的名义把约塞连送回国,如有违抗则把他送上军事法庭!按常理讲,约塞连当然是个典型的怕死鬼,存在主义成了他的活命哲学。然而,从约塞连的具体处境来看,他的活命哲学,他的怕死完全是被环境逼出来的,是他与环境作斗争的一种手段。约塞连临阵脱逃,不是真的怕死,是他不愿再为卡思卡特之流升将军、发战争财而继续卖命。他对当局所宣传的正义、勇敢、牺牲、爱国等信念从根本上产生怀疑,然而无力去改变他已认识到的世界的荒谬,但又不

---

[1] 杰克·施内德勒:《海勒谈自己》,转引自《美国当代小说家论》,钱满素编,中国社会科学出版社1987版,第143页。

[2] 柳鸣九:《萨特研究》,中国社会科学出版社1981年版,第3页。

第八章 比较视野下的作家及其作品

甘心束手待毙。他唯一可做的，就是争取保存自己，而保存自己的唯一出路，就是逃跑，这就是在疯狂世界里唯一的自由选择。人想活着——这个最基本的欲求在这里变成了一种无法实现的奢望。在海勒的小说里，战争的荒诞只是世界荒诞的一种极端形式，这里战争不再是实体，它仅仅是一种"隐喻的媒介"，战争不再是培养英雄的场所，战争不再是崇高精神的试金石；战争是一种暴力，战争意味着人命运的无法把握，战争意味着死亡，战争意味着人为的冲突……海勒强调战争的残酷性、邪恶性、荒诞性对人身心的戕害和异化。比如，小说在描写一个严重受伤、被白色绷带包裹的士兵时就显得异常荒诞：根据日常经验，士兵可能由于疼痛而日夜呻吟哀号，但在他身上却看不出任何一点生命的迹象：

> 缠着纱布绑着石膏，外加一支体温表。那体温表只不过是件装饰品，每天清晨和傍晚由克拉默护士和达克特护士平稳地放在他嘴巴上缠着的绷带中一个小黑洞里，直到那天下午克拉默护士来看体温表时才发现他已经死了。①

被白色绷带包裹的士兵好像是与人无关的一件物品或摆设，他没有名字，没有身份，任人摆布，虽然他每天被人清洗和换药，但，是死是活全然无关紧要，也无人在意。他只是作为一个"浑身雪白的人"而存在，并在小说中重复出现了三次，以一种循环往复的方式有规律地浮现于第一章（第6—7页），第17章（第203页），第34章（第438页）。不知是否是作者的有意安排，小说的叙事框架被三次重复均匀地分割，官僚机器荒诞和非理性的小说主题以及"第22条军规"的寓意在这个带有强烈视觉效果的场景里得到了深化。此外，小说用了循环重复的艺术手法再现"浑身雪白的人"，此景如同挥之不去的劫难依附着人们，它给海勒创作中关于死亡的一贯主题定下了黑色的基调，给读者强烈的心灵撞击作用。

---

① 作品引文均出自约瑟夫·海勒：《第22条军规》，扬恝、程爱民、邹惠玲译，译林出版社1997年版，第203页。

多维视域中的西方文学

小说中与上述情景类似无生命实质的人还有很多：活着的"死人"、死去的"活人"、装死的活人……这一系列怪诞荒谬的现象构成了一个非人的世界，人们不得不生活在这样的现实中，何其荒诞！它使人存在其中却又不堪承受其"重"。

其实，不能承受的"存在之重"贯穿在海勒的一系列长篇中。《出事了》的主人公鲍勃·斯洛克姆虽然在公司里得到了升迁，却终日心惊胆战，唯恐灾难降临。他一家四口没有一个人是快活的，各有各的烦恼，全都闷闷不乐，彼此的关系剑拔弩张；公司里的每一个人也都相互戒备，虎视眈眈，时刻警惕他人陷害自己。《上帝知道》叙述大卫晚年陷入极度痛苦和绝望中，内忧外患，众叛亲离，可这些是世道的混乱和荒诞，不是大卫的错，大卫惊恐、惶惑、孤单，可是找不到答案，而上帝不能提供给他出路。小说题为"上帝知道"是一种讽刺，实则是，上帝什么都不知道。《最后一幕》里的牧师阿尔伯特·塔普曼胆小怕事，循规蹈矩，可是越是安分越是惹来麻烦，这个上帝的代言人被发现尿"重水"①，结果被莫名其妙地盯梢、拘禁、关押，最后连自己都不知道身在何处。

作为海勒小说主题的表现形式之一，"荒诞"不仅意味着"存在"的状况；"荒诞"也是对这种状况的理解、感受和态度。作为一种文学审美境界，"荒诞"不再把世界视为拥有秩序和逻辑的可知世界，而把世界视为无秩序和无逻辑的、混乱和神秘的、不可理解的现象堆积；在这个世界上人的存在是无意义、无理由的，是莫名其妙的孤独的，因而这种存在是荒唐痛苦和滑稽可笑的。与此相关的是，"荒诞"不再把人视为有理性、有良知、可以从道义或道德角度加以美丑善恶区别的对象，而是把人视为被生存本能驱使而制造混乱并被混乱所戏弄的无区别的生物群。如在描写"雪白的士兵"过程中，滑稽色彩被不断加强：他的左右胳膊肘内侧绷带上各缝入了一条装有拉

---

① 小说中描写牧师尿出的不是小便，而是"重水"，"一眼药水瓶的重水就需要两个人才能拿得起来"（《最后一幕》第59页）。通过尿样分析发现，牧师的重水是一种化学物质，能产生氚气，是制作核武器、原子弹的稀有材料，因为牧师通过膀胱生产重水，这种无证生产的行为受到政府的严密监控，同时重水产生的巨大利益驱使各种机构对牧师进行追踪。小说借此表达美国社会现实的荒诞。

第八章 比较视野下的作家及其作品

链的口子,两条橡皮管从他身上一进一出,连着两只塞住的大口瓶,药液从手臂处滴进体内,从腹股沟处伸出的锌管排出另一只瓶子:

> 为那个浑身雪白的士兵换瓶子是件毫不费力的事,因为那些相同的、清澈的液体一遍又一遍地滴进他的体内,没有明显的损耗。当那只盛着滴入他手臂内的液体的瓶子差不多要空了的时候,那只放在地板上的瓶子就快要满了,只要把那两只瓶子从它们各自的管子上拿开并很快换个位置,这样液体就又能滴入他的体内。(《第 22 条军规》第 205—206 页)

这个程序荒谬而且残酷,它说明"雪白的士兵"已经失去了正常的新陈代谢的生理功能,然而更为可怕是周围目睹此场景的其他人:"他们干吗不把两只瓶子连起来,去掉那个中间的人呢"、"他们到底需要他干什么?"……这里"荒诞"不再表示具体的、具有道义性质的喜怒哀乐的情感态度,而是一种面对整个世界的痛苦、麻木和嘲讽。

(二)存在是苦难的

余华小说对世界荒诞性的叙述与海勒不同,它体现了存在主义的另一个特征:虚无。这里所指的虚无并不是说人在事实上的不存在,而是指人的存在缺乏意义、目的和必然性。这种哲学观点在卡夫卡的作品中曾经同样隐喻式地表述过。《活着》的虚无思想就是用死亡凸现生命的无价值(也即人的"生命之轻")。有庆献血时被粗心的医生抽血致死,凤霞生孩子时流血过多而死,二喜被水泥板夹死,苦根吃豆子过多撑死等等,全是意外事件。而且他们都是福贵的亲人,以致他不得不认命地成了一个孤寡老人。人物的生死都没有必然的原因,因而,也就没有任何存在的价值可言。

没有价值但还得活着,"人是为了活着本身而活着的,而不是为了活着之外的任何事物而活着"[①];活着的好处在哪里?余华的小说里找不到答案;

---

① 余华:《活着·韩文版自序》,上海文艺出版社 2004 年版,第 5 页。

相反，活着就是受罪、受难，它使存在越发显得沉重，在余华小说中俯拾即是。这就是余华最朴素的存在观——它蕴含着双重的涵义：它既在人物的现实境遇层面呈现为"生存之难"（所有的亲人逝去）和"生命之轻"；同时又在人物的生命体验层面表现为"存在之重"（独自面对苦难的存在）。如果说富贵放荡逍遥输掉万贯家财是报应的话，那么当他一贫如洗，洗心革面做人时，面临的却仍然是活在亲人一个接一个离去的现实里，承受着失去所有亲人的悲痛。无论怎样，人都无法逃脱苦难的存在——这才是小说向我们昭示的答案。小说的意义在于不仅呈现"生存之难"，而且指出如何承受"存在之重"："就像中国的一句成语：千钧一发。让一根头发去承受三万斤的重压，它没有断。"（《活着》）也许这正是小说"活着"的意指意义。

小说版《活着》

将"生存之难"和"存在之重"展现得最为残忍的是《在细雨中呼喊》。说其残忍，是因这承重的苦难落在一个孩子孙光林的身上。"一个女人哭泣般的呼喊声从远处传来，嘶哑的声音在当初寂静无比的黑夜里突然响起，使我此刻回想中的童年颤抖不已。……"① "呼喊"让"我"（孙光林）恐惧，更让"我"感到暗无天日、孤苦无助的是，"呼喊"背后没有"应答"。"现在我能够意识到当初自己惊恐的原因，那就是我一直没有听到一个出来回答的声音。再没有比孤独的无依无靠的呼喊声更让人战栗了，在雨中空旷的黑夜里。"（《在细雨中呼喊》）这是小说的开头，它带有寓言性地布下了全书的基调：恐惧。这"恐惧"

小说版《在细雨中呼喊》

---

① 余华：《在细雨中呼喊》，上海文艺出版社2004年版，第2页。

构成了孙光林的"生存之难"。"应答"是对恐惧的安慰和抚摸,是精神的依靠。如果没有它,可能不会检测出苦难的程度,也就显示不出残忍和"存在之重";对主人公孙光林来说,在他幼小的生命里,总有一些安慰和抚摸("应答"):在"我"缺少温情的童年中,身材高大的养父王力强犹如一位精神之父给了童年的"我"以"家"的温暖,"我感到跟着身穿军装的王力强走去时格外骄傲"(《在细雨中呼喊》);祖父孙有元和"我"一样生活在屈辱中,但是"祖父的存在成了我不可缺少的安慰"(《在细雨中呼喊》);就在"我"孤独惶恐青春蒙昧期时,出现了同学苏宇,他的友情和生理知识给了孤独的"我"对自身的领悟,"苏宇的微笑和他羞涩的声音,在那个月光时隐时现的夜晚,给予了我长久的温暖"(《在细雨中呼喊》)。残忍的是,在"我"惊恐的灵魂刚刚感受到一丝温暖和慰藉时,就迅速被剥夺了,王力强自杀而死,祖父病死,苏宇脑溢血而死。所有这些死亡,无一例外地剥离了余华早期短篇小说暴力炫耀的成分,不仅直接成为对苦难生存的有力控诉,而且构成了孙光林的"存在之重"。《许三观卖血记》同样显示了"生存之难"与"存在之重"的存在观。现实境遇层面的"生存之难"由许三观的12次卖血构成,为了生计和子女出卖生命之本的血液,人生似乎没有比这样的生存更为苦难的了;许三观的12次卖血中有7次是为大儿子许一乐的:一次是许一乐打破了方铁匠儿子的头,对方拉走了自己的家具作为抵押索要医疗赔偿,许三观买了一斤白糖贿赂血头,出卖了自己的血,赔偿了方铁匠儿子的医药费;一次是许一乐下放农村回来时,连路都走不动了,在返回农村的路上,一路扶着墙哭着走,许三观卖血换来30元钱给一乐去贿赂队长,希望能争取早日返城,少受苦难;许一乐患了肝炎以后,许三观在前往上海看望儿子病情的路上先后五次卖血,这五次卖血积攒的钱最终救了一乐的命。小说叙述许三观卖血的经历并不满足于人物境遇层面的"生存之难"。更让人尴尬和进退两难的是让许三观7次为其献血的许一乐不是自己的亲生儿子,这倒不重要;致命的是,不仅不是自己的亲儿子,而且是妻子和别人的私生子。许三观生命体验层面的"存在之重"在于:这是一种说不出、也说不清的苦,不仅有妻子的凌辱和外人的讥笑折磨着许三观的精神和内心,更为残忍的是一乐和许三观同在一个屋檐下的事实存在构成对许三观无时不

在的煎熬。

余华是叙述残酷的高手。表现在对待"生存之难"与"存在之重"的存在观念上：一方面"生存之难"引发"存在之重"；另一方面"生存之重"对"生存之难"无力且无助地抵触，小说始终以二者之间的互动关系谱写着世界的荒诞性。因而他的叙事起于苦难又终于苦难，余华小说中除了呈现苦难之外，不再像传统作家那样给人希望和幻想，提供任何救赎苦难的方法和途径，他让小说中主体在苦难的深渊中自生自灭，预示着苦难的无边无涯。在余华眼中，就像世界的本质在于荒诞一样，人类的苦难就是人类的生存本质，人的存在是一种永无止境的苦难历程，苦难永远是人类不可超越的生存状态。

（三）同质与差异

无论是对世界荒诞的诉说还是对生存苦难的呈现，两位作家最终的创作旨归都聚焦于现代人的生存状态：存在之"重"。我们知道，在当代文学中，关注现实层面，书写当下生活是后现代语境下中西文坛一种比较普遍的共识。对主题的呈现往往取决于创作主体的价值取向，那么海勒和余华创作的主导价值取向是什么？透过海勒和余华小说主题追踪他们的价值取向将有助于进一步解读小说文本。通过分析，笔者发现，与传统作家相比，余华和海勒在凸现生存状态的价值取向上表现出共同的颠覆传统的后现代特征。

其一，关注心态而非形象。与强调塑造人物、描写环境的传统小说相比，海勒的小说中也有大量人物存在，但是人物形象已不再是小说的主体，作家倾向于展现人物的内心对白，甚至人物在场基本就是独白，比如《出事了》的斯洛克姆，大量独白披露了他岌岌可危、惶惶不可终日的恐慌心态，这正是生活在现代社会的人们不堪沉重压力、变态、异化的写照；《上帝知道》由独白和回忆构成，大卫需要上帝，上帝却给了他一群女人，上帝和人在开玩笑？——小说隐喻现实的荒诞和非理性。《活着》是"我"在乡下采风听来的故事，第一主人公是"我"，第二主人公是富贵，小说主体部分是富贵向"我"讲述自己的故事，这又何尝不是富贵的自语、自白？从他娓娓道来的家史里，小说要告知读者的是富贵存在之"重"下"活着"的一种自在精神；《在细雨中呼喊》则以孙光林的回忆构成小说的主旋律，小说通过回忆揭示人物内心深处的不安、恐惧、彷徨、无奈等等走投无路却又无法摆脱的人生困境。

其二，关注命运而非性格。与展现人物性格变化、推动人物性格发展的情节小说比，余华和海勒的小说人物性格相对稳定。两者擅长通过人物命运来写生存境遇。《第22条军规》、《最后一幕》结构布局如同人物小传，作家给每个人物设置一节，讲述的是每个人的命运历程而不是性格变化；《活着》讲述了富贵一生历经阔少、败家子、流浪汉、平民多重身份的变迁，在人物身份线性的变迁中演绎着人的命运。《许三观卖血记》以许三观的12次卖血过程来谱写小人物生存不易、人生不幸的苦难命运。

其三，关注自我而非权威。《第22条军规》的人物主体是驻扎在皮亚诺萨岛上的飞行员；《出事了》叙述的主体是公司里的小职员；还有富贵、许三观、孙光林、李光头、宋钢……。海勒和余华小说中的人物都是极为普通的小人物，甚至是神经不正常的人，余华还经常用少年儿童充当主人公，在成人眼里，未成年人是没有话语权的，余华以此强调他的人物在现实世界里是多么的微不足道。可是只有在他们身上还保留着人伦、理性，然而这种人伦、理性在荒诞的实际生活中往往被撕裂得面目全非。

其四，关注平面而非深度。后现代往往不再追求那种历史性的深度，而将历史性转换为空间性的、多元并置的、共时性的存在状态。打破现代性的本质性深度、叙事的完整性和话语的统一感，强调非完整性，强调表述生命、历史和时间的零散化是两位作家文本中的突出特征。后现代主义语境中的海勒已经不再指望他的作品能给读者指点迷津或者提供精神家园。他没有拿作品当成说教的工具，只是絮絮叨叨地讲述人物的不安、恐惧心理，比如《出事了》的文眼就是斯洛克姆念叨的"三分钟发言"。作家以不足挂齿的"三分钟发言"和八次提及之形成的反差，强调小说创作关注的主题不再是带有历史性深度的宏大叙事而是普通人的平凡琐事。小说以已经丧失了现代性深度而成为平面化状态。同样，《在细雨中呼喊》是个人感受的回忆，《活着》、《许三观卖血记》、《兄弟》都是直接讲述普通人的家史和平面化生活。

当然，同质是相对的，作家不同的生活阅历、不同的文化背景、不同的创作个性决定了他们不同的价值取向。

海勒深知世界的荒诞性，但是他仍然执著地表达了对荒诞的抗议。约塞连虽然出身低微，但他并不为荣誉勋章所动，而是把卑微的生命看得高于一切，他的全部军旅生涯都是在为如何保全自我，规避作战，最后如何逃命而算计。余华的小说无论表现的是暴力的快感还是受难的主题，最后都以轻松和宽容自我消解和内化，似乎荒诞就是生活本身。如果说20世纪西方现代主义的许多作家在揭示世界荒诞性时，多少还有一股理想主义色彩，他们虽然暴露人性的丑恶，但从文本深处仍透露出试图找出人自身对抗恶的善来。可是在《在细雨中呼喊》中，呈现的是夫妇之间（孙广元与妻子）、父子之间（孙有才与孙光林，孙广元与孙有才）、师生之间（张老师和他的学生们）难以沟通的情景。余华不再相信人心中还有可能使人变得美好善良的潜能；富贵和家珍、许三观和三个儿子那种被动地接受生活，认同苦难的状态似乎在说：荒诞已成事实，反抗已经没有任何意义，就顺从和认命吧。富贵和许三观身上发散的都是"活着就好"的自在精神。与海勒的激进反抗和逃跑相比，余华小说体现的是对荒诞和苦难的认同和承受。

四、黑色幽默：海勒和余华叙事的方式

对世界和现实人生的怀疑态度是海勒和余华创作指向趋同的一个基本原因。美国20世纪50年代冷战、麦卡锡主义恐怖气候的压抑和60年代持续不断的骚乱动荡（黑人暴动，学生造反，反战运动，妇女解放），以及60年代以后新科技的发展，使海勒经历了从沉寂到愤怒到大众文化喧嚣的反复无常的时代变动。无独有偶，20世纪60年代中国大陆的"文革"运动对余华的思想也发生了颠覆性的冲击，这些直接影响了二者创作观念的形成。于是，用强烈的、夸张到荒谬程度的幽默和嘲讽的手法，通过现象"变形"来表现战争、死亡、末日等用以表达作者对现实世界的厌恶和绝望的"黑色幽默"风格，成为海勒引领的60年代先锋文学的重要表征。而热衷于表现死亡、苦难、恐怖和残酷等"黑色"主题的余华则被誉为中国当代先锋实验小

说的代表。虽然余华和海勒一样钟情于"黑色幽默"的叙事方式,但是与海勒迷恋于"世界之荒诞"的残酷描叙不同,余华执着于"生存之苦难"①的冷静诉说,二者之间存在着既相似又有差异的互动关系。与一般作家相比更有价值意义的是,海勒和余华的可贵之处在于他们不仅表现了不能承受之"重"的人生,而且还把"黑色幽默"作为卸载存在之"重"的药方——海勒用"黑色幽默"缓解恐惧的压力;余华用"黑色幽默"稀释人生的苦难。在"黑色幽默""含泪的笑"里,"存在之重"被消解,我们似乎看到了存在的乐趣和意义。

1939年法国超现实主义作家布勒东发表名为《黑色幽默文选》的作品,但没有得到广泛的重视。

(一)零度写作姿态

"黑色幽默"归根到底是一种解构主义的写作方式,与肯定理性和美好的传统小说相比,"黑色幽默"暴露非理性和荒诞;与传统作家相比,海勒和余华排除了一切不合实际的主观性幻想,抛弃了肤浅的人道主义臆想,直接面对荒谬的现实。他们认为,人创造社会本来是让社会服务于人类,可是社会却反过来与人作对,人并不是自己在生活,而只是从属于一种由各种关系所形成的权力体系,它控制着人。这一点我们从海勒对20世纪60年代时局的认识中可以体会到:"我想,此书(指的《第22条军规》,笔者注)之所以在大众中取得成功,是因为60年代人们普遍厌恶包括军队在内的我们的许多最最神圣不可侵犯的社会机构,而我们的领导人对此作出的回答却是强化那些恰恰是首先激起这种厌恶感的东西,特别是我们社会中的欺诈虚幻和操纵的性质。"②海勒几乎在他所有的长篇小说中暗示了这样一个主题:

---

① 夏中义、富华:《苦难中的温情与温情地受难——论余华小说的母题演化》,南方文坛,2001,(4),29。

② 莫里斯·迪克斯坦:《伊甸园之门——60年代美国文化》,方小光译,上海外语教育出版社1985年版,第117页。

世界是荒诞的,但它在很大程度上与强大的权力运作是分不开的,因而人对环境的选择机会几乎是不存在的,未来于是变得永久地绝望。既然无力去改变人类的这种巨大不幸,那就只好放声大笑,这种对一切都彻底绝望的思想是可怕的,更为可怕的是作家的"不介入式"写作姿态,海勒和余华认为痛苦是其实质,死亡是必然结果,人生如同一场滑稽戏,在嘲讽和凄惨一笑中超脱人生的痛苦,无奈地活着,是他们对现实的体验和所持的人生态度,因而在叙述方式上不再像传统作家那样把写作本身看成为一种目的,一种激情,而是像罗兰·巴尔特所说的那样,用一种直陈式写作,既无命令也无祈愿的、中性的、非情感化的"零度写作"①。

海勒和余华的零度写作姿态表现在:

第一,叙述者以零度情感叙述死亡场景。

海勒在描述"浑身雪白的士兵"时,用似乎是无动于衷的语言,像描述一件古董似的详详细细地描述一个已没有人样的重伤员,特别是两个上下互换的瓶子,护士不断地把排泄液当作注射液重新注入他的身体。余华的《在细雨中呼喊》像描述处于美梦中的人一样叙述一个在死亡线上苦苦挣扎的人。余华对苏宇死亡过程的描写到了仔细把玩的程度,苏宇临死前处于脑血管破裂昏迷状态中,无论对于即将死去的苏宇还是苏宇的家人都是无法言表的痛苦,但是余华仿佛沉溺于另一个世界的魔鬼,进入到"想象的真实"里,把苏宇从昏迷到死亡之间的挣扎、弥留、幻觉、似有若无的恍惚,伴随光的色彩如同多媒体制作一样慢慢播放出来:

　　他正沉下无底的深渊,似乎有一些亮光模糊不清地扯住了他,减慢了他的下沉。

　　苏宇听到一个强有力的声音从遥远处传来,他下沉的身体迅速上升

---

① 罗兰·巴尔特在《零度写作》中把一种以不介入观念意识的直陈式写作称为"零度写作"。他认为:"这是一种毫不动心的写作,或者说是一种纯洁的写作。"(参见巴尔特:《符号学原理:结构主义文学理论文选》,李幼蒸译,北京三联书店 1988 年版,第 102 页)。零度写作既无祈愿也无命令形式,作者只作报道,不作任何道德善恶的评判,即文中不具有写作主体的"感伤的形式",零度写作作为一种中性写作、"白色写作"、具有主体"不在"的特征。

了，似乎有一股微风托着他升起。可他对这拯救生命的声音，无法予以呼应。

一切都消失了，苏宇的身体复又下沉，犹如一颗在空气里跌落下去的石子。突然一股强烈的光芒蜂拥而来，立刻扯住了他，可光芒顷刻消失，苏宇感到自己被扔了出去。

苏宇在灰暗之中长久地躺着，感受着自己的身体缓缓地下沉，那是生命疲惫不堪地接近终点。

那是最后一片光明的涌入，使苏宇的生命出现回光返照，他向弟弟发出内心的呼喊，回答他的是门的关上。

苏宇的身体终于进入了不可阻挡的下沉，速度越来越快，并且开始旋转。在经历了冗长的窒息以后，突然获得了消失般的宁静，仿佛一股微风极其舒畅地吹散了他的身体，他感到自己化作了无数水滴，清脆悦耳地消失在空气之中。①

叙述者以置身故事之外的、魔鬼般的"局外人"身份异常冷静地叙述苏宇 6 次"上升"和 6 次"下沉"的挣扎解剖苏宇生与死的搏斗。

第二，生者面对死者的零度情感状态。

叙述者的冷酷还不足以表明现实的荒诞和非理性，现实的荒诞导致所有人，包括亲人在内的麻木和无动于衷。在海勒和余华的小说中，面对濒临死亡的人，人们既不惊诧，也不关心，更无同情或悲伤，各人仍然干着各自的事情，正像海明威小说标题的隐喻一样，"太阳照样升起"，地球照样运转，他们甚至以调侃、戏弄、讥讽面临死亡的人，来缓解令人不安的恐惧和压抑。现实中人与人之间的隔膜、陌生，萨特的"他人的存在就是我的地狱"……都被作家冷冰冰地撕开来。请看那个"雪白士兵"的周围，聚集着达克特护士和克拉默护士，约塞连，邓巴，和蔼可亲的得克萨斯人，炮兵上尉，留着金黄色小胡子的战斗机飞行员，得疟疾的二级准尉……但是海勒笔下的场景已经不同于传统文学中那种"一人有难大家来帮"的场面。达克特

---

① 余华：《在细雨中呼喊》，上海文艺出版社 2004 年版，第 114—116 页。

多维视域中的西方文学

护士和克拉默护士无动于衷地、例行公事地调换着药瓶,不关心病人的死活,连病人早已死亡都不知道;其他伤病员们围绕着"浑身雪白的士兵"的话题倒是很多:"他能听得见你说话吗?""他嘴巴上的那个洞有没有动过?""你们干吗不走到他面前去介绍一下自己?他不会把你们吃掉的。"① 所有的人都是零度情感的看客,甚至毫无同情心地、七嘴八舌地议论治疗这一程序纯属多此一举。作者在这里开了一个怪诞的,可怕的玩笑,但也是一个引人深思的玩笑。这个重伤员早就被"第二十二条军规"判了死刑,输药还是输尿对他已经没有任何差别(其实输进去的药又原封不动地从腹沟处的管子里流出,伤兵已经失去正常的吸收功能),对于伤兵的痛苦与不幸,作家用如此"残酷"的欣赏性的笔调来描写确实是罕见而特殊的。

在《在细雨中呼喊》中,围绕在苏宇周围的是爸爸,妈妈,弟弟,但苏宇并不比"浑身雪白的士兵"幸运,而亲人也不比旁观者易于沟通。余华用6次"身体的上升"和6次"身体的下沉"碾压苏宇临死前的痛苦,或者说延长苏宇对生的欲望:

先看6次"上升"。第一次,外面灿烂的阳光;第二次,"母亲的脚步声,使苏宇垂危的生命出现了短暂的追求健康的搏动";第三次,父亲强有力的声音;第四次,因为屋外阳光短暂照射;第五次,父母打开屋门时的光芒;第六次,弟弟打开屋门时涌入的光明。

再看6次"下沉"。第一次,脑血管破裂,只剩下微弱的目光向世界发出求救;第二次,父亲的训斥和母亲的对苏宇的评价;第三次,父母忽略苏宇存在的对话和吃饭声音;第四次,父母外出;第五次,弟弟的盘问;第六次,弟弟外出。

这里,每一次"上升"都与阳光或父母的声音相连。"上升"象征苏宇如同一个跌入深渊的人对生的欲望,而"光明"是希望的象征,父母和亲人是依赖的根本,因此阳光和父母的出现就像救星一样,苏宇的身体就开始上升。与"上升"对应,每一次"下沉"都与光线的消失、父母的训斥和离去

---

① 约瑟夫·海勒:《第22条军规》,扬恝、程爱民、邹惠玲译,译林出版社,1997年版,第204页。

相连。"下沉"象征苏宇被亲人抛弃后的绝望,"上升"和"下沉"完全是苏宇的感受,外人并不知道,它是从苏宇的视角来写世态炎凉。但"上升"和"下沉"的过程又折射出了人与人间的亲情关系:母亲发现儿子没有像往常那样去打开水,立刻表达了对儿子的不满:"真不像话。"父亲怒气冲冲地说:"这孩子像谁呵?"弟弟奇怪地问:"你今天也睡懒觉啦?"这是从生者的角度,他人的视角剖析人与人间的关系。爸爸、妈妈、弟弟,这些亲人不再有"情",亲人们也同样是忙碌着早饭,茶水,上班或是玩耍……他们无暇关注别人的冷暖感受、异常情绪、生死之命。在父母眼中,死亡无非就是睡去,睡去全当死亡罢了。而"我"异常平静的口气甚至给苏宇的死亡抹上了幸福的色彩:"我的朋友躺在一劳永逸之前的宁静里。"生者的零度情感状态昭示了现代人与人间的冷漠已经到了令人震惊的程度,海勒和余华通过消解沉痛情感的叙述,产生的却是巨大的情感震撼,这是黑色幽默给人的美感效应。

海勒和余华在运用"黑色幽默"时有着不同的倾向,海勒的"黑色幽默"是对荒诞的嘲笑,稀释恐惧情感;余华的"黑色幽默"是对苦难的反抗,缓释悲痛的情感。

(二) 稀释恐惧情感

海勒的"黑色幽默"小说往往以转移读者视线的方式把令人恐惧的、触目惊心的事实淡化为现代社会见怪不怪的普遍现象,以此稀释和消解故事带来的恐惧情感,暗示人无能为力的被动生存状态。

我们从《第22条军规》中丹尼卡医生之"死"来证明这一点:丹尼卡医生被误传已阵亡,部队把他列入了阵亡人员的名单,但他并没有死。为了证明自己没有死,他到处奔波,逢人便申诉自己没有死。但部队已发布了阵亡通知,他的死亡便被官方认定为事实。于是每一个人都对他说:"你已经死了。大夫,你大概已经死亡了一段时间了,只是我们先前没有发觉罢了。"[①] 无论他怎样申诉,如何有力地证明自己依然活着,但是他领

---

① 约瑟夫·海勒:《第22条军规》,扬恝、程爱民、邹惠玲译,译林出版社,1997年版,第410页。

不到军饷，得不到定量供应的食物用品，上级拒绝见他……丹尼卡就此陷入了深深的恐怖、孤独和绝望之中。这种情感浓重的死亡气氛更令他难以忍受，他是一个活生生的军医，但却活象一个到处出现的幽灵。"他的模样越来越像一只病恹恹的老鼠，眼睛下面的眼袋变得又瘪又黑。他在阴影里徒劳无益地徘徊着，活像一个无处不在的幽灵。……只是到了这个时候，他才真正意识到，自己实质上已经死了，如果他还想救活自己的话，那就得赶快采取行动。"① 叫你死亡你就得死亡，活着的事实也不能证明任何存在，这个结局听起来既荒诞又恐怖，但是小说笔锋一转，丹尼卡把求生的希望寄托在妻子身上，然而妻子携款潜逃抛弃了丹尼卡，绝望的丹尼卡带给读者的恐惧不安，被丹尼卡太太的行为所转移，丹尼卡太太的行为把读者阅读惯性产生的同情和恐惧置换成对丹尼卡的嘲笑和戏弄，小说用丹尼卡太太牵引读者情感视线的策略，缓解了恐惧的氛围，消解了小说的情感力量。"黑色幽默"在此化悲惨为嘲笑，化严肃为戏谑，恐惧变成了痛苦的幽默，幽默中又蕴藏至深的无奈。

斯诺登的死是《第22条军规》中又一个触目惊心的场景，叙述者异常的冷静和斯诺登痛苦的呻吟构成令人窒息的悲剧气氛，令人更为恐惧的是，斯诺登一直流血不止，约塞连发现原来斯诺登的内脏涌了出来——肝、肺、肾、肋骨、胃，约塞连"伸出双手使劲捂住眼睛。他吓得浑身战栗，牙齿咯咯打战"②。海勒在此用肢解生命躯体的残暴形式揭示战争的残酷，隐喻现实的荒诞本质，紧接着，约塞连看到了斯诺登胃里还没有消化的番茄躺了一地，人的恐惧情感由精神状态滑入生理上的恶心，令人震惊的事实也很快变成了滑稽可笑、甚至不愿再提的材料。此外，小说中的塔普曼牧师心地善良，为人正直，出乎意料的是，他的处境却十分尴尬。牧师利用一次与卡思卡特上校商谈是否"每次飞行任务前在简令下达室里举行宗教仪式"之机，向上校反映了有些官兵因上校把飞行任务增加到了六十次而"感到非常不安"的情况，并为民请命，建议上校"调一些正在非洲待命的预备机组人员

---

① 约瑟夫·海勒：《第22条军规》，扬恕、程爱民、邹惠玲译，译林出版社，1997年版，第413页。

② 同上，第527页。

第八章 比较视野下的作家及其作品

来接替他们,然后让他们回家"。牧师并不知道他的建议深深地得罪了上级。临别时,上校请牧师拿了一个红色梨形番茄吃,陷阱就此布下;再加上阻止惠特科姆下士搞教堂联欢会,给战斗伤亡人员家属通函等狂热想法,受到惠特科姆下士的指责,说牧师不信任下级,并报告给上校。于是下士与上校联合向刑事调查部诬告牧师偷了一只隐藏秘密文件的番茄。牧师欲哭无泪,欲笑不能,无可奈何,他只能哀叹自己的无能,"想到这件令人伤心的事情,他心情忧郁地低下了头。他对任何人的不幸都无能为力,尤其是对他自己的不幸更是如此"①。在《最后一幕》里,塔普曼牧师因为尿里有重水而被人盯梢、拘禁,不但失去了自由,而且连自己的老婆都见不着,最后因为总统沉溺于游戏机而误点击了开关,引起核爆炸,才解放了牧师。一只西红柿就可以用来栽赃、诬陷,一场核爆炸居然在儿戏中点燃……整个世界如同一座陷阱或地狱,令人恐怖又荒唐之极。

小说版
《最后一幕》中译本

但正是这种特殊的幽默笔调起到了特殊的效果:它在苦笑中揭露了两次世界大战给人类带来的痛苦和不幸,它在幽默诙谐中表现了作者的愤怒的情绪。从戏谑的幽默中,我们可以体察到作家深深的痛苦和极度的悲观失望,命运不可逆转,世界不可改变,在无可奈何之际,作家才以"幽默"对待人世间的荒诞、丑恶和不幸,对待人的痛苦和悲剧命运,于是他们嘲讽世界,嘲讽他人,也毫不留情地自嘲。"黑色幽默"靠幽默的怪笑来吸引读者,靠幽默中浸透的人生痛苦和对世界的深刻感受来震慑读者的灵魂。

可以认为,"黑色幽默"是用喜剧的形式表现悲剧的内容,悲喜两种审美特征交织融汇,喜剧的形式和悲剧的内容又形成强烈的反差,从而达到一种独特的审美效果。

---

① 约瑟夫·海勒:《第22条军规》,扬恝、程爱民、邹惠玲译,译林出版社,1997年版,第249页。

（三）消解苦难意识

与海勒表现的世界荒诞性主题比，余华的长篇小说热衷于写人世的苦难。一方面余华尽力隐匿自己的感情倾向，坚持零度写作；另一方面，他又不时地忍不住要跳出来借"黑色幽默"手法，自嘲苦难和困境，以此稀释苦难的程度。

《活着》面对无边的苦难，富贵用"活着就好"（比死好）自慰。《兄弟》中，因为父亲被活活打死以后，李光头和宋钢两兄弟从此城市、农村天各一方，这种凄苦的日子被兄弟俩用埋在门口的大白兔奶糖甜蜜地联系在一起，让人有一丝慰藉的笑。《许三观卖血记》中，许三观一家喝了50多天的玉米粥，饿得一点力气都没有了，全家就爬到床上躺着，以减少能量的消耗。余华不是铺张苦难，而是张扬人物的自慰乐趣，在孩子们连"甜的"都不知道是"糖的"苦日子里，许三观对全家来了个"嘴巴炒菜"的精彩表演。"我知道你们心里最想的是什么，就是吃，……我用嘴给你们每人炒一道菜，你们就用耳朵听着吃了，你们别用嘴，用嘴连个屁都吃不到，都把耳朵竖起来，我马上就要炒菜了。想吃什么，你们自己点。一个一个来。"[①] 许三观发挥了一个小市民极大的想象力，把红烧肉、清真鲫鱼、爆炒猪肝的烹调过程，吃起来的口感以及达到的生理效果非常详细地进行了描绘，豪迈的语言和乐观的情趣与苦难的日子形成极大的反差，让人听起来好笑。悲苦于是在笑声中得以消解，虽然这笑声是凄惨的。批评家张清华说："这一小节叙述改变了我的看法，也使我对余华的阅读和理解上升到一个新视界。我知道这样的描写已经多得可以车载斗量，而且它们给人的感觉也是如此地相似，只有这个让人发笑的故事才震撼了我：同样的经验原来可以用如此不同的'经验方式'来表达。"[②] 小说的主题是苦难，它以卖血来呈现。但这一残酷的事实在小市民平庸而艰难的生活中竟然获得某种快意：卖血能挣钱，卖血使"身子骨结实"，卖完一次血的感觉就好象"从女人身上下来"，卖完血还能

---

① 余华：《许三观卖血记》上海文艺出版社2004年版，第99页。
② 张清华：《文学的减法》，《南方文坛》，2002（4）。

名正言顺地慰劳自己——吃爆炒猪肝，喝黄酒。卖血这一严酷的事实被一个接一个的快乐的"好处"淡化了。另外，江南小镇里男男女女的恩恩怨怨，琐碎、平庸的众生相，构成了的这篇小说的极富日常情趣的生活背景，卖血的事实常常在小镇温情以及家庭成员的打趣中得以消解。面对苦难和死亡的威胁，善良的小市民们屡屡无师自通地找到回避的途径，并且能够苦中寻乐。这种程度不等的"黑色幽默"，不仅在《许三观卖血记》各个叙述片段中俯拾即是，而且成了贯彻整个卖血事件的基本叙事基调，这个故事带有悲剧性，但悲剧故事是由一个接一个的喜剧场景组成。许三观善于在苦难中依靠虚构和想象对抗病痛和饥饿的煎熬，在突如其来的灾难面前常常能出人意料地按照另一种逻辑超越具体的实际的痛苦，但这种超越最终是无力的，是无法彻底地消解现实的苦痛。所以，在苦中寻乐之后，许三观往往就进入了"自我受难"阶段——一次又一次地卖血，而再次"受难"之时，许三观当然不会忘记再次用他拿手的小市民趣味缓解苦痛。所以，我们看到的是一个"受难"和"苦中寻乐"的反复循环。小说把把痛苦与欢笑、残忍与柔情并列在一起，应该注意到，许三观们并不放弃对命运抗争，但他的抗争不是直接对峙的，而是用"黑色幽默"的方式忍受苦难，化解苦难。在余华的小说中，"黑色幽默"是人类超越窘境的一种无奈的态度，叙述者或人物有时不但是平静的，而且能够在苦难中寻找、发现乐趣；与海勒不同，"黑色幽默"不仅仅是余华的一种修辞手段，也传达着他的价值取向和人生观念。

人类不断寻求摆脱苦难，而苦难又如影随形般地纠缠着人类，这是一个西西弗斯般的难局。它构成了某种荒诞：这个世界看似有意义，看似按照正义、秩序和理性组织起来。可实际上，人在这个由人赋予意义的世界里并不可能与这个世界和谐一致，而是有可能处在苦难之中，处在进退两难的困境中。人无法与这困境正面对峙，又无法对这个世界的秩序发出金刚怒目的质疑，而且，还要活出某种乐趣来，所以，苦中寻乐的"黑色幽默"便成了绝好的精神药方和生活常态。

总之，余华的"黑色幽默"仍然属于细节、情节、手法、形象、氛围等"技巧"范围。他的小说没有海勒"黑色幽默"非理性主义的认识基础，也没有海勒"黑色幽默"近乎彻底的虚无主义，甚至也没有海勒"黑色幽默"

多维视域中的西方文学

技巧意义上的近乎彻底的背叛传统。社会制度的不同、文化渊源的不同、既往历史的不同、发展程度的不同、时代氛围的不同、作家素养的不同决定了余华的"黑色幽默"风格和海勒的"黑色幽默"风格并不全然一致。

附：参考阅读书目

[1] 斯威布：《希腊的神话和传说》
[2] 荷马：《伊利昂纪》、《奥德修纪》
[3] 埃斯库勒斯：《被缚的普罗米修斯》
[4] 索福克勒斯：《俄狄浦斯王》
[5] 欧里庇德斯：《美狄亚》
[6] 《圣经·新约》
[7] 但丁：《神曲·地狱篇》
[8] 薄伽丘：《十日谈》
[9] 拉伯雷：《巨人传》
[10] 塞万提斯：《堂吉诃德》
[11] 莎士比亚：《哈姆莱特》、《威尼斯商人》、《罗密欧与朱丽叶》
[12] 莫里哀：《伪君子》
[13] 笛福：《鲁滨逊漂流记》
[14] 歌德：《少年维特之烦恼》、《浮士德》、《歌德谈话录》
[15] 华兹华斯：《抒情歌谣集》
[16] 拜伦：《拜伦诗选》
[17] 雨果：《巴黎圣母院》、《悲惨世界》
[18] 普希金：《叶甫盖尼·奥涅金》、《普希金诗选》

[19] 斯丹达尔:《红与黑》

[20] 巴尔扎克:《高老头》、《幻灭》

[21] 梅里美:《嘉尔曼》

[22] 福楼拜:《包法利夫人》

[23] 狄更斯:《双城记》、

[24] 夏绿蒂·勃朗特:《简·爱》

[25] 陀思妥耶夫斯基:《罪与罚》

[26] 列夫·托尔斯泰:《复活》、《安娜·卡列尼娜》

[27] 契诃夫:《第六病室》、《樱桃园》

[28] 安徒生:《安徒生童话选》

[29] 易卜生:《玩偶之家》、《人民公敌》

[30] 马克·吐温:《哈克贝里·费恩历险记》

[31] 波德莱尔:《恶之花》

[32] 王尔德:《道林·格雷的画像》

[33] 莫泊桑:《羊脂球》

[34] 高尔基:《母亲》

[35] 肖洛霍夫:《静静的顿河》、《一个人的遭遇》

[36] 卡夫卡:《变形记》、《城堡》

[37] 艾略特:《荒原》

[38] 乔伊斯:《尤利西斯》

[39] 普鲁斯特:《追忆似水年华》

[40] 奥尼尔:《毛猿》、《天边外》

[41] 福克纳:《喧哗与骚动》

[42] 海明威:《老人与海》、《永别了,武器》

[43] 帕斯捷尔纳克:《日瓦戈医生》

[44] 艾特马托夫:《一日长于百年》

[45] 昆德拉:《生命中不能承受之轻》

[46] 加缪:《局外人》

[47] 尤奈斯库:《秃头歌女》

［48］ 贝克特：《等待戈多》
［49］ 纳博科夫：《洛丽塔》
［50］ 海勒：《第22条军规》
［51］ 莫里森：《爱娃》（又译《宠儿》）
［52］ 马尔克斯：《百年孤独》
［53］ 博尔赫斯：《交叉小径的花园》